Arne Dessaul

Ihr letztes Spiel
Mike Müllers vierter Fall
Ein Bochum-Krimi

**Die schwere Eisenkette schmiegt sich, nicht allzu eng,
um ihr rechtes Handgelenk.**

*‚Du bist genauso unvernünftig wie damals. Du hast nichts
dazugelernt. Nichts. Wider besseren Wissens begibst du dich in große
Gefahr. Und deine Freundin gleich mit.‘*

‚Ich habe dazugelernt‘, widerspreche ich.

Mikes Lebensgefährtin Alice ist weg. Spurlos verschwunden.
Und das genau zur Heim-EM 2024. Mike erinnert dieser
persönliche Fall sehr an 2006, als zur Heim-WM seine erste
große Liebe Valerie entführt wurde. Damals war Mike als
junger Student für ernsthafte Ermittlungen noch viel zu
unerfahren.

Kann er Alice finden und dafür sorgen, dass es mit ihr ein
besseres Ende nimmt als das letzte Mal? Mike lässt sich auf
das tödliche Spiel mit dem Entführer ein – und begibt sich
dabei in größte Gefahr …

Der neue spannende Fall für Mike Müller!

ARNE DESSAUL

IHR LETZTES SPIEL

Ein Bochum-Krimi

MAXIMUM

Copyright © 2024 by Maximum Verlags GmbH
Hauptstraße 33
27299 Langwedel
www.maximum-verlag.de

1. Auflage 2024

Lektorat: Dr. Rainer Schöttle
Korrektorat: Angelika Wiedmaier
Satz/Layout: Alin Mattfeldt
Umschlaggestaltung: Alin Mattfeldt
Umschlagmotiv: © Camilo Chong/ Shutterstock
E-Book: Mirjam Hecht

Druck: CPI Books GmbH
Made in Germany
ISBN: 978-3-98679-035-6

VORBEMERKUNG

Ja, 2006 fand in Deutschland eine Fußball-WM statt und 2024 eine EM, die hier als Kulisse dienen. Ja, die eine oder andere Kneipe in Bochum taucht hier unter ihrem Klarnamen auf, genauso die Ruhr-Universität. Aber damit hat es sich, der Rest ist frei erfunden, Personen und Handlungen.

Selbstverständlich gibt es auch in diesem Buch eine Playlist, auf der gleich drei Songs erscheinen, in denen eine „Valerie" oder „Valérie" besungen wird. Im Glossar stehen alle relevanten Infos zu den Songs – plus ein paar zum Teil sehr persönliche Anmerkungen zu den Liedern.

Wie üblich tummeln sich die Beatles eifrig auf der Playlist, dazu großartige Songs der Marke Kuschelrock. Ich hoffe, dass ich meinen Lesern und Leserinnen jede Menge Ohrwürmer beschere – und erst recht eine spannende und eine, ja, glaubt es oder glaubt es nicht, bisweilen romantische Geschichte.

Valérie, Valérie, schön wie nie …

PROLOG

The End

Noch behandeln sie mich gut. Weil sie denken, dass irgendjemand ihre Forderungen erfüllen wird. Was passiert, wenn sie herausfinden, dass niemand es tut?

Was geschieht dann?

Welche Forderungen?

An wen gerichtet?

Ich möchte nicht, dass das hier das Ende ist. Mein Ende. Ich will leben, schöne Dinge tun, träumen, lieben, lachen, weinen, meine Freunde treffen. Ihn! Ich will lernen, reisen, genießen, wandern, schwimmen, spielen. Und arbeiten. Sogar das. Die Sonne aufgehen sehen. Und untergehen. Durch den Regen spazieren. Im Schnee toben. Mich nackt im Garten sonnen. Und ja, eine Familie gründen. Mit ihm? Ich kann mir niemand anders vorstellen.

Aber ich sehe nicht einmal die Sonne auf- und untergehen. Kein Tageslicht. Keine Bewegungsfreiheit. Eingesperrt. Wie lange schon? Ich weiß es nicht. Stunden? Tage? Kein Zeitgefühl. Immerhin steht etwas zum Essen und zum Trinken bereit. Sie lassen mich nicht verhungern oder verdursten.

Sie behandeln mich gut, weil sie denken, dass irgendjemand ihre Forderungen erfüllen wird. Und wenn nicht?

Irgendwer wird es tun, oder?

Was spricht dagegen?

Was spricht dafür?

Welche Forderungen?

KAPITEL 1

2024

An Englishman in New York

Alice, meine Sekretärin und Lebensgefährtin, liebt Rotwein. Aber sie trinkt ihn nicht morgens, mittags oder nachmittags, sondern erst am Abend, gern bei einem französischen Film auf Netflix oder, alte Schule, auf DVD. Dann soll es bitte schön französischer Rotwein sein, denn Alice mag alles, was aus Frankreich kommt. Sie besteht auch darauf, dass man ihren Namen französisch ausspricht. Wehe, jemand spricht ihn englisch aus oder deutsch oder – Höchststrafe! – italienisch.

Alice verehrt sogar französische Fußballer, selbst dann, wenn sie gegen Deutschland Tore schießen. 2016 war es Monsieur Griezmann, der uns im EM-Halbfinale zwei Tore einschenkte. 2021 drosch Hummels das Leder ins eigene Tor. Allerdings im ersten, letztlich nicht entscheidenden Gruppenspiel. 2024 könnte es der pfeilschnelle Edeldribbler Mbappé werden, der uns irgendwann aus dem Turnier kickt. Obwohl, Griezmann spielt auch noch. Ach, ich bin bestimmt viel zu pessimistisch.

Morgen Abend geht sie los, die Fußball-Europameisterschaft in Deutschland, unsere Jungs bestreiten als Gastgeber das Eröffnungsspiel gegen Schottland. Da sollte ein Sieg drin sein, oder? Dann schauen wir weiter.

Ich schweife ab, kaum dass diese Geschichte begonnen hat. Alices Vorliebe für französischen Rotwein und die

Fußball-EM haben mit der Besorgung, derentwegen ich an diesem Juninachmittag im Bochumer Ehrenfeld unterwegs bin, nur am Rande zu tun. Es geht um das Getränk, das Alice morgens, mittags und nachmittags bevorzugt: Tee. Im Ehrenfeld versteckt sich zwischen Cafés und Boutiquen ein Teeladen namens *Tee-Marie*. Wahrscheinlich heißt die Inhaberin Marie, eine sympathische Mittvierzigerin, die ihren Kunden Dosen mit duftenden Tees unter die Nase hält und jede und jeden fachkundig berät.

Alice vertraut ihr. Normalerweise besorgt sie dort ihren Tee selbst, doch heute hat sie jede Menge Schreibkram zu erledigen, da der Meisterdetektiv Mike Müller, also meine Wenigkeit, zuletzt drei Fälle gelöst hat: zwei Versicherungsangelegenheiten und eine Beschattungsgeschichte. Beim letztgenannten Fall konnte ich visuell und akustisch belegen, dass die Gattin untreu war. Ein schmutziges Geschäft. Und dieser Auftrag schloss sich seinerzeit nahtlos an die Observation des untreuen Steffen an, des Gatten der damaligen Rektorin der Bochumer Ruhr-Uni. Da die Sache unterm Strich sehr unglücklich verlief und endete, nahm Constanze Matthäus ihren Hut, verließ Universität und Stadt und fing irgendwo neu an. Ich weiß nicht, wo, und es interessiert mich nicht mehr als eine kleine, halbe Bohne. So dicke waren wir nicht, auch wenn ich es ihr hoch anrechne, dass sie mich fürstlicher als vereinbart entlohnte. Ihre finale Überweisung ist längst nicht aufgebraucht und bildet mit den aktuellen Einnahmen die gesunde Basis für ein in finanzieller Hinsicht sorgenfreies Leben.

Alice tippt also Berichte und Rechnungen und ich entlaste sie in Sachen Tee. Damit nichts schiefgeht, steckt ein Spickzettel mit drei Teesorten in meiner Hosentasche.

Ich überquere gerade das Herz des Viertels, den Hans-Ehrenberg-Platz, als die U-Bahnstation „Schauspielhaus" einen Mann um die vierzig ausspuckt, der mir bekannt vorkommt. Dunkle Haare, mediterraner Teint, rosafarbenes Poloshirt, hellblaue Bermudas, Birkenstocks. Nun gut, früher mögen die Haare etwas länger gewesen sein und die Kleidung anders auffällig, ich bin mir aber meiner Sache sicher.

„Simon?", rufe ich.

Der Mann hält mitten im Schritt inne, mustert mich, lächelt. „Mike?"

Ich bejahe.

„Mensch, Mike!" Simon freut sich sichtlich.

Schon umarmt er mich wie einen guten alten Freund, der ich auch bin, oder besser: der ich war, bis vor achtzehn Jahren. Dann zerstritten wir uns, vereinfacht ausgedrückt, und verloren uns aus den Augen. Zuvor hatten wir uns zwei Jahre lang eine Wohnung in der Ferdinandstraße geteilt. Es war eine schöne Zeit.

Simon knetet unverdrossen meine Schultern, begutachtet mich dabei. „Gut schaust du aus", findet er. „Die Glatze steht dir. Echt!"

Simon schaut ebenfalls gut aus. Auch ohne Glatze – besten Dank auch! Während ich in den vergangenen achtzehn Jahren um etwa achtzehn Jahre gealtert bin, wirkt er kaum einen Tag älter als 2006. Ich wette, statt seiner verwittert ein Porträt von ihm, das gut verborgen vor fremden Augen auf dem Speicher seines Eigenheims lagert.

Ja, ich weiß, das Bild mit Dorian Grays Bildnis verwende ich häufiger.

„Wie geht's dir?", frage ich.

„Gut, gut geht's mir. Und dir?"

So hüpft der Dialog zwei, drei Minuten lang munter hin und her, bis wir uns entschließen, das zufällige Wiedersehen im nächstgelegenen Café zu begießen – sehr nahe gelegen, keine fünfzehn Meter entfernt von unserem Standort.

Der Außenbereich des *I am Love* ist ein buntes Sammelsurium aus Tischen, Tischchen, Stühlen, Stühlchen, Hockern, Bänkchen und so weiter. Wir finden einen echten Tisch mit echten Stühlen und ich drücke auf die Klingel, um dem Personal anzuzeigen, dass wir Wünsche haben. So läuft das hier.

Es dauert nur eine Minute, dann kommt ein junges Mädel in Jeans und schwarzem T-Shirt angerannt. „Was kann ich euch Gutes tun?"

Hier duzen sie gnadenlos, egal ob die Gäste sechzehn sind oder sechzig oder irgendwo in der Mitte, wie Simon und ich. Wir bestellen Cappuccino.

„Was für ein schöner Zufall", nimmt Simon den Gesprächsfaden wieder auf. „Ich wollte gerade zu *Tee-Marie*."

„Das gibt es nicht", sage ich lachend und erkläre Simon, dass ich das gleiche Ziel habe.

„Bist du Teetrinker, Mike?"

„Nein, der Tee ist für meine Freundin."

„Freundin?"

„Hm?"

„Freundin klingt so unverbindlich", erklärt Simon.

„Ach so. Weiter bin ich noch nicht gekommen. Du?"

„Ehemann und Vater."

„Kenne ich sie? Oder ihn?" Früher nahm Simon es nicht so genau.

Er bekommt einen Lachanfall. „Gute Frage, Alter. Sehr gut. Es ist eine Frau und du kennst sie nicht. Sie heißt Valentina. Wir sind seit zehn Jahren zusammen, seit acht Jahren verheiratet, seit sechs Jahren Eltern, seit vier Jahren Eltern von zwei Kindern, beides Mädchen, Anna und Sophie."

Ich warte vergeblich auf Familienfotos. Stattdessen bringt die Kellnerin unseren Kaffee. Ich stecke mir eine Zigarette an.

„Der ewige Raucher", kommentiert Simon.

„Du nicht?"

„Zwölf Jahre rauchfrei. Ich habe es mir in Köln abgewöhnt."

„Köln?", frage ich.

„Ach, das weißt du gar nicht. Ich habe damals mein Studium in Köln abgeschlossen und blieb anschließend dort."

Im Folgenden erzählt Simon mir, wie er seine Valentina kennenlernte. Es ist keine spannende Geschichte. Simon arbeitet jetzt als Dozent für evangelische Theologie an der Ruhr-Uni, eine halbe Stelle, der Rest geht für die Betreuung der Kinder drauf. Valentina bekleidet eine leitende Funktion bei der AOK in Dortmund, verdient besser als Simon, arbeitet deswegen ganztags. Seit sechs Monaten wohnen sie in Bochum, in Weitmar, nicht weit von mir entfernt.

„Und deine Freundin?", wechselt Simon das Thema.

„Sie heißt Alice."

„Wie habt ihr euch kennengelernt?"

„Über eine Annonce."

„Ein Dating-Portal?" Simon wirkt belustigt.

„Nein, eine Stellenanzeige. Ich habe eine Sekretärin gesucht."

„Eine Sekretärin?"

„Ich bin Privatdetektiv und hasse den Papierkram."

„Privatdetektiv? Nach der Sache damals überrascht mich das nicht."

„Lass uns bitte nicht darüber reden", unterbreche ich meinen früheren Mitbewohner. Ich möchte nicht an den Sommer 2006 erinnert werden. Das hat nichts mit dem Streit mit Simon zu tun, denn der folgte erst später.

„Okay. Ich will keine alten Wunden aufreißen, Mike. Das kann ich nachvollziehen. Auch wenn ich mich an die Fußball-WM gern erinnere."

„An die WM ja." Simon und ich haben uns die Deutschlandspiele gemeinsam angeschaut, haben gefeiert und gelitten. Es war grandios. Die Spiele gegen Schweden, Argentinien, gegen …

Egal.

„Und jetzt die Heim-EM …" Simon beendet den Satz nicht. Ich schätze, er wartet auf meinen Einsatz.

„Du meinst, wir sollten unser Wiedersehen so richtig feiern und uns morgen Abend das Eröffnungsspiel zusammen ansehen?"

„Zum Beispiel. Wie sieht es mit deiner Freundin aus?"

„Alice? Die interessiert sich nur mäßig für Fußball." Abgesehen von französischen Fußballern, aber diese Information behalte ich für mich. „Begeistert sich denn Valentina dafür?"

„Abgesehen von einem kleinen Intermezzo 2014 schaut sie sich kein Fußballspiel an. Damals ließ sie sich von der allgemeinen Euphorie anstecken." Simon lächelt. „Also abgemacht?"

„Abgemacht. Kommst du zu mir? Ich wohne dort hinten." Ich zeige grob in die entsprechende Richtung. „In dem Eckhaus Hattinger Straße und Yorckstraße, Hausnummer einundsechzig."

„Klasse, Mike. Ich freue mich. Soll ich Bier mitbringen?"

„Bier lagere ich im Kühlschrank. Immer."

„Sehr gut."

Wir trinken unsere Cappuccini aus und gehen gemeinsam zu *Tee-Marie*. Anschließend tauschen wir Mobilnummern aus und verabschieden uns. Recht beschwingt spaziere ich nach Hause und pfeife einer feschen Lady mit Sonnenbrille hinterher, obwohl die Dame in einem dunkelblauen Audi hockt und mit mindestens sechzig Sachen an mir vorüberdüst.

KAPITEL 2

Die Gangster

Baby, You're a Rich Man

„*Wir werden reich. Steinreich.*" *Er hebt die Bierflasche und stößt mit seinem Bruder an.*

Plong!

Sie sitzen vor dem Haus, das sie vor ein paar Wochen aufgespürt haben. Purer Zufall. Obwohl praktisch mitten in der Stadt gelegen, verbirgt es sich in einem kleinen Waldstück, rund zweihundert Meter von einer dicht befahrenen Straße entfernt, einer innerstädtischen Bundesstraße, auf der eine Straßenbahn verkehrt. Pro Stunde achtmal in die eine Richtung, achtmal in die andere. Er hat es gezählt, es interessierte ihn. Alles interessiert ihn. Zahlen, Fakten, Zusammenhänge. Alles. Nur so konnten sie diesen Plan ausarbeiten.

Der einzige Zufahrtsweg von der Straße zum Haus wird seit Monaten nicht mehr benutzt. Die Reifenspuren ihres Autos sind die einzigen erkennbaren Spuren. Ab und an fahren sie in das nahe gelegene Einkaufszentrum, um sich mit Verpflegung einzudecken. Dort gibt es zwei Supermärkte und einen Getränkemarkt. Mehr brauchen sie nicht. Der Getränkemarkt ist gut sortiert, beim Bier und bei den harten Sachen.

Der Wanderweg, der durch das Wäldchen führt, ist knapp einhundert Meter entfernt und wird selten benutzt, da das Waldstück zu klein ist für einen richtigen Spaziergang. Es eignet sich allenfalls für Hundebesitzer, die mit ihren Tieren eine Mini-Runde Gassi gehen. Bislang hat sich niemand näher für ihr Haus interessiert. Allenfalls flüchtige Blicke. Wahrscheinlich steht das Haus schon lange hier und meist leer. Trotzdem parkt bestimmt bisweilen ein Auto davor, so wie jetzt ihres. Es ist ein richtiges Hexenhäuschen, das sich größtenteils hinter einem hohen Zaun versteckt. Das ideale Quartier, besser hätten sie es nicht treffen können.

Warum das Haus momentan unbewohnt ist, erschließt sich ihnen nicht. Es ist komplett eingerichtet, verfügt über alle Räume, die man in einem Wohnhaus erwartet, darunter drei Schlafzimmer. Eines für ihn, eines für seinen Bruder und eines für den Gast, den sie demnächst einladen werden. Nun ja, einladen in Anführungsstrichen. Der Gast wird nicht freiwillig bei ihnen wohnen. Gleichwohl wird er ein gemütliches Plätzchen vorfinden, mit eigenem WC. Ein weiterer Riesenvorteil. Die Alternative wäre ein Eimer gewesen. Nur, wer leert den Eimer aus und säubert ihn? Darauf hätten weder er noch sein Bruder Lust. Der Gast würde es nicht erledigen können, da er sich nicht frei bewegen soll. Die schwere Eisenkette, die dafür sorgen wird, dass er außer einem Bett, einem Sessel, einem Tisch mit Stuhl davor und dem WC nichts benutzen kann, liegt bereit. Außerdem haben die Brüder das sogenannte Gästezimmer ein wenig präpariert. Schallschutz, einmal rundherum inklusive der Fenster. Für den Fall, dass der Gast ihre Gastfreundschaft nicht zu schätzen weiß und sich lauthals über sein Schicksal beklagt. Niemand wird ihn hören, wenn er durch die Gegend brüllt.

Als Alternative könnten sie ihn dauerhaft knebeln oder ihm die Zunge herausschneiden. Doch bei der Zunge verhält es sich ähnlich wie mit dem Eimer. Keiner der beiden hätte Lust darauf, es zu tun. Sie halten sich aber beide Alternativen offen. Man weiß nie, wie sich das mit den Gästen entwickelt. Hinzukommt, dass sie zum ersten Mal auf diese spezielle Weise in die Rolle von Gastgebern schlüpfen werden. Es mangelt ihnen an einschlägiger Erfahrung.

Halb neun, die Abendsonne blinzelt durch die Baumwipfel und erreicht gerade so die Gesichter der beiden. Das Bier ist herb, es handelt sich um die lokale Marke. Von zu Hause sind sie süßere Biere gewohnt. Egal, sie zeigen sich flexibel. Nach der dritten Flasche schmeckt man sowieso keinen Unterschied mehr. Noch können sie es sich erlauben, die Abende mit Bier und Wodka zu genießen. Sobald der Gast da ist, werden sie etwas weniger trinken. Na ja, je nachdem.

„Du meinst, es kann nichts schiefgehen?"

Sein Bruder ist so ein typischer Schwarzmaler, betrachtet lieber die Unwägbarkeiten als die Chancen. Zugegeben, es schadet nicht, dass einer vorsichtig ist. Zumindest grundsätzlich, nicht zwangsläufig in diesem Fall.

„Nein, nichts kann schiefgehen, Bruderherz. Wir schnappen den Gast und bewirten ihn hier so lange, bis wir das bekommen, was wir fordern."

„Und wie schnappen wir ihn?"

„Daran arbeite ich gerade." Was nur zum Teil der Wahrheit entspricht; für seinen kleinen Bruder reicht diese Antwort allemal aus.

„Und danach?"

„Was meinst du?"

„Was danach mit dem Gast geschieht. Wir werden hier nicht tagelang oder wochenlang mit Masken herumlaufen. Der Gast wird uns später beschreiben. Die Polizei wird also wissen, wie wir aussehen."

Typisch für den Bedenkenträger. „Wir sind nach dem Coup derart schnell von der Bildfläche verschwunden, mit neuen Ausweisen und Aussehen, dass uns keine Polizei der Welt erkennen und schnappen wird. Wir beginnen ein vollkommen neues Leben in der Karibik. Ein Traum!"

„Ich weiß nicht."

Wenn es nicht sein Bruder wäre, würde er ihm spätestens in diesem Augenblick die Faust in die Fresse rammen. Aber es ist sein Bruder, sein kleiner Bruder, und dem rammst du halt nicht bei jeder sich bietenden Gelegenheit die Faust in die Fresse. Dem lässt du selbst die tausendste dämliche Nachfrage durchgehen und den beruhigst du am besten mit einem halb garen Versprechen.

„Wenn gar nichts mehr hilft, mein Lieber, gibt es noch die allerletzte Option."

„Du meinst, wir killen unseren Gast?"

Er nickt, hebt erneut die Flasche. Sein Bruder tut es ihm gleich.

Plong.

KAPITEL 3

2024

Jungle Drum

Alice wundert sich über meine später Rückkehr. Statt der erwarteten zwanzig Minuten sind es neunzig geworden. Ich erzähle ihr von Simon. Da sie bei Weitem nicht alles über mein lustiges Studentenleben weiß, hole ich ein wenig aus – und halte Alice recht lange von der Arbeit ab. Da hätte sie fast selbst zu *Tee-Marie* gehen können.

„Was ist damals zwischen euch vorgefallen?" Alice sitzt hinter ihrem Schreibtisch, auf dem, abgesehen von einem Laptop, spartanische Leere herrscht. Nicht einmal ein gerahmtes Foto ihres anbetungswürdigen Chefs harrt dort ihres lüsternen Blicks. Alice benötigt nicht mehr Ausrüstung. Alles in ihrem Büro ist digital. Außer den Pflanzen, die sich mit jedem Aktenschrank, den Alice entsorgt hat, weiter ausbreiten konnten. Ich nenne es die grüne Hölle und verzweifle jedes Mal, wenn Alice ein paar Tage nicht da ist und ich mich um den Urwald kümmern muss. Zurzeit plant Alice keine Reisen, ihre Mutter hat sie erst letzte Woche besucht. Die nächste reguläre Reise wird sie mit mir antreten, Ende Juli nach … richtig, nach Frankreich, ins Elsass.

Ihre Nachfrage kommt wenig überraschend. Ich habe es regelrecht herausgefordert. Mir bleibt nichts anderes übrig, als ihr zumindest in groben Zügen vom Zerwürfnis zwischen Simon und mir zu berichten, von meiner depressiven Phase, die nach den Ereignissen des Sommers 2006 (mit denen ich Alice weitgehend verschone) einsetzte und die mich eine Zeit lang sehr unausstehlich werden ließ. Oft regte ich mich an Simon ab, dessen unsteten Lebenswandel ich beißend kommentierte. Bis es Simon zu bunt wurde und er mir all meine Fehler vorhielt, auch die, die er schon vor der depressiven Phase an mir festgestellt haben wollte. Wir knallten uns jede Menge Wahrheiten an den Kopf und hätten uns fast geprügelt.

Wir suchten Rat bei unseren Freunden. Sie empfahlen, dass wir die WG auflösen sollten. Das taten wir, in der Hoffnung, dass wir uns eines Tages wieder zusammenraufen würden. Stattdessen verloren wir alle uns aus den Augen, die Clique fiel auseinander.

„Klingt ein bisschen nach Zickenkrieg", fasst Alice zusammen. Sie zwinkert mir mit ihren braunen Augen zu.

„Na hör mal", protestiere ich, doch ich weiß, dass meine Freundin so falsch nicht liegt.

„Und jetzt macht ihr dort weiter, wo ihr 2006 aufgehört habt? Mit Fußball?"

„Ist einen Versuch wert, oder? Ich glaube, du wirst Simon mögen."

„Aber nicht, wenn ich seinetwegen Fußball gucken muss."

Schlagfertig wie eh und je, meine Sekretärin.

„Nein, musst du nicht. Ich werde Simon fragen, ob er schon eine Stunde vor Anpfiff kommen mag. Dann könnt ihr euch beschnuppern. Wenn du magst."

„Und danach beschlagnahmt ihr das Wohnzimmer?"

Im Grunde genommen hätte Alice „mein Wohnzimmer" sagen können, denn alle Möbel darin gehören ihr, selbst der Fernseher. Ich druckse herum. „Äh …"

„Alles gut. Wenn das Wetter so schön ist wie heute, setze ich mich auf den Balkon, schlürfe Wein und lese."

„Und in der Pause besuche ich dich."

„Du willst wohl eher eine qualmen."

„Mit dir."

Wir kebbeln uns noch eine Weile und versöhnen uns mit einem Kuss. Dann gehe ich hinüber in mein Büro.

Wie bei meinem Einzug vor zehn Jahren baumelt freudlos eine nackte Glühbirne von der Decke herab, immerhin eine andere als damals, energiearm. Ein Schreibtisch und zwei Stühle, das ist mein Büro. Nein, nicht ganz, denn seit ein paar Monaten thront rechts in der Ecke ein Aktenschrank, der vorher Alices Büro zierte, bevor er der neuen Palme weichen musste. Da allein ich dafür verantwortlich bin, dass es analoge Akten in der Detektei gibt, weil ich ein altmodischer Kerl bin, hatte ich keine Wahl, als den Schrank zu adoptieren. Wenigstens führt Alice die Akten, wenn auch widerwillig.

Ja, ich weiß, meine Sekretärin tanzt mir auf der Nase herum. Was soll ich machen? Ich liebe sie. Außerdem sind alle Argumente auf ihrer Seite. Alle.

Auf die nackte Birne verzichte ich, die Nachmittagssonne spendet mehr als genug Licht, es dringt durch zwei große Fenster in mein Büro. Sobald ich die Fenster öffne, gesellt sich der Lärm der Hattinger Straße hinzu, seit ein paar Monaten ungehemmter denn je, nachdem die Endlos-Baustelle zwischen Friederikastraße und Schauspielhaus verschwunden ist. Nun düsen sie wieder alle mit fünfzig und mehr Sachen an unserem Haus vorbei, stadteinwärts Richtung Theater und stadtauswärts Richtung Wiesental und Weitmarer Holz.

Drei Fälle sind frisch abgeschlossen, ich habe es bereits erwähnt, ein Fall bleibt mir. Meine Jugendliebe Ines Pfeifer, gefeierte Theater- und Filmschauspielerin und mittlerweile feste Intendantin des Bochumer Schauspielhauses, hat mich wieder engagiert. Vor ein paar Jahren habe ich ihren untreuen Gatten beschattet, nun dreht es sich um eine interne Angelegenheit am Theater. Dort wühlt ein Maulwurf, der die lokale Presse, namentlich die Bochumer Kulturreporterin Wanda Arnold, mit pikanten Details aus dem Schauspielhaus versorgt. Affären aller Art, Geld, Sex, Machtkämpfe. Wanda breitet diese Details genüsslich in der *Ruhrzeitung* aus. Garantiert will sie damit dem Kulturtempel nicht schaden, sondern in erster Linie ihre Leser informieren und unterhalten. Ines ist gleichwohl genervt. Ich soll bitte dem Maulwurf das Handwerk legen.

Selbstverständlich habe ich zuerst mit Wanda gesprochen, doch Wanda gibt ihren Informanten nicht preis. Und sie will nicht aufhören, über die Affären zu berichten. Das spricht für Wandas Berufsauffassung, hilft mir jedoch nicht weiter. Ich muss also einen anderen Weg finden, die undichte Stelle zu stopfen. Neuerdings spiele ich mit dem Gedanken, mich von Ines als neuen Mitarbeiter ins Theater einschleusen zu lassen, als Regieassistent oder Bühnentechniker, um dort *undercover* zu ermitteln.

Ich setze mich direkt an den Rechner, surfe auf den Seiten des Theaters, um ein Gefühl für das Geschehen dort und die Berufsfelder jenseits der reinen Schauspielkunst zu bekommen. Das funktioniert kein bisschen, zumal wenig von Berufsfeldern die Rede ist, sondern sich das meiste um die Schauspieler dreht und die Stücke von heute, morgen und übermorgen. Nach fünf Minuten gebe ich entnervt auf, ich schaue mir lieber den Spielplan der EM an. Ich studiere eingehend die Gruppenphase, fahnde nach potenziellen Gegnern fürs Achtelfinale, fürs Viertelfinale und so weiter. Rasch verschwimmen die Buchstaben vor meinen Augen, alles viel zu kompliziert. Simon müsste nur einmal den Spielplan sehen, dann wüsste er, wann wir gegen Italien, Spanien, Frankreich oder England spielen. Ein Blick genügt. Anschließend könntest du ihn aus dem Schlaf reißen und ihn fragen. 2006 hat er uns mit dieser Fähigkeit schwer beeindruckt.

2006?

Ja, 2006. Dorthin schweifen meine Gedanken jetzt ab. Seit der Begegnung mit Simon war mir klar, dass genau das passieren würde. So was von klar. Vergebliche Liebesmüh, sich dagegen zu wehren. Ich hätte allen Grund, mich zu wehren. Ich habe all das viele Jahre lang erfolgreich verdrängt und Alice vorhin, wie gesagt, längst nicht alles erzählt. Heutzutage, da alles und jedes ein blinkendes Label verpasst bekommt und gern dramatisiert wird, würde man wohl von traumatischen Ereignissen sprechen und mich zur Therapie schicken. Vor achtzehn Jahren fühlte es sich vor allem beschissen an und niemand hätte freiwillig mit mir getauscht. Dabei begann alles so unbeschwert und harmonisch. Wann genau? Ich schätze, es fing an jenem Abend im April 2006 an, als ich mit der Clique vor dem *Café Konkret* saß, mitten im pulsierenden Bochumer Bermudadreieck.

KAPITEL 4

2006

Those were the Days

Wir fünf erfüllten einige der gängigen Vorurteile über Studenten und spiegelten zugleich die damals wie heute gern besungene Vielfalt an der Ruhr-Universität Bochum wider: Tochter aus gutem Hause, Typ mit Migrationshintergrund, queere Person, alleinerziehende Mutter, Arbeiterkind. Heutzutage wären wir prädestiniert für eine Imagekampagne der Ruhr-Uni, damals waren wir einfach nur Freunde. Aber der Reihe nach.

Wiebke war die typische Wiwi-Studentin, blond, eine Löwenmähne wie Meg Ryan in *Harry und Sally*, Sommersprossen, grüne Augen, meist ein freundliches Lächeln auf den Lippen, top gestylt in neuester Markenkleidung und mit einem Köfferchen in der Hand auf dem Weg zur Vorlesung in Wiwi alias Wirtschaftswissenschaften. Sie stammte in der Tat aus gutem Hause, der Vater Top-Manager bei Opel, einem der größten Arbeitgeber Bochums, die Mutter Küchenchefin in einem Hotel. Für Stiepel reichte es locker, den teuersten Bochumer Stadtteil, wobei Wiebke seit knapp zwei Jahren ein Appartement im Ehrenfeld bewohnte, unmittelbar am Schauspielhaus, ebenfalls keine schlechte Gegend.

Einen Koffer schwang auch Murat, der Jura studierte und im Koffer diese roten Wälzer spazieren trug, ohne die sich kein Jurastudent aus dem Haus traute. Murat verkörperte die gut integrierte dritte Generation von Zuwanderern und sah aus wie ein Bilderbuch-Türke: pechschwarzes Haar, dunkle Augen, Dreitagebart, fachgerecht getrimmt, Chinos in gedeckten Farben, Pulli, Sneakers, ein wenig kurz gewachsen, dafür mit einer im Fitnessstudio geschickt herausmodellierten Figur. Wenn er einen auf intellektuell machen wollte, setzte er sich eine gigantische Hornbrille auf die Nase, ungefähr das Modell von Gregory Peck in *Wer die Nachtigall stört*.

Simon studierte evangelische Theologie. Berufsziel unbekannt. Pfarrer? Lehrer? Karriere in der Wissenschaft? Womöglich würde er verschiedene Wege testen, er war insgesamt sehr experimentierfreudig. Simon kleidete sich zwar meist wie ein Mann, vorzugsweise schwarz mit extravaganten Stiefeletten oder Lackschuhen, schminkte sich aber häufig. Mit seinen dunkelbraunen Haaren und dem mediterranen Teint sah er so oder so gut aus. Er brachte uns Begriffe bei wie „trans" oder „queer". Einiges davon konnte ich aus nächster Nähe bewundern, denn Simon und ich bildeten seit gut einem Jahr eine Zweier-WG. Ich sah Frauen und Männer kommen und gehen – und Menschen, die ich nicht auf Anhieb einordnen konnte. Alle waren nett zu mir.

Das traf auch auf Jessica zu, Jessi. Sie war unsere Mama, na ja, fast. Jedenfalls ein ganzes Stück älter als der Rest von uns. Mitte dreißig. Sie hatte früher als Krankenschwester gearbeitet, in der Abendschule ihr Abi nachgeholt und ein Psychologiestudium begonnen. Sie war alleinerziehend, zwei Söhne im Grundschulalter. Jessi hätte Simons große Schwester sein können, gleiche Haar- und Augenfarbe, ähnlicher Teint und gern schwarze Klamotten.

Ich war ein waschechtes Arbeiterkind, aufgewachsen

im weniger schönen Bochumer Stadtteil Hofstede. In der Oberstufe handelte ich mit Dope und mir deshalb bisweilen Scherereien ein. Mit Lehrern oder der Polente. Mit Mitschülern weniger, da mir ein gewisser Ruf vorauseilte. Schon als Dreikäsehoch hatte ich mit Boxen angefangen, später Karate, heutzutage zusätzlich Krav Maga, so ein israelischer Mix aus verschiedenen Kampftechniken. Darauf hatte mich Simon gebracht, der ein Meister dieser Kampfkunst war. Ach ja, ich studierte Geschichte und Sport, Berufsziel Lehrer.

Fünf vollkommen verschiedene Typen, Lebensentwürfe und Studienfächer. Früher wären wir uns auf dem Campus nicht begegnet, denn es hatte keinen Optionalbereich an der Ruhr-Uni gegeben. Jetzt gab es ihn verpflichtend für alle Bachelorstudenten. Dieser Optionalbereich bot Kurse an, um über den sprichwörtlichen Tellerrand des eigenen Faches hinauszublicken, von Fremdsprachen bis zu Moderationstechniken. Wir hatten uns vor anderthalb Jahren im Spanischkurs kennengelernt und hingen seitdem ständig zusammen, in der Mensa, in den Cafeterien oder halt, wie an diesem Abend, im Bochumer Kneipenviertel, dem Bermudadreieck.

Es war der erste milde Abend dieses Frühlings, kurz vor Vorlesungsbeginn, darum saßen wir draußen am *Café Konkret*, dessen Außenbereich rund um den Zugang zur U-Bahn-Haltestelle „Graf-Engelbert-Brunnen" gruppiert war. Etwa zwanzig Holztische ohne Schnickschnack.

Wir erhielten gerade unsere erste Bestellung. Jessi lud uns ein, sie hatte erfolgreich eine wichtige Klausur absolviert. Alle tranken Rotwein, außer Wiebke, die Rosé bestellt hatte.

„Trinkst du nicht sonst eher Rotwein?", fragte Simon.

„Doch, aber hier gibt's nur italienischen Rotwein", stöhnte Wiebke.

Simon stutzte. „Was hast du gegen italienischen Rotwein?"

„Normalerweise nichts", begann Wiebke. „Nur zurzeit kann ich das Wort Italien nicht mehr hören."

Natürlich wollten wir den Grund dafür erfahren.

Wiebke berichtete. „Meine Mutter nervt mich in einer Tour damit. Ständig erzählt sie von italienischen Delegationen im Hotel, von Italienern, die in ihre Küche stürmen, um was zu checken und sie auszufragen. Ich traue mich kaum noch, bei ihr anzurufen."

„In welchem Hotel arbeitet deine Mutter noch mal?", erkundigte ich mich.

Wiebke lächelte mich an. „Landhaus Milser in Duisburg."

„Landhaus Milser?", hakte Murat irritiert nach. „Das hört sich komisch an."

„Der Betreiber heißt Rolf Milser. Olympiasieger im Gewichtheben", antwortete Wiebke.

„Gewichtheben?" Nicht ganz mein Sport. „Wann war das denn?"

„1984", sagte Wiebke.

„Okay", dröhnte Murat. „Big Brother was hoffentlich watching Him beim Gewinnen, the Big German Gewichtheber."

„Mein Geburtsjahr", steuerte ich bei.

„Dito", ergänzte Simon.

„Ich erinnere mich auch nicht dran", witzelte Wiebke, die etwas jünger war als ich.

Wie auf Kommando richteten sich alle Augen auf Jessi.

Sie lachte. „Leute, geht's noch? Ich war zwölf damals. Glaubt aber bitte nicht, dass ich mich für das Thema Gewichtheben interessiert habe. Kein Stück. Außerdem habe ich nicht das Gefühl, dass wir schon den Clou von

Wiebkes Geschichte gehört haben. Also, Schätzken, warum spionieren ständig diese Italiener am Arbeitsplatz deiner Mama herum?"

„Wegen der Fußballweltmeisterschaft", legte Wiebke-Schätzken los. Sie sah mich dabei an, dabei war ich nicht der größte aller Fußballfans. „Die italienische Mannschaft wohnt während des Turniers im Landhaus Milser. Maximal für fünf Wochen, je nachdem, wie weit das Team kommt."

„Was?", kreischte Simon; er war der größte Fußballfan in unserer Clique. „Wie geil ist das denn! Wie kommt es?"

„In diesem Hotel logieren ständig Promis." Wiebke holte Luft. „Aber so viel Rummel gab es noch nie. Da kommen ja nicht bloß elf Spieler zum Schlafen, sondern der gesamte Kader, plus Trainer, Betreuer, Mediziner. Weit über fünfzig Leute."

„Auch andere Köche?", wollte Jessi wissen.

„Leider ja." Wiebke sah abwechselnd zu Jessi und zu mir. „Davor hat Mama am meisten Schiss. Streit und Kompetenzgerangel in der Küche. Sie hat bei den Speisen das allerletzte Wort. Das haben ihr die Italiener und der Hotelchef zugesichert. Aber wer weiß, wie es am Ende ausgeht?"

„Wann könnten wir gegen Italien spielen, Simon?", wechselte Murat das Thema.

„Wir?", warf ich ein. „Die Türkei ist nicht qualifiziert."

„Ej, beleidige meine Mutter nicht, Rassistenarsch!" Murat ahmte türkischen Straßenjargon nach – oder das, was er für diese Sprache hielt. „Ich mach dich alle, Mehlgesicht."

„Murat!", riefen Jessi, Simon und Wiebke im Chor, bevor Simon allein weitersprach. „Wenn Italien und Deutschland Gruppensieger werden, im Halbfinale. Das Gleiche gilt, wenn beide Gruppenzweiter werden. Wenn einer Erster und der andere Zweiter in der Gruppe werden, sehen wir uns erst im Finale. Oder halt gar nicht."

„Hast du den Spielplan auswendig gelernt?", staunte Jessi.

Simon schüttelte den Kopf. „Das muss ich nicht. Ich gucke es mir einmal an, dann prägt sich das von allein ein. Vor allem so neuralgische Gegner wie Italien habe ich automatisch im Auge. Da wir gegen die jedes K.-o.-Spiel verlieren, wäre mir am liebsten, wir gingen denen ganz aus dem Weg."

„Bete doch dafür", forderte Murat auf.

„Protestanten beten nicht", gab ich zu bedenken.

„Hä? Seit wann das denn?"

Wiebke hatte nicht mitbekommen, dass wir nur herumblödelten. Damit beendeten wir zugleich das Thema Fußball-WM und widmeten uns dem bevorstehenden Vorlesungsstart.

Drei Gläser Wein später torkelte ich ins Café, schlängelte mich an den Gästen an der Theke vorbei und erreichte unbeschadet die Toiletten. Erst auf dem Rückweg nahm ich die Zapferin wahr, die gerade Weingläser abtrocknete. Ich hatte sie hier noch nie gesehen und sie wäre mir garantiert aufgefallen. Im ersten Moment dachte ich, Catherine Zeta-Jones als Zwanzigjährige stünde dort. Lange, leicht gewellte, dunkelbraune Haare, darunter dunkle Augen, sinnliche Lippen; bestimmt einen Meter siebzig groß. Die Figur ließ sich aufgrund der weiten weißen Bluse kaum erahnen. Sie würdigte mich keines Blickes.

„Was los, Alter? Hattest du eine Erscheinung auf dem Klo?", begrüßte mich Murat.

Außer ihm saß nur noch Simon am Tisch. Die Damen

waren nach Hause gegangen. Jessi musste ihre Eltern ablösen, die auf die Jungs aufpassten. Sie hatte zudem einen harten Tag vor sich. Kinder zur Schule bringen, ab zur Uni, Kinder abholen und Mutter sein. An manchen Tagen arbeitete sie außerdem ein paar Stunden im Krankenhaus Bergmannsheil. Ihr Bafög reichte hinten und vorn nicht. Der Vater zahlte nur unregelmäßig Unterhalt. Ohne den Teilzeitjob kam Jessi nicht über die Runden. Aus unserer Clique hatte sie definitiv das schwerste Los gezogen, keine Frage. Aber auch wir Jungs mussten nebenher arbeiten. Simon war Hilfskraft an einem Lehrstuhl, Murat arbeitete in einem Callcenter, ich jobbte in der Zeche, Bochums legendärer Disco. Ich saß am Eingang, verkaufte Verzehrkarten, sprang ab und zu als Rausschmeißer ein. Allein Wiebke kam ohne Job zurecht. Sie erhielt kein Bafög, da ihre Eltern zu viel verdienten, und lebte weitgehend auf deren Kosten. Ich glaube, die Bude im Ehrenfeld war eine Eigentumswohnung, die ihre Eltern spendiert hatten.

„Ich tippe auf die neue Bedienung", spekulierte Simon.

„Die neue was?" Ich spielte den Doofen.

„Ah, die mit der dunklen Mähne", raunte Murat. „Heißes Gerät!"

„Bitte, Murat, sag nicht so was. Das wertet diesen Menschen ab und reduziert ihn auf sein Aussehen." Simon sprach wie ein Pfarrer.

„Alter, nerv nicht. Ich mach nur Komplimente. Die meisten Tussis fahren voll drauf ab."

„Murat!"

„Was ist?"

„Was ist? Das mögen in deiner Community Komplimente sein."

„Was willst du damit sagen? Dass mein Freundeskreis nur aus Asis besteht?"

Ich gähnte laut.

„Mike, was soll das?", beklagte sich Murat. „Hier geht's voll ab. Kanake gegen Schwuchtel, und du gähnst? Willst du uns beide beleidigen?"

„Wenn ihr jeden Abend dieselbe Show abzieht, bleibt mir nichts anderes übrig."

„Wie bitte?" Simon blickte mich entgeistert an. „Den Begriff Community benutze ich heute zum ersten Mal."

Wir drei lachten laut los; ich war heilfroh, dass sich das Thema mit der hübschen Kellnerin erledigt hatte.

KAPITEL 5

2006

Wonderful World

Das neue Semester nahm rasch Fahrt auf. Ich würde auch in diesem Sommer kein Vorzeigestudent werden, eher wie John Belushi durch Mensen und Cafeten mäandern. Einen Abschluss wollte ich gleichwohl erwerben, so groß war mein Ehrgeiz dann doch. Mit meiner Kombination aus Sport und Geschichte machte ich mir das Studentenleben ein wenig schwerer als nötig. Während neunzehn der zwanzig Fakultäten der Ruhr-Uni auf einem riesigen Campus außerhalb der Stadt eng zusammenhockten, besaß die Sportwissenschaft ihren eigenen Campus inklusive Fakultätsgebäude, Cafete und zahlreichen Sportanlagen drinnen und draußen – zu Fuß etwa eine Viertelstunde entfernt vom Hauptcampus. Mit dem Rad wäre ich etwas schneller unterwegs gewesen, ich besaß allerdings kein Fahrrad. Fürs Auto war die Entfernung zu gering und die Parkplatzsituation auf dem Hauptcampus zu angespannt.

Folglich versuchte ich, den Stundenplan so zu legen, dass ich nicht dreimal am Tag zwischen den Campi hin und her pendeln musste – wobei ich das Wort „Campi", den Plural von „Campus", zufällig aufgeschnappt hatte. So was wusste kein normaler Mensch. In diesem Sommersemester hatte ich das Kunststück vollbracht, an zwei Tagen komplett an einem der beiden Campi zu studieren: mittwochs bei den

Sportlern, freitags bei den Historikern in der sogenannten G-Reihe auf dem Campus. Das „G" bedeutete Geistes- und Gesellschaftswissenschaften, die drei Gebäude hießen GA, GB und GC. Wir Historiker saßen im GA. Außer der G-Reihe gab es auf dem Campus eine N-Reihe für Natur- wissenschaften, eine I-Reihe für Ingenieurwissenschaften und die M-Reihe für Medizin.

An diesem Freitag belegte ich einen der allerspätesten Kurse, er begann um 16.15 Uhr. Es war eine Pflicht- veranstaltung; andernfalls hätte ich mich für die Stände- und Gesellschaftsordnung im Mittelalter kaum begeistern lassen. Den Kurs leitete so ein schrulliger Typ um die sechzig, grauer Walrossbart, Pullunder über kariertem Hemd, Cordhose, Kettenraucher, der das Thema weitgehend leidenschaftslos behandelte.

Sein Temperament harmonierte bestens mit dem schmucklosen Seminarraum mit niedrigen Decken, weißen, unverputzten Wänden und winzigen Fenstern, die nur Licht von schräg oben hereinließen. Wir saßen an Tischen, die U-förmig angeordnet waren; der Dozent hockte vor der Tafel, die er bisweilen mit sinnfreien Stichworten wie „Köln", „Bürger", „Kaufleute" oder „Klerus" vollschmierte. Die Studenten, so knapp zwanzig, dösten vor sich hin, sehnten das Wochenende herbei und würden bis zum Vorlesungs- ende im Juli die Anzahl der möglichen Fehlzeiten ausreizen. Dreimal durften wir fehlen.

Heute langweilten uns abwechselnd der Dozent und zwei Studentinnen, die ihr Referat vortrugen. Irgendwas mit der Rolle der Zünfte und Gilden. Langweilig. Zum Glück endete gleich danach das Seminar.

Es blieben zwei Stunden bis zu meiner Schicht in der

Zeche. Ich wollte mit der U-Bahn nach Hause fahren, eine Kleinigkeit essen, mich umziehen und losziehen. Lautes Hundegebell riss mich aus meinen Überlegungen. Es kam von links, GB oder GC, und klang verzweifelt. Hunde waren an der Uni verboten, was Hunderte Schilder, auf denen „Das Mitbringen von Tieren ist nicht zulässig" zu lesen war, unmissverständlich kundtaten. Das hielt Studenten und Dozenten keineswegs davon ab, sie mitzuschleppen, manchmal bis in den Hörsaal. Meist aber warteten die Hunde vor den Gebäuden auf Herrchen oder Frauchen. Wie dieser Köter. Doch irgendetwas stimmte nicht. Das musste ich mir näher ansehen.

Ich latschte Richtung GB und direkt weiter zum GC; hier spielte sich das Drama ab: Ein Hund, eine hellbraune Promenadenmischung in Pudelgröße, an einen Papierkorb angebunden, und drei Studenten, die mit Poloshirts und Collegejacken verdächtig nach Wiwi aussahen. Die Typen beobachteten den Hund. Der Hund fixierte ein Würstchen, das auf dem Boden lag, etwa fünf Meter entfernt.

Etwa fünf Meter betrug anscheinend auch die Länge der Leine, wie sich herausstellte, denn der Hund schnellte nach vorn und seine Schnauze erreichte fast das Würstchen. Fast. Dann spannte sich die Leine. Der Kopf des Hundes wurde jäh zurückgeworfen. Er würgte, schüttelte sich, schlich ein paar Zentimeter zurück, ließ sich auf den Boden fallen, robbte zum Würstchen, streckte die Zunge heraus und erreichte seinen Schatz nicht.

Die Idioten johlten.

„Was macht ihr hier, Leute?", fragte ich, einigermaßen konsterniert.

Die drei wandten beinahe synchron ihre Köpfe, musterten

mich, bis einer von ihnen das Wort ergriff, einer mit blondierten Haaren, einen halben Kopf kleiner als ich.

„Geht dich zwar nichts an. Ich verrate es dir trotzdem. Wir haben eine Wette laufen."

„Was?"

„Eine Wette", krähte der Blonde. „W-E-T-T-E. Es gibt drei Optionen. Entweder schafft die Töle es bis zum Würstchen. Oder sie gibt auf. Oder sie erwürgt sich und krepiert."

„Habt ihr das Würstchen dahin gelegt?" Allein das Buchstabieren des Wortes „Wette" hätte an einem schlechteren Tag für eine Tracht Prügel gereicht. Heute war ein guter Tag. Bisher.

„Na sichi, Meister." Das kam von einem der anderen Kerle. Weißes Poloshirt, braun gebrannt, dunkelbraunes Haar, Undercut, etwa meine Gewichtsklasse.

„Worum wettet ihr?"

„Zehn Euro."

Das kläffte Wiwi Nummer drei, von Haarfarbe, Größe, Kleidung ungefähr in der Mitte zwischen den anderen beiden gelegen, also maximal unauffällig. Dazu passte sein zögerlicher Ton. Wenn es hier um eine rein erzieherische Maßnahme gegangen wäre, allein darum, andere Menschen mit Argumenten zu überzeugen, hätte ich ihn als Erstes für mich gewonnen. Ich hatte allerdings das Gefühl, mit vernünftigen Argumenten nicht zum Ziel zu kommen. „Der Hund ist euch nur zehn Euro wert?"

Blondie reckte sein Kinn. „Alter, was ist los? Gutmensch, oder was?"

„Das ist Tierquälerei." Ich sah den Unauffälligen an, letzter Versuch.

Angeschaut fühlte sich leider Blondie, eindeutig der Wortführer. „Komm, schieb ab, Meister!"

Ich schob nicht ab, sondern schnappte mir das Würstchen.

„Ej, Meister, du spielst mit deiner Gesundheit!"

Keine Ahnung, welcher der Vögel mir das zwitscherte. Egal, eine Sekunde später grapschte mich einer von ihnen von hinten an, der Typ im weißen Poloshirt. Sein Griff war kräftig. Ich hatte mich in seiner Gewichtsklasse nicht getäuscht. Ich jagte ihm meinen Ellbogen in die Magenkuhle. Er klappte brav zusammen. Blondie stürzte sich auf mich. Ich machte einen Ausfallschritt. Blondie stürzte erst ins Nichts, landete dann unsanft auf dem Asphalt.

„Spinnst du?", schrie der Dritte.

Mehr tat er nicht. Ich hatte ihn richtig eingeschätzt.

Die anderen beiden rappelten sich auf, klopften sich den Staub von den Klamotten, fauchten ein paar Flüche in meine Richtung und trotteten davon.

Ich warf das Würstchen in den Mülleimer vor dem Eingang zum GC und einen Blick auf den Köter. Der bellte mich an, nicht wütend, sondern freundlich, als hätte er begriffen, dass ich ihm aus der Patsche geholfen hatte. Ich tätschelte ihm im Vorbeigehen den Kopf und zog meines Weges, die gute, alte Zeche wartete auf mich.

KAPITEL 6

2006

Valerie

Seit zwei Jahren joggte ich regelmäßig, jeweils am späten Montagnachmittag und am späten Donnerstagnachmittag. Ich rannte stets zum Wiesental, dem Park im Ehrenfeld, von dort zum Dürertal im Stadtteil Weitmar und wieder zurück. Acht bis zehn Kilometer, je nach Lust, Laune und Kondition.

An diesem Montag fühlte ich mich bereit für einen Iron Man und wäre, wie *Forrest Gump*, den Rest meines Lebens weiter- und weitergelaufen. Dann traf ich ausgerechnet den Hund, der vor ein paar Tagen vor dem GC gequält worden war. Besser gesagt: Er traf mich. Er zischte aus einem Gebüsch heraus und lief mir voll in die Parade. Ich geriet mächtig ins Straucheln.

Der Hund hechelte mich schwanzwedelnd an. Ich tätschelte seinen Kopf. „Na du, erkennst du mich?"

„Mann!"

Eine weibliche Stimme. Ich sah niemanden, wunderte mich nur, warum sie mich anbrüllte, als hätte ich den Hund belästigt und nicht umgekehrt. Na ja, belästigt fühlte ich mich nicht. Ich ließ mich vielmehr vom freudigen Hecheln einladen und bückte mich, um ihm den Kopf ein weiteres Mal zu tätscheln. „Braver Hund", säuselte ich dabei.

„Mann!"

Die Stimme kam näher – und der dazugehörige Mensch. Eine Silhouette zeichnete sich gegen die Sonne ab, ein Gesicht. Und nun schlug es mich doch nieder. Symbolisch. Das Gesicht gehörte niemand anderem als der Zapferin aus dem *Café Konkret*.

„Lass das, Mann!", schnauzte sie. Sie trug eine enge hellblaue Jeans und einen weit geschnittenen, dunkelroten Pulli.

Ich wollte gerade protestieren, als sie erklärte: „Der Hund heißt so. Mann."

„Ach so. Ich dachte, du verdächtigst mich, irgendwas mit deinem Hund angestellt zu haben."

Catherine Zeta-Jones grinste. „Wenn du wüsstest, wie häufig dieses Missverständnis entsteht. Derart aufdringlich ist er sonst aber nicht."

„Er kennt mich."

„Echt?"

„Ja, wir sind uns letzte Woche an der Ruhr-Uni begegnet, vor dem GC."

„Hm?"

Ich erzählte Catherine die Story in aller Ausführlichkeit und rückte mich dabei unauffällig ins hellste Licht der Welt.

Sie reagierte entsprechend. „Solche Deppen! Ich könnte kotzen. Danke, dass du eingeschritten bist."

„Keine Ursache. Ich hatte keine Wahl. Helfersyndrom."

Catherine lachte pflichtschuldigst. „Warum hast du Mann das Würstchen nicht gegeben?"

„Ich hatte Schiss, dass die Typen die Wurst präpariert haben. Gift, Glasscherben oder so. Ich hatte kein gutes Gefühl bei denen."

„Es war bestimmt besser so."

„Studierst du im GC?", wechselte ich geschickt das Thema.

„Ja. Sozialwissenschaft. Und du?"

„Sport und Geschichte. Also GA und drüben bei den Sportlern."

„Lehramt?"

„Das ist der Plan. Und du?" Im Grunde genommen hätte ich mich in den Arm kneifen müssen, um mir zu zeigen, dass ich nicht träumte. Ich plauderte mit dem fantastischsten Mädchen des Universums. Ich vergaß sogar komplett, dass ich gerade sieben Kilometer gerannt war und garantiert so aussah: verschwitztes graues T-Shirt, verschwitzte Haare. Vom Duft, den ich versprühte, ganz zu schweigen.

„Weiß nicht", antwortete sie.

„Kann es sein, dass ich dich schon mal im *Café Konkret* gesehen habe?"

„Da jobbe ich." Sie schien zu überlegen. „Gehst du da häufiger hin?"

„Regelmäßig."

„Echt? Komisch, ich hätte …"

„Was?" Das interessierte mich brennend. Es klang fast wie der Beginn eines Kompliments. Ich hätte dich bestimmt bemerkt oder so.

„Ach, nix", wich sie aus. Bloß nichts Nettes sagen. „Jobbst du auch?"

„Ja, geht nicht anders. Irgendwoher muss die Kohle nun mal kommen." Ich achtete kleinlich auf meine Wortwahl. Nicht zu abgehoben, nicht zu lässig.

„Und wo?"

„In der Zeche. Vorn am Einlass. Verzehrkarten. Ab und zu Garderobe." Die gelegentlichen Prügeleien verschwieg ich.

„Ah, die berühmte Zeche." Wie eine Verehrerin klang sie nicht gerade.

„Gehst du ab und zu dorthin?", versuchte ich es gleichwohl, um das Gespräch am Laufen zu halten. Ich genoss jede Sekunde, verlor mich in ihren dunklen Augen, die mein Blick bewusst ansteuerte, um nicht etwa ihre Figur zu taxieren, was der weit geschnittene Pulli ohnehin weitgehend verhinderte. Nur ihre langen Beine konnte ich bewundern, wenn mein Blick heimlich, das hoffte ich zumindest, nach unten wanderte.

„Bisher nicht. Eher Planet oder Congo. Falls ich denn mal tanzen gehe."

Clubs für Schnösel, vor allem das Café du Congo gegenüber vom Bochumer Hauptbahnhof. „Magst du das nicht? Feiern gehen, meine ich."

Sie zuckte die Schultern. „Geht so. Ich kenne das in der Form gar nicht so von zu Hause."

„Bist du nicht von hier?"

„Nee, aus dem Ländle." Catherine grinste.

„Schwabenland?", fragte ich vorsichtshalber.

„Genau. Eine Kleinstadt bei Stuttgart. Gerlingen."

„Nie gehört", räumte ich wahrheitsgemäß ein.

„Kein Wunder. Obwohl Bosch da seinen Firmensitz hat."

„Bosch?" Als hätte ich noch nie von Bosch gehört.

„Die Firma Bosch. Kühlschränke, Zündkerzen, Bohrmaschinen. Tausende andere Dinge. Mein Vater arbeitet da. Deshalb sind meine Eltern dahingezogen. Aus Niedersachsen weg. Da bin ich geboren, in der Nähe von Hannover. Kurz vor der Einschulung ging es ab in den Süden."

„Du sprichst gar nicht so."

„Schwäbisch?" Sie wirkte belustigt.

„Ja." Dieser Dialog war nicht unbedingt filmreif. Der Hund namens „Mann" verfolgte unser Gespräch dennoch fasziniert. Ständig drehte er den Kopf, um zu sehen, wer gerade was von sich gab.

„Ich schätze, ich schwäbele nicht, weil wir Zugezogene waren. Keine Ureinwohner. Und du?"

„Ureinwohner. Gebürtiger Bochumer. Wie heißt du eigentlich?" Wenn sie Catherine sagen würde, würde ich umfallen vor Lachen.

„Valerie. Und du?"

Valérie, Valérie, schön wie nie …

Ich fiel nicht um. „Mike."

„Mike wie Michael?"

„Nee, Mike wie Mike. M-I-K-E."

„Also, Mike, ich muss dann mal."

„Was?" Das kam so abrupt, ich geriet automatisch in Schockstarre.

„Los. Ich meine, ich muss weiterziehen. Du nicht? Endet genau hier zufällig deine Joggingrunde?" Sie blickte an mir herab, prüfend. Womöglich bemerkte sie erst jetzt den Schweiß auf meinem T-Shirt, die alte Sporthose und die ausgelatschten Laufschuhe.

„Nee, das nicht. Ich dachte nur, dass …"

„Was?"

„Ach, keine Ahnung. Wir quatschen hier so nett."

„Stimmt."

Sie lächelte. Wenn sie mich nicht längst umgeworfen hätte, wäre es spätestens in diesem Moment geschehen. Aber so was von!

Ich nahm all meinen Mut zusammen. Klar, sie war nicht die erste umwerfende Frau, die ich traf. Doch in Valeries Gegenwart fühlte ich mich derart … Ja, was denn? Geschmeichelt zum einen, dass sie sich mit mir abgab. Zum anderen kribbelte es derart in meinem Bauch, als hätte ich zwanzig Flaschen Weizenbier intus. Jenseits allen Wunschdenkens spürte ich, dass sie mich nett oder interessant fand. Ich musste es einfach rauslassen. „Na ja, wenn nicht heute, dann quatschen wir vielleicht ein andermal weiter?"

„Schlägst du gerade ein Treffen vor?" Ihre Stimme klang weitgehend neutral, fand ich.

„Puh, ja. Hältst du das für so abwegig?"

„Dass die Erde eine Scheibe ist, halte ich für abwegiger."

Ich krächzte ein Lachen hervor, geschickt vorbei am Kloß im Hals. „Wie wäre es mit einem Kaffee morgen in der GB-Cafete? Oder bist du morgen nicht an der Uni?"

„Bin ich. Den ganzen Tag. Kaffee klingt gut."

Das ähnelte einem „Ja", sehr sogar.

„Halb zwei? Ginge das für dich?" Himmel, wie vorsichtig ich mich herantastete. Kein Vergleich zum Draufgänger Mike und wie der sonst Dates ausmachte.

„Das passt", antwortete Valerie. „Um drei habe ich eine Vorlesung."

Es war ein „Ja". Ich hätte ausflippen können vor Freude.

„Und ich ein Seminar."

„Geschichte?"

„Nö, Sport. Trainingswissenschaft."

„Klingt spannend."

„Du kennst den Dozenten nicht."

„Schlimm?"

„Gottgleich." Und das war heillos untertrieben.

„Oh je", stöhnte sie, als kenne sie sich mit gottgleichen Dozenten aus.

Mit diesen Worten zog sie von dannen, Catherine Zeta-Jones alias Valerie. Oder Valérie? Egal. Ich würde mich morgen mit ihr treffen. Auf einen Kaffee in der GB-Cafete, aber das war besser als nichts. Unsinn, es war Millionen Mal mehr, als ich mir vor dem Joggen erträumt hätte. Es war der pure Wahnsinn.

Ich trabte nach Hause, duschte und dachte an Valerie. Simon lenkte mich nicht ab. Er besuchte Philip, einen Slawistik-Studenten, mit dem er sich regelmäßig traf. Die engste Beziehung, die mein Mitbewohner unterhielt. Er würde bei Philip pennen. Im Gegenzug übernachtete Philip von Zeit zu Zeit bei uns. Er nannte mich „Simons süße Hete" und baggerte mich spaßhalber an. Die Chancen für einen Uferwechsel standen allerdings schlecht. Nach dem heutigen Nachmittag noch ein bisschen schlechter.

KAPITEL 7

Die Gangster

Help!

„Morgen ist es so weit." Er hebt, wie an jedem Abend, die Bierflasche und stößt mit seinem Bruder an. Sie sind auf eine andere Marke umgestiegen. Weniger herb.

Plong!

Sie sitzen erneut vor dem Haus, wieder ist es früher Abend, doch die Sonne steht etwas höher und erreicht nun zusätzlich zu den Gesichtern ihre Oberkörper. Es ist für beide die zweite Flasche Bier.

„Morgen?", fragt der Bruder unnötigerweise nach.

„Ja, morgen."

„Wie machen wir es? Und wo?"

„Wir lassen unseren Gast kommen. Genial, oder?"

„Wie bitte?"

„Er kommt hierher. Kein Scherz. Wir senden ein SOS ab und unser Gast wird helfen wollen. Ganz simpel. Er klopft an die Tür, wir öffnen und schließen die Tür sofort ab. Fertig."

„Wir rufen um Hilfe?"

„Exakt."

„Und der Gast wird auf jeden Fall kommen?"

Da sind sie, die Bedenken seines Bruders. Er hat es vorhergesehen und bleibt ganz ruhig. „Ja. Diesen Wunsch muss unser Gast erfüllen."

„Und wenn er jemandem verrät, wohin er fährt?"

Das ist ausnahmsweise mal eine halbwegs berechtigte Frage, die eine ernsthafte Antwort verdient. „Wir werden ihn bitten, mit niemandem über unsere Notlage zu reden, da andernfalls jemand in Gefahr geraten könnte, den unser Gast sehr mag. Das dürfte reichen. Für den Gast ist die Fahrt hierher keine Weltreise, nur ein paar Kilometer, außerdem an einen harmlosen Ort. Er wird keine Falle vermuten. Vertraue mir, alles wird gut."

„Gibt es neue Ideen dazu, was anschließend mit ihm geschieht?"

„Nein, du kennst alle denkbaren Optionen."

Der Bruder richtet sich auf. „Ich hole den Wodka, okay?"

Im Grunde genommen ist es etwas zu früh am Abend für harte Sachen. Der Kleine ist nervös. Nach den vielen Tagen des Nichtstuns und Wartens beginnt nun das große Abenteuer. Sein Bruder kann sich noch immer nicht vorstellen, dass alles wie am Schnürchen laufen wird, dass der Plan genial ist und dass ihnen eine Zukunft voller Reichtum winkt.

Er selbst wird sich an diesem Abend mit dem Alkohol zurückhalten. Auch ein Kinderspiel soll man mit klarem Kopf angehen. Außerdem spielen sie dieses Spiel zum ersten Mal und niemand weiß, welches Spielzeug man im Laufe der Zeit benutzen muss. Darum hat er vorgesorgt. Neben der Eisenkette liegen Seile, Klebeband, Messer, Sägen und die Pistole griffbereit.

KAPITEL 8

2006

Valérie, Valérie

Nervös? Ich? Niemals! Von wegen! Mir schlotterten regelrecht die Knie, als ich mich nach einer unterhaltsamen Vorlesung über Bismarcks Cognacabende mit König Wilhelm, dem späteren Kaiser, Richtung GB aufmachte. Das attraktivste Mädchen der Stadt wartete auf mich. Oder würde ich auf sie warten?

Nichts dergleichen trat ein, wir begegneten uns unterwegs, sie vom GC kommend, ohne Hund, ich von GA kommend, ohne Hund. Sie in all ihrer Schönheit, dazu Jeans, wie neulich im *Konkret* eine Bluse und Turnschuhe. Ich in all meiner Aufregung, dazu Jeans, T-Shirt, Turnschuhe.

Sie winkte mir zu.

„Hallo Mike."

„Hallo Valerie. Wo ist Mann?"

„Ah, habe ich das gestern gar nicht erwähnt? Mann gehört einer Freundin. Ich sitte ihn nur ab und zu. So wie gestern."

„Ah, verstehe."

„Fast zu schön für Cafete, oder?" Valerie machte eine ausladende Handbewegung, die diesen traumhaften Frühlingstag vortrefflich zusammenfasste.

„Stimmt. Sollen wir auf der Wiese …?" Ich meinte die Wiese zwischen G- und M-Reihe.

„Oder in den Botanischen Garten?"

„Mir recht."

„Mir wäre auch die Wiese hier recht."

So kamen wir nicht voran. „Ach, ruhig runter in den Garten."

Es war ein gutes Stück bis zum Botanischen Garten tief im Süden des Campus. Auf dem Hinweg ging es gefühlt hundert Treppen mit jeweils hundert Stufen hinab. Zunächst liefen wir quer übers Forum, an Audimax und Mensa vorbei. Überall saßen Studenten und tankten Sonne, quatschten, qualmten, schlürften Kaffee.

Wir hatten die ersten fünfzig Treppen geschafft und unterhielten uns.

„Wie läuft dein Tag bisher?", fragte ich.

„Ich hatte gerade eine nette Soziologie-Übung. Und dein Tag?"

Ich erzählte ihr von der Vorlesung.

„Ach, wie schön", rief Valerie. „Da macht Geschichte richtig Spaß, schätze ich. Ich habe mich in der Schule leider kaum dafür interessiert. War Bismarck nicht so ein schlimmer Reaktionär?"

„Aus heutiger Sicht garantiert." Ich versuchte, nicht allzu belehrend zu klingen, nur weil ich von diesem Thema ein Fitzelchen mehr wusste als sie.

„Und er hat ständig mit dem Kaiser gesoffen?"

„Als der Kaiser noch preußischer König war. Bismarck wollte ihn überzeugen, Kaiser zu werden."

„Mithilfe von Cognac?"

„Cognac, Zigarren und Argumente, die heute niemand mehr nachvollziehen möchte."

„Weil?" Valerie blieb stehen, auf Treppe sechsundsiebzig. Ich stoppte zwangsläufig ebenfalls. „Weil Deutsche und

Franzosen mittlerweile Freunde sind. Beispielsweise. Sehr zugespitzt formuliert."

Wir liefen weiter, erreichten den Botanischen Garten und setzten uns auf die erstbeste Bank. Außer uns waren nur wenige Leute unterwegs, ein paar Studis, dazu einige ältere Herrschaften, die zum Teil nichts mit der Uni zu tun hatten; der Garten war öffentlich. Die meisten lasen die Infotafeln neben den Beeten oder bewunderten die Pflanzen.

„Machst du lieber Geschichte oder Sport?", wollte Valerie wissen.

„Sport."

„Trotz des gottgleichen Dozenten?"

Das hatte sie sich gemerkt. Ich freute mich. „Ja, er ist eher die Ausnahme. Die anderen Dozenten sind nahbarer. Wir dürfen die meisten duzen."

„Ihr duzt eure Profs?"

„Ja, die meisten. Gibt es das bei euch nicht?"

„Ganz selten und sowieso nur die niederen Dozenten. Nicht die Profs. Die sieht man höchstens mal in den Vorlesungen aus weiter Ferne. Massenuni. Ist halt so."

Ich suchte nach einer halbwegs geschickten Überleitung zu etwas persönlicheren Themen. „Wie ist es so im *Café Konkret*?"

„Hm?"

Valerie saß einen halben Meter entfernt von mir. Zum Greifen nahe. Selbstverständlich war ich weit davon entfernt, bildhaft gesprochen, sie zu berühren. Ich war so aufgeregt wie beim allerersten Date mit fünfzehn. Gleichzeitig war ich stolz auf mich, dass ich derart locker mit Valerie quatschte. Vor ein paar Tagen, hinter der Theke, da hatte sie unnahbar gewirkt. Auch gestern, am Anfang unseres zufälligen

Treffens, war sie ein wenig blasiert rübergekommen. Gestern war sie nach ein paar Minuten aufgetaut, heute gab sie sich von Beginn an zugewandt. Mir war in diesem Moment nicht so recht klar, ob ich es einfach bloß genoss, mit ihr abzuhängen, oder ob ich drauf und dran war, mich zu verknallen. „Na, dort zu arbeiten."

„Ach so. Das ist okay. Ist halt ein Job."

„Baggern dich nicht ständig irgendwelche Typen an? Ich meine, du …"

„Was?"

„Na ja, so, wie du aussiehst, ich meine …"

„Wie? Wie ich aussehe?"

„Na ja, gut halt. Als ich dich das erste Mal sah, dachte ich: So sah Catherine Zeta-Jones mit zwanzig aus."

„Dreiundzwanzig." Überraschend errötete Valerie; das sah so süß aus. „Aber danke. Du bist ein Charmeur, Mike."

Ich fuhr voll drauf ab, wenn sie meinen Namen aussprach. „Bitte."

„Und du?"

„Zweiundzwanzig."

„Junger Hüpfer." Sie grinste. „Trotzdem ein kleines Missverständnis. Ich meinte: Und du wärst dann *Zorro*. Wie heißt der Schauspieler noch mal?"

Valerie spielte auf einen der bekanntesten Filme mit Zeta-Jones an. „Antonio Banderas. Da bin ich aber weit von weg, von einem Latin Lover."

„Dann halt Bruce Willis."

Lustig, dass sie mich, wie ich selbst bisweilen, mit diesem Schauspieler verglich. „Bruce Willis mit zweiundzwanzig."

„Vielleicht sollten wir einen Film drehen?"

„Oder erst mal einen …" Ich brach zum gefühlt siebenhundertsten Mal einen Satz ab. Das war rekordverdächtig.

„Einen was?"

„Ansehen."

„Einen Film?"

„Dachte ich. Ja."

„Kino?"

Na klar, eine DVD bei mir daheim wäre eine willkommene Alternative. Oder? Ich sah Simon vor mir, wie er Valerie musterte, wie er sich laut an den Abend am *Café Konkret* erinnerte, als ich von der Toilette zurückkehrte, hin und weg von Valeries Anblick und kaum ansprechbar. Simon gab sich in solchen Momenten gern undiplomatisch und sehr geradeheraus. „Ja, Kino. Wobei ich nicht weiß, ob …" Siebenhunderteins.

„Ob was?"

„Na, ob du … Lust dazu hast. Und Zeit. Und überhaupt, ob du …" Siebenhundertzwei.

„Ob ich einen Freund habe?"

„Ja, das wollte ich sagen."

„Nein."

„Ah."

„Aber eine Freundin."

„Was?"

„Kleiner Scherz. Ich bin frei. So frei. Und du?"

„Dito."

„Es wäre ja nur Kino. Keine Heirat oder so", witzelte Valerie.

„Ja, nur Kino. Wann könntest du? Ginge es direkt heute?"

„Ich muss mal in mein Blackberry gucken."

„Wie bitte?"

„Der nächste Scherz. Sorry. Ich bin …"

Ausnahmsweise beendete Valerie einen Satz mit drei Pünktchen.

„Du bist was?"

„Nervös?"

„Du?"

„Ja, warum nicht? Weil ich gut aussehe? Darf ich deshalb nicht nervös sein? Vor allem, wenn ich neben dem attraktiven Kerl sitze, der den Hund meiner Freundin gerettet hat."

„Äh … Der Kerl ist auch nervös. Sehr."

„Wie ärgerlich! Ich schätze, da hilft nur …"

Ein Kuss.

KAPITEL 9

2006

Video Killed the Radio Star

Es blieb bei diesem einen Kuss. Er bedeutete viel, aber nicht alles. Wir liefen anschließend nicht Händchen haltend zurück zur G-Reihe. Hundert Treppen aufwärts. Wir quatschten etwas unbefangener, fand ich. Hauptsächlich über Filme, die wir am Abend ansehen könnten. *Ice Age 2* war gerade angelaufen. Wir hatten beide Teil eins gesehen und geliebt. Valerie interessierte sich darüber hinaus für einen anderen Animationsfilm namens *Happy Feet*, in dem es um Pinguine ging. Ich erwähnte *Mission: Impossible III*, Valerie winkte sofort ab. Tom Cruise fand sie doof.

Als wir uns vor dem GC verabschiedeten, mit einer knappen Umarmung, legten wir uns auf keinen Film fest. Wir wollten uns gegen Viertel vor acht vor dem Union-Kino im Bermudadreieck treffen und uns spontan entscheiden. Außerdem tauschten wir Handynummern aus.

Zunächst musste ich mein Seminar hinter mich bringen: Leistungsdiagnostik. Wir lauschten einem schier endlosen Vortrag über Wettkampfanalyse und Wettkampfleistung. Ich ertappte mich dabei, dass ich versonnen auf meinem Collegeblock kritzelte. Meist schrieb ich einen bestimmten Namen, mal horizontal, mal vertikal. Also doch verknallt? Nach diesem überraschenden Kuss und mit der Verabredung vor der Brust nicht weiter verwunderlich, befand ich.

Nach dem Kurs flitzte ich zur U-Bahn-Haltestelle. Viertel nach vier, die Bahn war voll. Ich quetschte mich in einen Pulk Oberstufenschüler. Sie diskutierten eifrig über die Chancen der Nationalelf bei der Heim-WM. Vor ein paar Wochen hatte das Team in Italien mächtig den Hintern versohlt bekommen, eins zu vier. In dieser Verfassung war es fraglich, ob die Mannschaft die Vorrunde überleben könnte. Die fünf Jungs gaben sich optimistisch, in ihren Augen erreichte Deutschland mindestens das Halbfinale. Na ja, hoffen dürfen wir alle mal.

Ich stieg zusammen mit drei Viertel der anderen Fahrgäste am Bahnhof aus, fuhr mit der längsten Rolltreppe Bochums zurück in die Oberwelt und erreichte kurz darauf unser Wohnhaus in der Ferdinandstraße.

Im Erdgeschoss war eine Anlaufstelle für Jugendliche untergebracht, das Sprungbrett. Das war, große Überraschung, symbolisch gemeint, denn es ging um junge Menschen mit Problemen. Zerrüttete Familienverhältnisse, Einsamkeit, Drogen, Alkohol, Gewalt. Der ganze Rotz. Die beiden Sozialarbeiter, die das Sprungbrett betrieben, waren nette Kerle. Von den Kids ließen sie sich nicht auf der Nase herumtanzen. Andererseits stand für mich fest, dass kaum einer, der hier aufkreuzte, die Einrichtung als Sprungbrett nutzen würde.

Simon und ich wohnten im zweiten Stock. Nicht zuletzt wegen der nicht über jeden Zweifel erhabenen Nachbarschaft zahlten wir eine für Innenstadtverhältnisse niedrige Miete für drei Räume plus Diele, Küche, Bad. Alle Räume erreichten wir von der quadratischen Diele aus. Sie beherbergte ansonsten nur eine Garderobe, einen Schuhschrank und ein Telefontischchen. Küche und Wohnzimmer teilten Simon und ich uns brüderlich, inklusive Kühlschrank. Die

Küche war rein funktional eingerichtet, eine Einbauküche aus den frühen Neunzigern, die wir vom Vormieter übernommen hatten, weiß mit ein paar blauen Streifen, dazu ein Tisch mit vier Stühlen drum herum.

Der Wohnraum kam ebenso unspektakulär daher. Blaues Stoffsofa plus zwei dazu passende Sessel, ein Tisch mit Glasplatte, eine Anrichte, auf der ein riesiger Flachbildfernseher und ein DVD-Player thronten. Die neuesten Geräte auf dem Markt und praktisch allein von Simon finanziert, der ein absoluter TV-Junkie war und an manchen Tagen sechs und mehr Stunden vor dem Fernseher hockte, klassisch mit Chips und Cola oder Bier bewaffnet. Er verfügte über eine ausufernde Sammlung an DVDs, die er zum Teil in der Anrichte, zum Teil in seinem Zimmer aufbewahrte. Bestimmte Vorlieben besaß Simon nicht, er glotzte alles.

Er war nicht zu Hause. Das war mir ganz recht; ich wollte mich in Ruhe schick machen. Ich betrat mein Zimmer, das genau wie Simons Königreich nach hinten raus lag, mit Blick auf einen Hinterhof mitsamt Garagen und anderen Stellplätzen für Autos. Aus zwei parallelen Fenstern konnte ich diese Beton gewordene Idylle bewundern, zum Beispiel von meinem Schreibtisch aus. Ansonsten begnügte ich mich mit einem Kleiderschrank mit Schiebetüren, einem Ledersessel mit Beistelltisch, einer Kommode mit Mini-Stereoanlage darauf und einem Futon.

Ich stöberte im Kleiderschrank, fischte die sauberste Jeans und das vorzeigbarste T-Shirt heraus, dazu frische Unterwäsche. Mit den Klamotten unterm Arm tänzelte ich zum Bad, wo ich die folgende Dreiviertelstunde zubrachte.

Als ich, frisch und sauber wie ein Aprilmorgen, pfeifend in die Diele trat, lehnte dort Simon an der Garderobe.

„Alter, was treibst du einen halben Tag lang im Bad?", begrüßte er mich.

„Duschen."

„Wie viele Körper hast du, die du abduschen musst?"

„Nur diesen hier." Ich zeigte an mir herunter.

„Ich wollte dich eigentlich fragen, ob du Bock auf einen DVD-Abend hast. Aber wenn ich dich so sehe und höre, beschleicht mich das Gefühl, dass du schon was vorhaben könntest. Wer ist denn die unglückliche Person?"

„Eine Kommilitonin von mir."

„Aha, hat sie auch einen Namen, diese Kommilitonin von dir?"

„Jepp."

„Mike!"

„Sie heißt Valerie."

„Alter, was ein heißer Name. Lerne ich sie direkt heute kennen?"

„Wie gesagt: Es ist eine Kommilitonin. Wir gehen ins Kino."

„Welcher Film?"

„Wissen wir nicht. Wir treffen uns am Union und entscheiden spontan", gab ich unseren Plan wortwörtlich wieder.

In diesem Moment teilte mir mein Handy mit, dass ich eine SMS empfangen hatte. Ich zog es aus der Hosentasche und sah, dass sie von Valerie stammte. Mit einem mulmigen Gefühl öffnete ich die Nachricht.

„Lieber Mike, ich muss leider absagen. Seit der Vorlesung habe ich Kopfweh. Ginge es stattdessen morgen? Same Time? Same Place? V."

Im ersten Impuls hätte ich beinahe das Handy durch die Diele gepfeffert. Im letzten Moment fiel mir ein:

Aufgeschoben ist nicht aufgehoben. Ich beruhigte mich und tippte eine Antwort.

„Liebe Valerie, das tut mir leid mit deinem Kopfweh. Ja, sehr gern morgen Abend vor dem Kino. Gute Besserung. Mike."

Valerie antwortete.

„Danke. Ich freue mich. V."

Ich daraufhin mit einem Lächeln auf den Lippen: „Ich mich auch."

Simon verfolgte das Schauspiel interessiert. „Schlechte Nachrichten oder gute?"

„Zwei gute: Ich gehe morgen ins Kino und schaue mir heute mit dir Filme an."

KAPITEL 10

Die Gefangene

Trapped Today, Trapped Tomorrow

Wie kann ein Mensch nur so blöd sein? So saublöd, um in diese Falle zu tappen? Nur, wie hätte sie das hier ahnen können? Nichts hatte darauf hingedeutet. Das Telefonat vorhin. Klar, es kam überraschend. Nie hätte sie damit gerechnet. Die Bitte klang etwas verworren. Aber am Ende kommt es darauf an, wer einen um Hilfe bittet, oder? Von dieser Person hätte sie niemals solch einen miesen Trick erwartet.

Sie sieht sich ein weiteres Mal um. Falls der Raum jemals Fenster besaß, so verbergen sie sich nun hinter einer Abdeckung, die an die Wandverkleidung in einem schalldichten Raum erinnert. Bestimmt geht es genau darum. Niemand soll hören, wenn sie um Hilfe ruft. Die Zivilisation ist schließlich nicht weit entfernt. Knapp zweihundert Meter bis zur großen Straße. Jenseits der Straße liegt der Stadtwald.

Ja, sie ist keine fünf Kilometer entfernt von zu Hause und dennoch von der Außenwelt abgeschottet. Ihr Auto haben diese Leute garantiert versteckt.

Nur die kleine Nachttischlampe brennt. Neben dem Nachttisch steht das Bett, mit Zudecke und Kissen. Beinahe liebevoll drapiert. Ansonsten bloß der Sessel, auf dem sie gerade sitzt, ein Tisch, ein Stuhl und die schmale Kommode mit Wechselwäsche. In ihrer Größe. Sehr aufmerksam. Trotzdem kein Grund, dankbar zu sein.

Froh ist sie über das kleine WC inklusive Waschbecken. Mit Handtuch! Man wird sie gleichfalls mit Nahrung versorgen, davon ist sie überzeugt. Eine Kiste Wasser wartet bereits neben ihrem Ses-

sel. Plastikflaschen. Haben die Leute Angst, dass sie mit Glas etwas Hinterhältiges anstellen könnte? Sich verletzen beispielsweise? Gott, was für ein Unsinn!

Die schwere Eisenkette, mit der sie zusätzlich verhindern wollen, dass sie etwas Hinterhältiges anstellt, schmiegt sich, nicht allzu eng, um ihr rechtes Handgelenk. Die Kette endet an einer wuchtigen Öse in der Wand rechts oberhalb des Bettes. Die Kette ist exakt so lang, dass sie jeden Winkel des Raumes erreichen kann. Dazu zählt das kleine Regal, das sie gerade nicht erwähnt hat. Ein gutes Dutzend Bücher. Bestseller der vergangenen Jahre. Preisgekrönte Bücher. An sich keine schlechte Auswahl. In diesem Moment hätte sie allerdings lieber ihr Handy, um mit jemandem zu telefonieren, jemanden zu alarmieren. Doch das Handy haben sie ihr als Erstes abgenommen. Logisch. Wer hält sich schon eine Gefangene mit Handy?

Nichts anderes als eine Gefangene ist sie hier. Nur, warum hat man sie geschnappt? Bisher erweckt nichts den Eindruck, dass man sie quälen, foltern oder vergewaltigen will. Da bleibt nicht viel übrig. Die Leute haben sie entführt oder besser gesagt: Sie ist freiwillig zu ihren Entführern gelaufen. Blindlings in die Falle getappt.

Dümmer geht es nicht.

Sie schnappt sich eine der Plastikflaschen mit Wasser, dreht wütend den Verschluss auf, trinkt direkt aus der Flasche. Medium. Genau die Sorte Mineralwasser, die jemand besorgt, der nicht weiß, ob seine Gäste Kohlensäure mögen oder nicht. Sie mag Kohlensäure und findet medium langweilig. Soll sie sich beschweren? Richtiges Mineralwasser verlangen? Soll sie die Flasche gegen die Wandverkleidung schleudern, um ihrem Protest etwas Nachdruck zu verleihen? Oder sich fügen? Medium trinken, die Entführer – falls es welche sind – nicht unnötig gegen sich aufbringen? Ihr Schicksal annehmen und auf das Beste hoffen? Das Beste, das bedeutet, dass dieser Albtraum rasch endet, dass sie sehr bald wieder frei ist.

Ja, das dürfte der angemessene Weg sein.

Sie trinkt, saugt sich regelrecht an der Flasche fest. Schmeckt gar nicht mal so schlecht, medium.

KAPITEL 11

2006

Kiss me

Zwei Filme wurden es, für mich zumindest, Simon zog sich einen dritten Streifen rein. Die alte Nachteule. Er musste am folgenden Tag erst um zwölf an der Uni sein, ich um neun.

Ich absolvierte das akademische Programm mit halber Kraft, mit meinen Gedanken war ich die ganze Zeit über bei Valerie. Ich betete inständig, dass ich keine SMS von ihr erhielt. Außerdem scannte ich bei jedem Gang über den Campus meine Umgebung ab für den Fall, dass Valerie an der Uni sein würde. Oder der Hund namens „Mann". Ich sah beide nicht.

Zu Hause wiederholte ich das Reinigungsritual vom Vortag. Als bis zwanzig nach sieben keine Nachricht von Valerie eingetroffen war, machte ich mich frohen Mutes auf den Weg in die Innenstadt. Ich lief zur Unistraße, dort bis zum Südring, bog in die von Restaurants, Cafés und Kneipen gesäumte Brüderstraße und dann in die Kortumstraße, wo es genauso aussah. Das Herz des berühmten Bochumer Bermudadreiecks.

Zwischen den Kneipen versteckten sich zwei Kinos, das Programmkino Casablanca, das auf künstlerisch wertvolle Filme abseits von Hollywood spezialisiert war, und das wesentlich größere Union-Kino, das sich nicht zu schade war, auf Hollywood zu setzen.

Valerie wartete, wie üblich in Jeans, diesmal oben herum mit Sweatshirt und schwarzer Lederjacke, in der Nähe des Eingangs. Sie fummelte an einem schwarzen Handtäschchen herum und sah bezaubernd aus wie eh und je. Die dreiundzwanzigjährige Catherine Zeta-Jones wäre vor Neid erblasst.

Sie winkte mir verstohlen zu, ich winkte zurück. Wenige Sekunden später stand ich unschlüssig vor ihr. Es hatte einen Kuss gegeben, eine Umarmung. Und jetzt? Sollte ich den nächsten Schritt wagen? Wenn ja, welchen? Valerie wirkte ebenso ratlos. Nach einer gefühlten Ewigkeit bewegten wir uns aufeinander zu und einigten uns wortlos auf einen Kompromiss: längere Umarmung plus ein wenig über den Rücken reiben.

„Geht's dir wieder einigermaßen?", erkundigte ich mich.

„Ja, die Kopfschmerzen sind praktisch weg. Ich habe manchmal solche Anflüge. Eine harmlose Variante der Migräne. Angeblich nicht besorgniserregend. Sorry, dass ich deswegen gestern absagen musste."

„Krank ist krank. Und heute klappt's ja."

Valerie berührte meine Schulter, ließ dort ihre Hand ruhen. „Und, welcher Film?"

„Lass uns die Plakate angucken und auswählen."

Wir schlenderten durchs Foyer und einigten uns auf *Ice Age 2*, der in Saal 1, dem größten des Kinos, gezeigt wurde. Der Saal war etwa zur Hälfte gefüllt, wir erwischten problemlos zwei Plätze, wo uns keine Zwei-Meter-Kanten mit Cowboyhut die Sicht auf die Leinwand versperrten.

Wie so oft, erwies sich die Fortsetzung als etwas schwächer als der erste Teil. Es gab aber genügend gute Gags und bisweilen tobte der Saal regelrecht. Valerie und ich brüllten einige Male lauthals mit.

Wir teilten uns eine Riesentüte Popcorn, was dazu führte, dass sich unsere Hände in schöner Regelmäßigkeit berührten. Nachdem das Popcorn alle war, berührten sie sich ohne dieses Hilfsmittel. Valerie streichelte sanft mit ihrem Zeigefinger über meine Hand. Einmal küsste sie mich auf die Wange.

„Sollen wir irgendwo ein Glas Wein trinken oder so?", schlug ich hinterher vor. Ich hatte vorher stundenlang überlegt, wie ich die Frage formulieren sollte, vor allem, an welche Stelle ich das „oder so" setzen sollte. Ich hatte mich für die verwegene Variante entschieden.

Valerie blickte auf die Uhr. „Mein Bus fährt nicht mehr so lange."

„Wo wohnst du denn?", fragte ich geschockt.

„Markstraße. Nicht weit vom Geschäftszentrum Weitmar-Mark entfernt. Kennst du die Gegend?"

„Ich weiß ungefähr, wo das ist." Ich überlegte. „Was hältst du davon, wenn ich dich später nach Hause fahre?"

„Du hast ein Auto?"

„Ja. Nichts Besonderes. Ein alter Golf. Hat früher meinem Vater gehört. Also, was meinst du?"

„Ist dir das nicht zu umständlich?"

„Nein. Ich schätze mal, du möchtest nicht gern ins *Café Konkret* gehen?"

„Gott bewahre!"

„Wir könnten ins *Café Ferdinand* gehen. Ich wohne in der Nähe und mein Auto steht praktisch vor dem Lokal." In meinem Hinterkopf lauerte darüber hinaus das Argument, dass der Laden strategisch enorm günstig lag, falls wir nach dem Wein zu mir gehen würden. Oder so.

„Gute Idee."

Wir bummelten langsam zum Bahnhof, hielten nicht Händchen, gingen aber so nah beieinander, dass wir uns ständig berührten. Ich glaube, wir beide machten das mit Absicht. Ich lotste uns um den Bahnhof herum und zeigte Valerie im Vorbeigehen das Haus, in dem ich wohnte.

„Sprungbrett?"

Ich erklärte ihr Sinn und Zweck der Einrichtung.

„Dann hängen hier ständig irgendwelche komischen Leute rum, oder?" Valerie klang besorgt.

„Ja, das kommt vor. Aber die sind in der Regel vollkommen mit sich beschäftigt. Die lassen einen in Frieden. Alles gut."

Wir erreichten das weiße Eckhaus, in dem das *Café Ferdinand* untergebracht war. Dezentes Stimmengewirr empfing uns im vorderen Raum, der von einer großen Theke beherrscht wurde, die längs in den Raum hineinragte. Links davon standen ein paar Tische, die allesamt besetzt waren. Im seitlich gelegenen Raum sah es besser aus. Das war ohnehin der schönere Raum, mit Stuckdecken, Mosaikboden, Tischen mit Marmorplatten, Kerzenständern darauf und schwarzen Stühlen davor.

Umgehend kam der Kellner an unseren Tisch. Ein schlanker Kerl, um die eins neunzig, mit Glatze, schwarzer Hose und schwarzem Hemd.

Wir bestellten beide Rotwein.

„Zurück zu vorhin", begann Valerie. „Du fühlst dich also sicher in deinem Haus."

„Auf jeden Fall."

„Wohnst du dort allein?"

„Nein, mit einem Kumpel. Simon. Für jeden von uns ein eigener Raum plus Wohnzimmer, das wir gemeinsam nutzen."

„Studiert ihr zusammen?"

Ich erzählte ihr von dem Kurs des Optionalbereichs, wo ich Simon, Jessi, Murat und Wiebke kennengelernt hatte.

„Das ist ja mal ein bunter Haufen", staunte Valerie.

„Vielleicht ergibt es sich demnächst mal, dass du die Bande kennenlernst." Ich legte all meine Zärtlichkeit in den folgenden Blick und zugleich meine Hand auf Valeries. Ich wollte ein verbindliches Zeichen setzen.

Valerie lächelte zurück. Sie hob ihre Hand und verschränkte sie mit meiner, führte sie zu ihrem Mund und hauchte einen Kuss darauf. Mich durchfuhr ein erregend-erregter Schauer. Leider kehrte in dieser Sekunde der Kellner zurück und servierte unseren Wein.

„Und du?", fragte ich. „Wohnst du auch in einer WG?"

„Ich wohne allein in einem Appartement. Meine Eltern haben es mir geschenkt."

„Geschenkt?"

„Ja, es ist eine Eigentumswohnung. Dekadent, was?"

„Na ja, viele Studenten werden wohl nicht in Eigentums-wohnungen leben, schätze ich." Okay, Wiebke war eine weitere Ausnahme.

„Findest du es schlimm?"

„Nein. Wenn dir deine Eltern so etwas schenken wollen, warum solltest du das ausschlagen?"

„Weil ich nicht als abgehoben wahrgenommen werden möchte. Vor allem in meinem Studiengang. Mit einer Eigen-tumswohnung wäre ich besser bei Jura, Wiwi oder Medizin aufgehoben."

„Ich bin froh, dass du nicht dort gelandet bist. Zu Wiwi und Jura passt du jedenfalls kein bisschen."

„Danke." Valerie streichelte meine Hand.

Ich sah uns in der Pofe landen. Heute Nacht.

Da hatte ich mich zu früh gefreut. Wir plauderten eine Weile und bestärkten uns gegenseitig in unseren Vorurteilen gegenüber bestimmten Studiengängen und den Leuten dort, dann neigte sich der Wein in Valeries Glas bedenklich dem Ende entgegen. Ich schlug vor, noch etwas zu bestellen.

„Für mich nicht", erwiderte sie. „Ich müsste eh demnächst heim. Ob du es glaubst oder nicht, Mike, ich habe morgen um halb neun eine Vorlesung."

„So früh? Wer denkt sich denn so was aus?" Ich ließ mir meine Enttäuschung nicht anmerken.

„Der Statistik-Prof. So ein oller Preuße. Wenn der von Tot- und Lebendgeburten spricht, verzieht er keine Miene. Da sieht er bloß die Zahlen. Ich würde mich nicht wundern, wenn unter seinem Kissen die neuesten Daten vom Statistischen Bundesamt ruhen."

Valerie bestand darauf, den Wein zu bezahlen, da ich sie nach Hause kutschierte und sie sich revanchieren wollte. Ich willigte ein, was zum Teil daran lag, dass ich vorhin die Kinokarten bezahlt hatte.

Ich kurvte uns über Unistraße und Oskar-Hoffmann-Straße bis zur Königsallee und düste diese ein paar Kilometer lang stadtauswärts. Valerie unterhielt mich mit Anekdoten über den preußischen Professor, der in den Vorlesungen meistens aus seinem eigenen Lehrbuch vorlas. Ich bog rechts auf die Markstraße ab, lauschte Valeries Worten, bis sie vor einem modernen Wohnhaus auf der rechten Straßenseite „Hier ist es!" rief. Ich stoppte, drehte den Zündschlüssel für den Fall, dass der Abschied länger dauern sollte.

„Schön, dass es auch heutzutage so ritterliche Männer

gibt, die die Dame bis vor die Haustür bringen." Sie küsste mich auf die Wange. „Danke, Mike."

„Ich würde dich sogar über die Türschwelle tragen", rutschte es mir heraus. So offensiv wollte ich es nicht angehen.

Valerie sah mich lange an. Ihre Mundwinkel zuckten einige Male. „Wenn es nicht heute Nacht passieren muss, würde ich dich nach dieser noch ritterlicheren Geste bitten zu bleiben." Sie küsste mich erneut, diesmal auf den Mund. „Sollen wir es am Wochenende nachholen?" Sie zögerte. „Oder musst du arbeiten? Ich muss morgen und am Sonntag."

Ich war benommen, vom Kuss, von ihrem eindeutigen Angebot. „Ich arbeite am Samstag", stammelte ich.

„Dann bliebe der Freitag. Magst du zu mir kommen? Gegen acht?"

„Ja und ja und ja."

Wir küssten uns erneut, danach stieg sie aus.

Ich sah ihr nach, wie sie die Treppe zum Hauseingang hinaufging, in ihrer Handtasche den Schlüssel suchte, die Tür aufschloss, im Haus verschwand. Ihre Silhouette zeichnete sich hinter der Milchglasscheibe ab, wie sie mehrere Treppen hinaufstieg, bis in den zweiten Stock. In einer der Wohnungen sprang das Licht an. Ein Schatten hinter der Gardine, der sogleich wieder verschwand. Das Licht erlosch. Der Schatten kehrte zurück, undeutlicher als zuvor. Ich winkte dem Schatten zu und fuhr zurück zur Ferdinandstraße.

KAPITEL 12

2024

Der Hölle Rache

Alice öffnet die Verbindungstür zwischen unseren Büros und holt mich jählings in die Gegenwart zurück. In den Juni 2024. Der Tag vor dem EM-Eröffnungsspiel. Falls man sich später deswegen an diesen Tag erinnert. Oder eher daran, dass Simon und ich uns nach achtzehn Jahren wiedertrafen und zusammen Kaffee tranken. Alles ist denkbar. Auch, dass es einfach nur der Tag sein wird, an dem ich stundenlang an den Sommer 2006 zurückdachte. An meine Clique, an die Zeche, an Seminare an der Uni, an einen Hund namens „Mann" und selbstverständlich an Valerie. Meine erste richtig große Liebe.

Ich klebe jedenfalls seit gefühlten Ewigkeiten an meinem Schreibtisch fest, ganz ohne die Protestabsicht jüngerer Generationen. Stimmt, ich wollte pflichtbewusst auf den Seiten des Bochumer Schauspielhauses herumstöbern, um meiner liebsten Klientin Ines Pfeifer irgendeinen Lösungsvorschlag bei der Fahndung nach dem gemeinen Maulwurf zu präsentieren, zum Beispiel einen Job, den ich als geniale Tarnung im Theater verrichten könnte, um vor Ort heimlich zu ermitteln. Beleuchter. Tontechniker. Statist. Souffleur. Bühnenbauer. Schneider. Kartenabreißer. Irgendwas halt.

Als mich das Stöbern zu langweilen begann, nach etwa vier, fünf Minuten, vielleicht drei, versuchte ich es mit dem

Spielplan der Fußball-EM und scheiterte kläglich an all den Optionen in der K.-o.-Runde mit den besten Gruppendritten und so. Für Deutschland ergeben sich dadurch ungefähr sieben potenzielle Gegner fürs Achtelfinale; falls das Team sich dafür qualifiziert. Das System versteht außer Simon kein Mensch.

Dann drifteten meine Gedanken ab, erreichten die ehemals verbotene Zone namens 2006 und verloren sich dort, wie gesagt, zwischen Seminarraum, Clique, Botanischem Garten, Wohngemeinschaft, Wiesental, Videoabend, Sporthalle, Union-Kino – und Valerie. Wie schnell es da zwischen uns gefunkt hat! Aus heutiger Sicht. Mir erschien es in jenem Sommer wie eine Ewigkeit zu dauern. Schließlich gab es auch Tage, an denen wir uns nicht gesehen haben. Verrückt. Und das, bevor wir überhaupt zusammenkamen. Diese Stunden der Ungewissheit. Für den jungen, der ich damals war, schwer zu ertragen. Die Leiden des jungen Müller.

„Valérie, Valérie, schön wie nie."

Doch jetzt steht nicht Valerie im Türrahmen und setzt eine fürsorglich-ernste Miene auf, sondern Alice, meine Sekretärin, die in unserem Privatleben geschickt in die Rolle der Chefin schlüpft und der zu widersprechen ich allenfalls in absoluten Ausnahmefällen wage. „Willst du nicht langsam mal Feierabend machen, Mike?"

Ich nehme Habachtstellung ein und verdränge die Gedanken an die bewegten Monate des Jahres 2006. „Doch, Schatz, ich höre in ein paar Minuten auf. Es reicht langsam, du hast recht. Ich komme gleich nach. Geh du ruhig schon mal rauf." Ich nehme schwer an, dass Alice jetzt nach oben geht, in unsere Wohnung im dritten Stock; das Detektivbüro ist in der ersten Etage, was sehr praktisch ist – zumindest, wenn es uns gelingt, trotz der geringen Distanz Arbeit und Freizeit voneinander zu trennen.

Alice schaut mich irritiert an. Sie kann mal wieder nicht einschätzen, ob ich mich über sie lustig mache oder einfach nur devot bin. „Okay. Soll ich uns was kochen oder wollen wir in den *Sommernachtstraum* gehen?"

Der *Sommernachtstraum* ist unser Stammrestaurant, wir sind mit den Betreibern Jutta Langner und Helmut Jordan eng befreundet und treffen dort häufig auch andere Freunde. Als wären das nicht genügend unschlagbare Vorteile für das Lokal, existieren zwei weitere: Der *Sommernachtstraum* ist gerade einmal dreihundert Meter von unserer Wohnung entfernt und Jutta kocht wie eine Göttin. Wir müssen zudem – trotz der großen Beliebtheit des Lokals – keinen Tisch reservieren, denn für gute Freunde, die spontan reinschneien, halten Jutta und Helmut stets einen Tisch frei.

Da die drei frisch gelösten Fälle außerdem einen Batzen Geld einbringen, will ich weder knausrig sein noch meine Angebetete in die Küche schicken – und mich augenblicklich von ihr als Küchenhilfe einteilen lassen. „Was für eine zauberhafte Idee", flöte ich also und bringe so ungewollt die Begriffe „Zauber" und „Flöte" zusammen, als wäre ich auf einmal nicht nur Experte für Shakespeare, sondern auch gleich noch für Mozart. Zu Schulzeiten hätte mir wohl niemand diese steile Karriere in der großen, weiten Welt der Hochkultur zugetraut. Ich am allerwenigsten.

Erneut scheint Alice meine euphorischen Worte nicht so recht einordnen zu können. Sie verdreht die Augen, verkneift sich jedoch jegliche Bemerkung. „Schön, dass du Lust darauf hast. Bis gleich." Sie wirft mir einen Kuss zu. Dann dreht sie sich um und geht.

„So in einer halben Stunde?", rufe ich ihr hinterher.

„Ich brauche wohl eher eine ganze Stunde, Schatz."

Sie möchte sich also landfein machen. Als ob Jutta oder Helmut darauf achten würden, was Alice anhat, wie sie ihre Haare trägt, ob und wie sie sich geschminkt hat. Auf all das legen die beiden keinen Wert.

Alice weiß das, sie tut es allerdings nicht für andere, sondern für sich. Behauptet sie. Auch in dieser Angelegenheit widerspreche ich ihr nicht. Viel wichtiger ist, dass sie klaglos akzeptiert, wie ich so herumlaufe. Lederjacke, T-Shirt, Jeans, Stiefel. Unabhängig davon, ob wir essen gehen, ins Kino oder Theater, Freunde besuchen oder spazieren. Selbst die Temperatur spielt keine Rolle. Ich bin beim Thema Kleidung nicht besonders wandelbar.

Und ich bin froh darüber, dass Alice noch eine ganze und keine halbe Stunde benötigt, bis sie sich bereit fühlt für unseren kleinen Ausflug, denn sie unterbrach vorhin meine Reise in die Vergangenheit in einem eher ungünstigen Augenblick. Ich hatte gerade Valerie nach Hause gebracht und fuhr nun zurück in die Ferdinandstraße – in herausragender Stimmung, wenn ich mich richtig erinnere.

KAPITEL 13

2006

In Between Days

Als ich nach Hause kam, hockte Simon vor dem Fernseher. Ich wunderte mich, dass er den zweiten Abend am Stück daheim abhing. Allein. Andererseits gefiel mir die Sache mit den häufig wechselnden Sexpartnern ohnehin nicht. Das galt für Simon und Murat. Die Jungs übertrieben es ein wenig. Ich mochte sie und wünschte ihnen feste, harmonische Beziehungen.

War ich zu spießig? Vielleicht suchten Simon und Murat nicht danach? Jessi suchte, das wusste ich. Und Wiebke? Solange ich sie kannte, schien sie Single zu sein.

„Was ist los mit dir, wirst du häuslich?", versuchte ich es auf die witzige Art.

Simon stoppte den Film. „Mein Date schläft brav in meinem Bettchen. Ich war nicht müde genug. Hallo, nicht mal Mitternacht. Und wer hat morgen erst um elf Uni?"

„Der liebe Simon?"

„Bingo! Und du so? Kino plus Drink plus Sex in vier Stunden? Ich fürchte, ein Element fiel aus. Ich hoffe, es waren der Drink oder das Kino."

„Habe ich dir nicht lang und breit verklickert, dass ich mit einer Bekannten ins Kino gehe?"

„Die Botschaft hör ich wohl, allein mir fehlt der Glaube", zitierte Simon einen berühmten deutschen Dichter und

Denker. „Seit ich dich kenne, bist du noch nie mit einer Frau ausgegangen, ohne dass du scharf wie Chili auf sie warst. Seit ich dich kenne, bekommst du jedes Mal die Frau. Was also lief schief?"

„Gar nichts. Es wird nicht unser letztes Treffen gewesen sein."

„Habt ihr wenigstens geknutscht?"

„Simon, bitte!" Ich setzte mich in den Sessel. Mein Handy piepte. Mein Herz setzte aus. Valerie. Sie schrieb „Gute Nacht. V." Der Herzschlag kehrte zurück. Unter Simons wachsamen Augen antwortete ich: „Gute Nacht!" Nachrichten, die den Lauf der Welt verändern.

Simon ließ sich von dem Zwischenspiel nicht irritieren. „Ich habe halt gern ein wachsames Auge auf meine Herde. Dass nicht alle ständig happy sein können, habe ich zähne-knirschend akzeptiert."

„Hä? Wie meinst du das?" Ich kapierte nichts, außer, dass sich Simon um die Clique sorgte. Genau wie ich.

Simon winkte ab. „Wenn ich dir das erzähle, komme ich in Teufels Küche. Dort mag ich nicht schmoren."

„Super! Erst anfixen und dann keinen Stoff mehr liefern." Ich hätte gern gewusst, worauf er anspielte. Leider biss ich in den folgenden Minuten auf Granit. Simon rückte nicht mit der Sprache raus.

Da ich mehr aufgewühlt denn müde war, fischte ich zwei Flaschen Bier aus dem Kühlschrank und leistete Simon Gesellschaft. Wir quatschten nicht mehr groß herum, sondern sahen uns einen Film an, einen dieser High-School-Horrorstreifen mit lauter superhübschen Menschen. Gegen eins spähte Simons Date zu uns herein, ein Mädel mit superkurzen, superblonden Haaren, das perfekt in Simons

Beuteschema passte. Annie Lennox mit zwanzig. Sie warf Simon einen Kuss zu und verschwand.

„Toni", klärte Simon mich auf.

„Hübsches Mädel", warf ich ein.

„Fast."

„Fast hübsch oder fast Mädel?"

„Antwort B ist richtig."

Eine knappe halbe Stunde später war der Film zu Ende und ich ging zu Bett. An Einschlafen war allerdings nicht zu denken. Ich dachte unentwegt an Valerie und fragte mich, wann ich aus diesem schönen Traum erwachen würde. Ich war so gut wie mit dem schönsten Mädchen der Welt zusammen. Mit einer Göttin, die jeden Kerl haben könnte, wenn sie es darauf anlegte. Jeden! Und sie suchte sich ausgerechnet mich aus? Einen unterdurchschnittlichen Studenten, der Bafög bezog und dieses Taschengeld mit einem Job als Kartenabreißer aufbesserte? Ein typischer Loser. Unfassbar. Und deshalb garantiert nichts als ein Traum, der bald enden würde.

Donnerstag, der Tag zwischen den Treffen mit Valerie und ein kompletter Tag bei den Sportlern. Nein, den Sportwissenschaftlern. Auf ihre Wissenschaft legten die Profs großen Wert. Das waren keine Freizeittrainer oder so, hallo, sondern bedeutende Forscher. Nichtsdestotrotz bewegten wir uns heute. Als angehender Sportlehrer musste ich naturgemäß selbst ein bisschen was können, beispielsweise an den Turngeräten und zwischen den Basketballkörben – wobei ich am Reck eine bessere Figur abgab als unterm Korb.

Anschließend war ich hübsch kaputt. Gleichwohl hatte ich an diesem Abend etwas vor. Ein Teil der Clique war verabredet, namentlich Jessi, Murat und ich. Wir trafen uns im *Freibad*, weit weg vom Bermudadreieck, im Ehrenfeld. Hier war alles weniger kommerziell als im lauten Kneipenviertel, studentischer und alternativer.

Zum *Freibad* gehörten drei Räume, ein Spielzimmer mit Billard und Dart, ein Kneipenraum mit Theke und ein Restaurantbereich im Stil der Fünfzigerjahre, Nierentische und Tischlampen mit Tütenschirm.

Wir saßen an einem der speckigen Tische in der Kneipe. Da ich die meiste Zeit über an Valerie dachte, von der ich heute nichts gehört hatte, folgte ich dem Gespräch nur mit halber Kraft. Murat berichtete ausschweifend über die Mediziner-Party. Er hatte eine Medizinstudentin abgeschleppt, die er morgen wiedersehen würde. Bahnte sich hier etwas Ernstes an? Das behauptete Murat alle paar Wochen, da er regelmäßig eine angehende Ärztin, Anwältin, Lehrerin, Ingenieurin oder Professorin kennenlernte. Oder so.

Jessi schüttelte lachend den Kopf. Ihr Liebesleben lag komplett auf Eis. Spätestens, wenn sie von ihren Kindern sprach, verloren die Kerle das Interesse an einer dauerhaften Beziehung. Zuletzt hatte sie eine Affäre mit einem verheirateten Arzt gehabt. Jessi hatte es genossen, wie sie unverblümt einräumte. Allein das Gefühl, begehrt zu werden, hatte ihr Selbstbewusstsein gestärkt.

„Und du, Mike?", wollte Murat wissen.

„Ich war gestern mit jemandem im Kino."

„Hm." Jessi runzelte die Stirn.

„Was ist?", fragte Murat.

„Wieso?", hielt Jessi dagegen.

„Du reagierst so komisch auf Mikes Aussage, dass er sich mit jemandem getroffen hat."

„Komisch? Wie? Komisch? Ich habe nichts gesagt."

„Eben! Du könntest dich beispielsweise mit Mike freuen."

„Tue ich doch." Und an mich gewandt: „Ehrlich, Mike, ich freue mich für dich und drücke die Daumen, dass was daraus wird. Ist sie nett? Kennen wir sie?"

Ich war verwirrt von Jessis Reaktion und erkannte, dass sie nun versuchte, diese zu überspielen. Ich wollte aber nicht zu viel in diese Angelegenheit hineininterpretieren. „Nein, ihr kennt sie vermutlich nicht. Ja, sie ist nett."

„Name?", verlangte Murat.

„Valerie."

„Ein schöner Name", flötete Jessi.

„Lernen wir sie mal kennen?", fragte Murat.

„Das hoffe ich."

Am Freitagmorgen meldete sich sehr früh mein Handy. Ich wollte erst gar nicht nachschauen. Ich befürchtete, es könnte Valerie gewesen sein, die Kopfschmerzen bekommen hatte. Oder kalte Füße. Oder Besuch von ihrem Ex. Endlich nahm ich all meinen Mut zusammen und schielte aufs Handy.

„Bitte nichts essen. V."

Ich schrieb zurück.

„Wieso nicht?"

„Ich koche uns was."

„Das ist lieb von dir."

„Ich koche gern."

Mit der Aussicht auf einen romantischen Abend mit Kerzenlicht-Dinner spulte ich mein Freitagsprogramm bei den Historikern routiniert und zugleich euphorisch ab. Um

Viertel vor acht setzte ich mich – frisch geduscht und in meiner besten Kleidung – in den Golf und fuhr zur Markstraße.

KAPITEL 14

Die Gefangene

Does Your Mother Know

Die Trinkrituale der Männer enden meist mit Gesang, sehr gedämpft und kaum verständlich. Sie enden zum Glück niemals damit, dass die Kerle in ihr Verlies eindringen und über sie herfallen. Einer von ihnen sieht sie mit einem recht eindeutigen Blick an oder er zieht sie wohl eher aus, aber er lässt die Finger von ihr, macht keine anzüglichen Sprüche. Nichts. Sie behandeln sie distanziert und höflich. Auf Fragen reagieren sie nicht. Vor allem die Frage nach dem Warum interessiert sie brennend.

Warum habt ihr mich, ausgerechnet mich entführt? Leute mit Geld gibt es wie Sand am Meer. Wie kamt ihr auf mich? Wissen meine Eltern Bescheid? Wie haben sie reagiert? Haben sie überhaupt reagiert? Glauben sie euch, dass ihr mich entführt habt? Ach ja, ihr habt ja das Foto gemacht. Mit mir und der aktuellen Ausgabe der Tageszeitung. Ich in Ketten. Verstört. Das sollte meine Eltern davon überzeugen, dass ich tatsächlich entführt wurde. Wie lange wollt ihr mich hier festhalten? Was habt ihr mit mir vor? Was, wenn eure Forderungen erfüllt werden? Was, wenn eure Forderungen nicht erfüllt werden? Was sagen meine Freunde? Was sagt er? Wer vermisst mich? Wer sucht mich? Wurde die Polizei eingeschaltet? Wohl eher nicht, wenn man den Krimis glauben darf, in denen Menschen entführt werden. Die Polizei einzuschalten, wird den Angehörigen stets verboten. Das ist das Schlimmste, was Angehörige tun können. In solch einem Fall werden die Entführer sauer. Manchmal so sauer, dass sie dem Opfer einen Finger oder ein Ohrläppchen abtrennen und der Familie schicken. Da seht ihr, wie sauer wir sind und wie ernst wie es meinen, wenn wir „Keine Polizei" fordern.

Das Tageslicht fehlt ihr am meisten. Dabei sind jetzt die längsten Tage des Jahres. Bis elf Uhr bleibt es hell. Bei schönem Wetter sitzen die Menschen in Parks, in Biergärten, vor ihren Hütten in den Schrebergärten, auf den Treppen vor ihren Häusern. Falls Ferien sind, toben Kinder herum. Alles lebt, feiert, genießt, liebt, freut sich des Lebens.

Hat nicht längst das Fußballturnier begonnen? Klar, schon vor vielen Tagen, als sie noch in Freiheit lebte. Für die deutsche Mannschaft hat es gar nicht so übel angefangen, oder? Sie weiß es nicht. Nicht mehr? Hätte sie sich mal dafür interessiert! Sie tut es nicht. Sie täte es sogar ihm zuliebe nicht. Fußball findet sie langweilig, die vielen schwarz-roten-goldenen Fahnen an den Autos, an Häusern, in den Gärten verstören sie. Auf einmal überall Patrioten. Die Welt zu Gast bei Freunden. Dabei gibt es vor allem im Osten diese No-go-Areas, von denen sich die exotisch aussehenden Fans, um mal eine neutrale Umschreibung zu bemühen, fernhalten sollen, wenn ihnen ihre Unversehrtheit am Herzen liegt.

Sehen die Entführer sich die Spiele an? Falls ja, was würde es für sie ändern? Nichts, oder? Es sei denn, die falsche Mannschaft gewinnt und die Entführer sind deswegen wütend und lassen ihre Wut an ihr aus. Dagegen spricht, dass nicht einmal eine sehr große Menge Alkohol ihre Entführer aggressiv werden lässt. Dafür spricht, dass man Fußballfans nicht trauen darf. Und dann ausgerechnet Fußball plus Alkohol! Sie würde vorsichtshalber darum beten, dass stets die richtige Mannschaft gewinnt. Sie wird die Zeit im Verlies dazu nutzen, um sich das Beten wieder anzugewöhnen. Was für eine bescheuerte Idee! Oder, lieber Gott?

KAPITEL 15

2006

When Tomorrow Comes

Ich klingelte. Die Tür summte. Ich drückte sie auf, rannte die Treppe hinauf. Bis in den zweiten Stock.

Sie wartete in der Tür. Nicht in Jeans, nicht im T-Shirt, sondern in einem hellblauen, ganz und gar entzückenden Sommerkleid. Zum ersten Mal hatte sie sich so auffällig geschminkt, dass es mir auffiel. Ihre dunklen Augen wirkten dunkler, geheimnisvoller. Ihre Lippen voller. Der Ausschnitt ihres Kleides zeigte den Ansatz ihrer Brüste. Das Kleid endete über den Knien und präsentierte schlanke Fesseln und nackte Füße.

Ich war hin und weg und mir war klar, dass sie in meinen Augen las, worauf ich den größten Appetit verspürte. Dabei wusste ich gar nicht, was sie für uns gekocht hatte.

Ich wackelte aufgeregt mit der Weinflasche, meinem kleinen Präsent. Sie hielt die Hand auf, um die Flasche entgegenzunehmen. Im Treppenhaus roch es nach Bohnerwachs. Ich drückte ihr die Weinflasche in die Hand. In der Etage über uns öffnete jemand eine Tür und warf sie direkt wieder zu. Valerie spielte mit der Flasche, kippte sie hin und her. Eine junge Frau mit brünettem Pferdeschwanz, buntem Stirnband und einem sympathischen Lächeln lief die Treppe hinab. Sie trug T-Shirt und Leggins, klimperte mit Schlüsseln und grüßte freundlich. Wir erwiderten den Gruß. Die schnellen Schritte der jungen Frau entfernten sich. Stufe um Stufe. Wir schwiegen noch lauter. Unten fiel die Haustür ins Schloss.

Ich kratzte all meinen Mut zusammen. „Wenn du mich jetzt hereinbittest, kann ich für nichts garantieren."

„Auch nicht dafür, dass du mich zu meinem Bett trägst?"

„Und was ist mit dem Essen?"

„Später."

Ich hatte gewusst, dass ich Valeries Körper mögen würde – ohne T-Shirt, Jeans, Sommerkleid und dergleichen. Ich mochte ihn sehr. Es war ein begehrenswerter Körper. Mich faszinierte besonders das kleine Muttermal zwischen ihren Brüsten. Ich fühlte mich pudelwohl.

Die vorangegangene Reise, unser Kennenlernen, war sehr kurz gewesen. Das war weder Valerie noch mir entgangen und wir stellten uns Fragen. War es richtig, dass wir es überstürzten? Hätten wir uns mehr Zeit nehmen müssen? Zeit, einander kennenzulernen? Ein Fehler? Schneller Beginn, schnelles Ende? Fehlende Romantik?

In der Tat drehte sich unser Bettgeflüster eine Weile um solch blöde Themen. Wir gaben unseren bisherigen, meist schlechten Erfahrungen die Schuld daran. Wir beide hatten es bisher jedes Mal überstürzt – und stets bereut. Hinterher stellt man (sich) immer dieselben Fragen.

Nach wenigen Minuten wechselten wir das Thema; Valerie stellte eine durchaus angebrachte Frage, die mir in diesem Moment zu uncool erschienen wäre. Genau deshalb war ich froh, dass Valerie danach fragte: „Sind wir denn nun ein Paar?" Valerie kuschelte sich an mich. Ihr Haar duftete nach Apfel und kitzelte meine Nase.

Ihr Schlafzimmer war klein. Außer dem vollkommen unspektakulären Bett, eins vierzig mal zwei Meter, passten nur ein weißer Kleiderschrank und ein weißer Nachttisch hinein. Die Nachttischlampe beleuchtete den Raum nur spärlich. Durch das Fenster zur Markstraße drang kein weiteres Licht in den Raum, es war Neumond und die Sterne funzelten nur matt.

Automatisch sauste eine Liedzeile durch meinen Kopf.

„The Moon is pale outside, and you are far from here.“

Selbstverständlich hatte der pessimistische Text rein gar nichts mit Valerie und mir zu tun.

„Ja. Von meiner Seite aus auf jeden Fall", antwortete ich und mir war es einerlei, ob es cool klang. Es gab keinen Grund, cool zu sein.

Valerie strich mir sanft über die Lippen. „Von meiner Seite aus auch.“

Abgesehen von Schlafzimmer und Bad verfügte Valeries Appartement nur über einen einzigen weiteren Raum, in dem Küchen-, Ess- und Wohnbereich nahtlos ineinander übergingen. Alles war modern und geschmackvoll eingerichtet. Ich mochte vor allem das graue Sofa im Wohnraum.

Zunächst saßen wir uns am Esstisch gegenüber. Valerie hatte Lasagne vorbereitet und vor meinem Eintreffen nicht in den Ofen geschoben. Wohlweislich? Nun dampfte die nach Tomaten und Käse duftende Auflaufform zwischen uns auf dem Tisch. Valerie verteilte die ersten Portionen, ich goss uns von dem Rotwein ein, den ich mitgebracht hatte.

Die Lasagne war köstlich, ich schaufelte mir nach kürzester Zeit eine zweite Portion auf den Teller.

„Was hättest du heute Abend gemacht, wenn du nicht

zu mir gekommen wärst?" Valerie stocherte in ihrer ersten Portion herum.

„An manchen Freitagabenden arbeite ich in der Zeche. Häufig treffe ich mich mit Freunden, mal auswärts, mal bei wem zu Hause. Gestern zum Beispiel war ich mit zwei Leuten aus der Clique im *Freibad*. Jessi und Murat."

„Sind die beiden ein Paar?"

„Nein, wir fünf sind nicht untereinander liiert", antwortete ich etwas gedrechselt.

„Wer sind noch mal die anderen beiden?", fragte Valerie.

„Wiebke und Simon. Mit Simon teile ich mir die Wohnung." Ich trank einen Schluck Wein.

„Und Wiebke?" Auch Valerie nippte an ihrem Wein.

„Sie studiert Wirtschaft und wohnt allein."

„Schon komisch, oder? Drei Jungs, zwei Mädchen, eine Clique und kein Pärchen."

Lustig, wie Valerie es auf den Punkt brachte. So hatte ich die Angelegenheit bislang nicht betrachtet. Warum gab es kein Pärchen innerhalb der Clique? Ich fand alle vier attraktiv. Bei den beiden Jungs blieb diese Erkenntnis rein theoretisch, bei den Mädels wurde es durchaus praktisch. Die brünette Jessi war vom Aussehen eher mein Typ, die blonde Wiebke passte objektiv gesehen besser zu mir, allein vom Alter und den Lebensumständen her. Ich betrachtete beide als gute Freundinnen. „Klar, auf Fremde mag das komisch wirken. Für uns ist es normal." Ich legte eine Pause ein. „Und was hättest du an einem Freitagabend gemacht, wenn du nicht Besuch von mir bekommen hättest?"

„Heulend vor dem Fernseher gesessen." Sie zwinkerte mir zu. „In einer Clique bin ich nicht. Früher war das anders, über meinen Ex. Da gab es einen festen Kreis. Nachdem

Schluss war, war es auch mit dieser Clique vorbei. Schade. Ein paar der Leute waren echt nett. Zurzeit treffe ich mich nur sehr unregelmäßig mit anderen Studis oder mit den Kollegen vom *Café Konkret*. Den engsten Kontakt habe ich zu Lydia. Das ist die Nachbarin von oben, die vorhin die Treppe hinunterstürmte wie Lola."

„Die sah sehr nett aus." Ich durchschaute Valeries Anspielung auf den Film *Lola rennt*. Dank Simon war ich beinahe ein Cineast.

„Das ist sie. Zwei-, dreimal im Monat besuchen wir uns gegenseitig oder gehen zusammen aus. Am Wochenende ist sie allerdings häufig nicht in Bochum. Ihr Partner, Tim, wohnt in Karlsruhe. Lydia besucht ihn regelmäßig. Oder Tim kommt nach Bochum." Valerie lud sich die nächste Portion Lasagne auf den Teller. „Viel ist das nicht, ich weiß. Insgesamt war es höchste Zeit, dass ich dich kennenlerne."

„Als neuen Zeitvertreib?"

„Blödi!"

„Und deine Familie?", fragte ich.

„Geschwister habe ich nicht. Nur Eltern, eine total liebe Oma, ein paar Tanten, Onkel, Cousinen, Cousins. Niemand wohnt in der Nähe."

„Besuchst du denn regelmäßig deine Eltern dort unten in dieser Boschstadt?"

„Momentan fahre ich nicht gerade oft zu ihnen."

„Warum nicht?"

„Das erzähle ich dir ein andermal. Keine Sorge, es ist keine Horror- und keine Sensationsgeschichte. Und sowieso keine in sich abgeschlossene Geschichte. Ich mag gerade nicht darüber reden. Und du? Wie sieht es bei dir mit Family aus?"

Ich konnte Valerie verstehen, dass sie mir nicht direkt am ersten Abend ihre vollständige Familiengeschichte erzählte. „Von der Grundkonstellation her fast wie bei dir. Keine Geschwister. Nur Eltern, eine Oma, ein Opa, ein paar Tanten, Onkel, Cousinen, Cousins. Alle wohnen in der Nähe, ich sehe dennoch keinen von ihnen regelmäßig."

„Auch deine Eltern nicht?"

„Okay, das ließe sich so und so deuten mit regelmäßig. Sie wohnen fünf Kilometer entfernt. Da könnten wir uns theoretisch ein- bis zweimal pro Woche sehen. Wir schaffen es aber nur ein- bis zweimal im Monat. In meiner WG waren meine Eltern noch nie."

„Das ist schlapp."

„Ja." Und es hatte nichts mit Vorurteilen gegenüber Simon zu tun, denn meine Eltern kannten Simon nicht und wussten nichts von ihm. Es reichte uns, wenn wir uns ein- oder zweimal im Monat sahen. Fertig.

Etwas später, auf dem grauen Sofa, zwischen feurigen Küssen und etwas mehr, erörterten wir die Frage, ob ich die Nacht bei Valerie verbringen sollte. Wir einigten uns darauf, dass wir es nicht beim ersten Treffen machen mussten und dass wir dafür alle Zeit der Welt hatten. Deshalb fuhr ich um halb zwei nach Hause. Da ich am Samstagabend arbeiten musste, würden wir uns erst am Sonntagnachmittag wieder treffen, in meiner Wohnung, nach Valeries Frühschicht.

KAPITEL 16

2006

More than a Feeling

Valerie hatte darauf bestanden, dass ich sie nicht am *Café Konkret* abhole, um gemeinsam zur Ferdinandstraße zu gehen. Zum einen verzögerte sich das Schichtende bisweilen, je nachdem, wie viel los war und wer die folgende Schicht übernahm. Zum anderen wollte Valerie mich gern besuchen, im wahrsten Sinne des Wortes.

Diese Bitte konnte ich ihr nicht abschlagen. Deshalb wartete ich am Sonntagnachmittag – offiziell endete Valeries Schicht um fünfzehn Uhr – in der Küche auf sie. Simon leistete mir Gesellschaft. Das tat er gern, denn er war sehr neugierig. Er hatte mir schon am Samstag Löcher in den Bauch gefragt; ich hatte ihm nicht allzu viel verraten; nur dass Valerie die attraktive Kellnerin aus dem *Café Konkret* war und dass ich von ihm erwartete, sich mit bestimmten Bemerkungen zurückzuhalten.

Ich hatte aufgeräumt und gesaugt und hier und da gar gewischt; deshalb blitzte unsere Bude, Staubkörner suchte man erst recht vergebens. Nicht, dass es ansonsten ein Dreckloch war, aber heute war alles eine Spur akkurater, sogar mein Zimmer, in dem sonst häufig ein paar Klamotten herumlagen. Heute nicht.

Simon, dessen Rolle bei Valeries Besuch etwas vage war, machte an diesem Nachmittag keinen Hehl daraus, dass er ein wenig anders als der Durchschnitt war, bunter. Er hatte kräftig Kajal aufgelegt und sein T-Shirt vom Kölner Christopher Street Day des Vorjahres übergezogen.

Zwanzig nach drei. Es klingelte. Ich flog zum Türöffner und nur eine Minute später war sie da. Valerie, schön wie nie, obgleich ich ihr die Sieben-Stunden-Schicht mit Frühstück und Mittagstisch ansah. Sie wirkte müde.

Wir küssten uns unterm Türrahmen. Keine Ahnung, ob Simon uns beobachtete. Es war mir egal.

„Wie war es?", fragte ich.

„Anstrengend."

Diese Antwort überraschte mich nicht.

Valerie neigte ihren Kopf zur Seite. „Hallo."

Ich drehte mich um und entdeckte Simon, der am Kücheneingang lehnte und in seinem Cappuccino rührte.

„Hallo", grüßte er zurück und näherte sich prompt. Er gab Valerie formvollendet die Hand. „Simon. Mikes Mitbewohner."

„Valerie. Mikes Freundin."

Das ging runter wie Öl und garantiert wuchs ich ein paar Zentimeter. Und grinste wie ein Honigkuchenpferd.

Simon druckste herum. „Ich darf leider nicht sagen, dass ich bereits viel von dir gehört habe. Sonst bekomme ich Ärger mit Mike."

Ich warf Simon einen warnenden Blick zu. Ich hatte ihm in der Tat nicht viel von Valerie erzählt, und das hier konnte sie durchaus missverstehen.

Tat sie nicht. „Geht mir genauso. Und wer will schon Ärger kriegen mit Mike?"

„Sehr gute Antwort", lobte Simon.

Ich atmete auf. Das Eis war schneller gebrochen als erhofft.

„Möchtest du etwas trinken?", fragte ich Valerie.

„Gern."

Wir gingen in die Küche.

„Soll ich dir einen Cappuccino zaubern?", fragte Simon, der schnell seine Rolle an diesem Nachmittag fand, die des umsichtigen Co-Gastgebers. „Wir haben einen Siebträger."

„What?", staunte Valerie.

Wir hatten uns mittlerweile an den Küchentisch gesetzt.

„Du besuchst zwei wahre Lebemänner", verkündete Simon. „Na ja, Mike hätte sich mit einer schnöden Kaffeemaschine zufriedengegeben. Nicht mit mir. Und bevor du dich wunderst, woher das Geld für solch ein Teil stammt, sage ich dir, dass es aus den Flohmarkthallen kommt. Schlappe fünfzig Euro."

„Und die lief noch?", wunderte sich Valerie.

„Nachdem mein Vater einen kenntnisreichen Blick darauf geworfen und an ein paar Schrauben gedreht hat."

„Ist er Siebträgermaschinenmechaniker?", fragte Valerie.

„Du kannst lange Wörter." Simon lachte. „Nee, Uhrmacher. Das reicht aber locker für Siebträgermaschinen."

Ich beobachtete die beiden und freute mich diebisch, dass sie sich auf Anhieb so gut verstanden.

Der Siebträger brummte und zischte und blubberte. Kurz darauf servierte Simon Valerie ihren Cappuccino und setzte sich zu uns.

„Bist du dort gewesen?" Valerie deutete dezent auf Simons T-Shirt.

„Seit 2000 jedes Mal."

„War 2000 dein Coming-out?", fragte Valerie vollkommen unbefangen.

„Nach außen ja. Nach innen etwas eher. Mit vierzehn."

„Wow!" Mehr sagte sie nicht zu diesem Thema. „Du studierst, oder? Mike hat mir in der Tat so gut wie nichts über dich erzählt."

Simon nickte. „Ja, evangelische Theologie."

„Willst du später mal Pfarrer werden?"

„Pfarrer? Lehrer? Oder ich bleibe an der Uni und stürze mich in die Wissenschaft. Wie wir alle wissen, ist beileibe nicht jedes Wort in der Bibel von rechts und links und wieder nach rechts gezogen worden. Wer weiß, was ich alles herausfinden könnte? Und du, was studierst du?"

„Sowi."

„Zielst du eher Richtung Soziologie oder Politik?", erkundigte sich Simon.

„Momentan ziele ich auf die Politik. Mal schauen, ob ich mich als treffsicher erweise." Valerie löffelte Milchschaum aus ihrer Tasse.

Simon grinste. „Berufsziel?"

„Mensch, Simon, löchere sie nicht so", drängelte ich mich dazwischen.

„Alles gut, Mike", beruhigte Valerie mich. „Bundeskanzlerin, was sonst?"

„Yes", jubelte Simon. „Darunter würde ich es auch nicht machen. Wenn ich katholisch wäre, würde ich Papst werden wollen."

Etwas später und nachdem sich die beiden über Valeries Job im *Café Konkret* unterhalten hatten, verabschiedete sich Simon. Er wollte sich wieder mit Toni treffen und bei ihr übernachten.

„Kennst du ihn?", fragte Valerie.

„Wen?"

„Toni."

„Ich habe sie einmal gesehen."

„Sie?"

„Ja."

„Ein Mädchen?"

„Ja, würde ich sagen."

„Ich dachte, Simon wäre schwul?"

„Nur schwul ist er nicht."

„Lieber bi als nie?"

Ich sah Valerie konsterniert an. „Du kennst Sprüche!"

„Du nicht?"

„Den zumindest nicht. Bisexuell trifft es garantiert besser als schwul."

„Interessant."

„Aha, machst du dir Hoffnungen?"

„Unsinn. Simon ist süß, keine Frage, und supernett. Aber ich bin frisch verliebt." Valerie richtete sich auf, nahm meine Hand, zog mich hoch, flüsterte mir ins Ohr: „Ich möchte endlich dein Zimmer sehen."

Ich ließ sie gewähren. Zwischendurch hauchte ich: „Ich bin auch frisch verliebt."

Liebe war ein sehr großes Wort, vor allem nach dieser kurzen Zeit. War sogar „verliebt" etwas drüber? Mehr als nur so ein Gefühl war es definitiv.

„And I begin dreaming (More than a Feeling)."

KAPITEL 17

Die Gefangene

Daylight in Your Eyes

Wie viele Tage sind hinzugekommen? Nur einer, oder? Höchstens. Sie hat vollkommen ihr Zeitgefühl verloren. Ohne Tageslicht, ohne Uhr ist es schwer, die Übergänge von Tag zu Nacht zu Tag zu Nacht zu iden-tifizieren. Wenn sie müde ist, legt sie sich hin und versucht zu schlafen – ohne zu wissen, ob es zwei Uhr nachmittags ist oder elf Uhr abends.

Gute Anhaltspunkte könnten die Mahlzeiten sein, die sie ihr servieren. Pro Tag eine warme Mahlzeit. Das ergibt Sinn. Es wäre demnach bloß ein neuer Tag hinzugekommen. Es würde allerdings nur dann hinhauen, wenn die Entführer sich an einen bestimmten Rhythmus halten. Das wiederum weiß sie nicht. Vielleicht schlafen die Entführer tagsüber? Oder die Entführer wollen sie bewusst verunsichern, mani-pulieren? Feststehen dürfte: Je weniger gedämpfte Geräusche zu ihr dringen, desto höher ist die Wahrscheinlichkeit, dass die Entführer schlafen. Oder nicht im Haus sind? Ach egal, so kommt sie nicht voran. Sie muss sich mit ihrem Unwissen abfinden. Wie mit so vielem.

Das erste Buch hat sie ausgelesen, das zweite begonnen. Es heißt „Adler und Engel", die Autorin Juli Zeh. Von der Kritik gefeiert und preisgekrönt. Sie kennt das Buch nicht, sie kennt Juli Zeh nicht. Das Buch beginnt sperrig, sie will ihm trotzdem eine Chance geben und liest weiter. Die Nachttischlampe spendet genügend Licht.

Auch im WC gibt es eine Lampe. Wie kommt sie jetzt darauf? Ach ja. Deshalb. Es ist ein heikles, ein sehr persönliches Thema. Solange sie es aber nur für sich erörtert, dürfte es egal sein. Sie wundert sich über ihre Verdauung. Die funktioniert. Hätte man sie vor einer Woche oder so gefragt, worüber sie sich am meisten Gedanken oder Sorgen macht, sollte sie jemals ein Entführungsopfer werden, hätte sie garantiert ihre Verdauung mitaufgezählt. Und jetzt das. Alles einwandfrei. Und ...

Nein, das reicht jetzt.

Im WC liegen sogar Tampons bereit. Sie hat aber unmittelbar vor der Entführung, vor der blöden Falle, ihre Tage gehabt und wird diese Tampons hoffentlich nicht benötigen. Es würde ja bedeuten, dass sie mindestens drei Wochen lang hier ausharren müsste. Das würde sie nicht überleben.

Das Fußballturnier läuft munter weiter. Die Entführer haben sich mindestens ein Spiel angesehen. Gestern? Vorgestern? Es lief nicht wie gewünscht. Sie fluchten so laut, dass es durch den Schallschutz in ihr Zimmer drang. Sie fluchten häufig. Gott sei Dank kamen sie nicht zu ihr, um sich abzureagieren, sie zu schlagen, zu foltern oder zu vergewaltigen.

Ihr ist nicht klar, ob Deutschland gespielt hat und ob die Entführer überhaupt mit der deutschen Mannschaft fiebern. Sie sprechen akzentfreies Deutsch und sehen nicht ausländisch aus, also nicht südländisch oder so, aber sie wirken ein bisschen ausländisch. Und sei es nur skandinavisch. Oder polnisch.

Egal. Entscheidend ist: Sie reagieren nicht auf ihre Fragen. Manchmal hat sie zudem den Eindruck, dass sich die Laune der Entführer verschlechtert. Hat es mit ihren Eltern zu tun? Weigern die sich, die Forderungen der Entführer zu erfüllen? Feilschen sie über die Höhe des Lösegeldes? Was ist sie denn wert? In den Augen der Entführer? In den Augen der Eltern? In den Augen der Welt? Stellen sich alle Entführungsopfer solche absurden Fragen? Der Wert eines Menschen? Eines Lebens? Das darf man nicht in einer Geldsumme bemessen. Hat man nicht früher bisweilen Menschen entführt, um andere Menschen freizupressen, die in Gefängnissen einsaßen? Terroristen haben so etwas getan.

Ihre Entführer wirken nicht wie Terroristen. Und warum sollte sich der Staat darauf einlassen, irgendwelche Schurken gegen sie einzutauschen? Nein, hier geht es um Geld, und arm sind ihre Eltern nun nicht gerade. Bisweilen etwas knausrig. Und in diesem Fall? Bitte, bitte nicht.

Sie freundet sich langsam mit dem Essen an, das sie ihr bringen. Das warme Essen schmeckt verdächtig nach Tiefkühlprodukten, alles ein wenig überwürzt. Irgendwann gewöhnt man sich daran. Gemüse, Reis, Nudeln, meist nur das, selten Fisch oder Fleisch. Halten die Entführer sie für eine Vegetarierin? Oder sind die Produkte ohne Fisch und Fleisch billiger? Was bin ich meinen Entführern wert? Wo kaufen sie ein? In der Nähe gibt es ein Einkaufsviertel mit Supermärkten, einer Drogerie, Bäckereien, Imbissen.

Geht ein Entführer zu Rewe? Warum nicht? Schließlich steht ihm der Entführer nicht ins Gesicht geschrieben. Irgendwo müssen sie einkaufen. So groß ist das Haus nicht, dass hier Vorräte für mehrere Wochen lagern könnten. Schon gar nicht all das Bier, das sie wegzischen. Zumindest, wenn sie zu zweit sind. Da schleppen sie abends, wenn es denn abends ist, ständig Bierflaschen mit sich herum. Das scheint sich zu ändern, wenn diese dritte Person anwesend ist. Wenn gedämpft eine zusätzliche Stimme durch die Schallwand zu ihr dringt. Bei diesen Anlässen halten sie sich offenbar zurück. Aber eine Fahne haben sie meistens. Bier oder Schnaps oder beides.

KAPITEL 18

2006

Girls just wanna have Fun

Längst hatte es sich in der Clique herumgesprochen, dass ich frisch liiert war. Alle freuten sich und wollten meine Freundin kennenlernen, zumal Simon kräftig die Werbetrommel für Valerie rührte. Da sich zeitgleich Valerie zunehmend für meine Freunde interessierte, drängte sich ein Sechsertreffen auf. Ich zögerte gleichwohl und fand nach ein wenig Grübelei einen guten Kompromiss. Ich stellte Valerie meinen Freunden scheibchenweise vor. Den Anfang machte Wiebke, die ich zum Abendessen in die WG einlud.

Mittlerweile war der Mai gekommen, draußen herrschten zum Teil tropische Temperaturen. Wir saßen in unserer Küche, löffelten die Zucchinisuppe, die Valerie gekocht hatte. Wiebke sah in ihrem grünen Sommerkleid sehr niedlich aus. Ohne Designerjeans und Köfferchen wirkte sie nicht wie ein Wiwi-Mäuschen, sondern wie eine hübsche junge Dame aus Stiepel.

Mit diesem noblen Stadtteil und seinem Image konnte die zugereiste Valerie wenig anfangen. Immerhin kannte sie die Gegend hinterm Schauspielhaus, wo Wiebke eine Wohnung besaß, die um einiges größer war als Valeries.

Die beiden fanden sofort gemeinsame Themen. Eine Weile quatschten sie über ihr gemeinsames Gebäude an der Ruhr-Uni, das GC. Viele Studenten witzelten über die

Aufteilung der drei Fakultäten darin. Im Keller hockten die Sozialwissenschaftler, auf den Etagen eins bis vier die Wirtschaftswissenschaftler und auf den Etagen fünf bis acht die Juristen. Viele leiteten daraus eine Hackordnung ab, darunter Murat, da er als Jurastudent ganz oben thronte.

Simon und ich hätten uns heimlich verziehen können, es wäre Wiebke und Valerie nicht aufgefallen. Sie sprachen nun über das Schauspielhaus. Wiebke ging dort ein und aus, Valerie war erst einmal dort gewesen.

„Lass uns mal zusammen ein Stück ansehen", schlug Wiebke vor.

Valerie zögerte nicht lange. „Gern. Nur bitte was Unterhaltsames, am besten eine Komödie."

„Plant ihr einen Mädelsabend?", fragte ich.

„Alter, das ist doch wohl mehr als deutlich", rief Simon. „Lass die Girls. Wir machen uns einen schönen DVD-Abend."

Damit war dieses Thema erledigt. Wiebke und Valerie tauschten Handynummern aus und verabredeten sich lose für den kommenden Mittwoch oder Donnerstag, je nachdem, an welchem der beiden Tage ein unterhaltsames Stück aufgeführt wurde.

Nun musste ich Valerie noch mit Jessi und Murat zusammenbringen. Gesagt, getan. Wir trafen uns ein paar Tage später in einem Ausflugslokal an der Ruhr, *Zur alten Fähre*. Wir saßen im Biergarten mit Blick auf den Fluss und die Burg Blankenstein, die majestätisch über dem Ruhrtal thronte.

Es war Murat, der den direkten Draht zu Valerie fand; wieder spielte das GC-Gebäude eine zentrale Rolle. Im Großen und Ganzen gab sich Murat als herausragender

Menschenkenner und großer Partygänger. Ich hielt vieles für Angeberei, doch Valerie lachte eifrig.

Jessi begnügte sich mit harmlosem Small Talk, gab recht wenig von sich preis und löcherte Valerie nicht gerade mit Fragen.

Ich verbuchte auch diesen Abend als Erfolg und hatte das gute Gefühl, Valerie erfolgreich in die Clique integriert zu haben. Das nächste Treffen konnte meinetwegen zu sechst stattfinden.

Nur ein paar Tage später war es so weit. Wir trafen uns im Wiesental, fläzten uns auf Picknickdecken und besprachen unter anderem einen länger geplanten Pfingstausflug. Wiebkes Eltern besaßen ein Ferienhaus in Südholland, in dem Platz für acht Leute war. Wiebke lud Valerie ein, die sofort zusagte. Simon und Murat würden gleichfalls mit von der Partie sein.

Nur Jessi winkte ab. „Das wäre mir mit den Jungs zurzeit zu stressig, Leute."

„Wir fahren also zu fünft", beschloss Wiebke, die zudem das Auto ihrer Eltern ausleihen konnte, in dem wir alle Platz hatten.

Wir fuhren am Pfingstsamstag los. Wiebke steuerte den Volvo, Murat saß neben ihr, Simon, Valerie und ich bewunderten von der Rückbank aus die holländische Landschaft und später das Meer, das wir hinter Rotterdam zu sehen bekamen, genau wie die lange Schlange Autos, die sich Richtung Süden mühte.

Der Ort hieß Ouddorp, das Haus lag in einem Ferienhauspark. Wir luden unsere Taschen aus; Wiebke, Valerie und Murat düsten sofort wieder los, um einzukaufen.

Derweil wollten Simon und ich die Betten beziehen und für ein bisschen Gemütlichkeit sorgen.

Das Ferienhaus war unspektakulär: Unten zwei Schlafräume, Bad und Küche mitsamt Ess- und Wohnbereich, oben zwei Schlafzimmer plus Bad. In den Schlafräumen im Erdgeschoss standen Doppelbetten, oben gab es ein Etagenbett und ein Doppelbett. Wer wo schlafen sollte, hatten wir bereits in Bochum festgelegt: Simon im Etagenbett, Valerie und ich im anderen Zimmer oben. Für Murat und Wiebke blieben die beiden Zimmer unten. Als wir diese Betten bezogen, unkte ich, dass vielleicht ein Bett reichen würde.

„Wiebke steht nicht auf Murat", behauptete Simon.

„Sicher?"

„Sehr sicher."

Simon mit seinen feinen Antennen.

„Und umgekehrt?", fragte ich.

„Da Murat sich ansonsten auf alles Weibliche stürzt, das nicht bei fünf auf den Baum geflüchtet ist, folgere ich, dass Wiebke nicht sein Typ ist."

Eine Viertelstunde später kehrten die Einkäufer zurück. Sie schleppten kistenweise Nahrungsmittel ins Haus, darunter jede Menge Getränke, Bier und Wein an der Spitze, und Dinge, die sich unproblematisch zubereiten ließen. Niemand hatte Lust, mehrgängige Menüs zu kochen.

An diesem Abend servierten wir uns Spaghetti mit Tomatensoße, dazu grünen Salat. Wir tranken Rotwein, auch Wiebke schloss sich an; der Rotwein stammte nicht aus Italien, sondern aus Frankreich.

„Sind die Italiener schon da?", fragte Murat.

„Nein, aber es dauert nicht mehr lange", antwortete Wiebke.

Valerie stutzte. „Welche Italiener sind wo noch nicht da?"

Wiebke erklärte ihr die Sache mit dem Hotel in Duisburg.

„Wow!", staunte Valerie.

„Ist deine Mutter noch so furchtbar aufgeregt?", wollte Simon wissen.

„Es ist etwas besser geworden." Wiebke schwenkte ihr Weinglas. „Trotzdem besser, dass dieser aus Frankreich kommt."

Wir brachten einen Toast auf Wiebkes Mutter aus.

„Schade, dass Jessi nicht hier ist", meinte Simon.

Auch auf Jessi gab es einen Toast. Und ein paar Gläser mehr. Gegen Mitternacht war klar, dass wir sehr rasch unsere Weinvorräte nachfüllen mussten.

Am Sonntagabend – nach einem gemütlichen Tag mit Strandausflügen, einem raschen Einkauf und einer Autotour zum Leuchtturm – lief es bei Salat und Fertiggerichten nicht viel anders: Bier und Wein flossen wieder in Strömen.

Am Montag bummelten Valerie und ich allein zum Strand. Wir breiteten unsere Decke in den windgeschützten Dünen aus und genossen die Sonne. Ständig döste einer von uns weg.

„Das schönste Pfingsten ever", flüsterte Valerie in einem wachen Moment.

„Auf jeden Fall", bestätigte ich.

„Können wir nicht einfach die Zeit anhalten?", fragte Valerie.

„Bestimmt. Genauso bestimmt erleben wir zwei noch viele schöne Pfingsten und andere Tage."

„Auch wieder wahr."

Am Abend vernichteten wir alle festen und flüssigen Reste, was zu einer feuchtfröhlichen Party mit Pasta, Salat,

Keksen, Chips, Schokolade sowie Bier und Wein führte. DJ Murat legte gegen Mitternacht ein paar heiße Scheiben auf und wir tanzten. Wenn mein Blick nicht etwas zu sehr getrübt gewesen wäre, hätte ich hinterher sagen können, ob Wiebke mit Murat oder mit Simon geschmust hatte. Oder Murat mit Simon?

Im Bett fragte ich Valerie, ob sie es gesehen hatte.

„Nein", antwortete sie wie aus der Pistole geschossen. „Und wenn, würde ich es dir nicht verraten."

„Warum nicht?"

„Weil du zu neugierig bist."

„Ich bin nicht neugierig", protestierte ich. „Ich möchte es nur gern wissen."

„Genau das nennt man Neugier."

„Unsinn."

„Schlaf jetzt, mein süßer Prinz."

Ich gehorchte.

Wir glücklichen Studenten hatten zwar noch eine ganze Woche Pfingstferien vor uns, durften aber leider nicht länger im Ferienhaus bleiben; daher die Restevernichtung am Abend zuvor. Wiebkes Eltern wollten das Haus ab Dienstagnachmittag selbst nutzen. Deshalb machten wir Klarschiff, räumten auf, saugten, wischten, zogen Betten ab und fuhren zurück nach Bochum.

KAPITEL 19

Die Gefangene

Kung Fu Fighting

Wie viele Tage sind hinzugekommen? Ihre Lieblingsfrage. Na ja, immerhin hängt von der Antwort ab, wie lange sie hier festsitzt. Ein paar Tage? Knapp eine Woche? Mehr als eine Woche? Leider hat sie sogar vergessen, an welchem Wochentag sie in die Falle getappt ist. Vage erinnert sie sich an ein Treffen, das ausgefallen ist. Zu vage. Ihr Gedächtnis spielt ihr böse Streiche. Ob hinterher wohl wieder alles funktioniert?

Sie wird dann kein Wrack sein, oder? Sie hat so viel vor im Leben. Sie hat all die Dinge erst kürzlich aufgezählt. Ihr Studium beenden und so. Arbeiten. Reisen. Lieben. Freunde treffen. Eine Familie gründen. Da wäre es schlecht, hinterher nichts als ein Wrack zu sein, das zu rein gar nichts mehr taugt.

Am besten lässt sie sich rasch ein paar Gedächtnisübungen einfallen, um ihr Gehirn zu trainieren. In der Schule haben sie die „Schachnovelle" von Stefan Zweig gelesen. Da sperrten die Nazis einen Intellektuellen ein, ohne jegliche Chance auf Zerstreuung sollte er sich buchstäblich zu Tode langweilen. Zufällig stöberte der Mann in seinem Gefängnis ein Buch über Schach auf. Damit trainierte er sein Gehirn. Er lernte, Schach zu spielen wie ein Großmeister, ganz ohne Spielfeld und Figuren. Später hätte er solch einen Großmeister besiegen können, wenn er gewollt hätte. Auf einer Kreuzfahrt oder so.

Hier liegt leider kein Buch über Schach, sondern „Adler und Engel" von Juli Zeh und nach hundert Seiten weiß sie nicht, was Kritiker und Jurys daran gut fanden. Nur vollkommen kaputte Typen und Drogen.

Sie gibt dem Buch weitere fünfzig Seiten. Wenn bis dahin der Funke nicht überspringt, greift sie zu einem anderen Buch. „Es geht uns gut" von Arno Geiger wäre eine Alternative, 2005 mit dem Deutschen Buchpreis ausgezeichnet. Das müsste lesenswert sein, oder? Ihr erstes Buch in Gefangenschaft, „Die Vermessung der Welt" von Daniel Kehlmann, hat ihr sehr gefallen.

Nein, folgert sie nach flüchtigem Nachdenken, diesmal ist nur ein einziger Tag vergangen; es gab nur einmal Paella. Ansonsten Brot oder Toast. Toast mutmaßlich morgens zum Frühstück, zusammen mit Kaffee, gefiltert, der nicht so gut schmeckt. Brot schätzungsweise abends. Da bekommt sie auf Wunsch eine Flasche Bier zum Essen. Zweimal hat sie zugegriffen. Sie trinkt lieber Wein, doch zum Brot passt das Bier – und ihre Entführer sind eher keine Weinkenner. Sie würden ihr im schlimmsten Fall so ein süßes Zeug aus Bulgarien oder Ungarn vorsetzen, Weine, die ihre Oma gern mag, die überhaupt Omas und Opas bevorzugen. Dann lieber Bier. Oder Kräutertee, das wäre abends die Alternative.

Einmal haben die Entführer auf eine ihrer Fragen reagiert. Gestern? Zumindest hat sie seitdem eine Runde geschlafen. Ob sie bitte die Kette am linken Handgelenk befestigen könnten? Das rechte Handgelenk tut weh vom vielen Scheuern, es ist ganz wund.

Ja, machen sie.

Einer wechselte das Handgelenk, der andere richtete seine Pistole auf sie. Mein Gott, wie lächerlich! Als ob sie eine kampferprobte Amazone wäre, die beide Kerle mit Handkantenschlägen und gezielten Tritten niederstreckt! Ja, ja, sie hat mal einen Selbstverteidigungskurs besucht, zu Anfang des Studiums. Aber noch nicht einmal das gesamte Semester über. Die Trainerin war scharf auf sie und machte keinen Hehl daraus, demonstrierte die Übungen jedes Mal mit ihr, begrapschte sie. Busen. Oberschenkel. Einmal gar im Schritt! Ätzend. Sollen sich die Lesben bitte schön Gleichgesinnte suchen. Sie ging nicht mehr hin.

Nun könnte sie diese Kampf-Lesbe gut gebrauchen. Gegen die Pistole würde selbst die jedoch wohl kaum etwas ausrichten können.

Egal, auch diese Gedanken helfen ihr nicht. Sie bleibt eine Gefangene und niemand wird ihr helfen. Ihre Eltern? Die hätten längst reagiert, wenn sie helfen könnten, oder? Hätten sie? Was bin ich denen wert? Bin ich denen denn etwas wert?

Ganz ruhig, den Gedanken hast du ständig, beschwichtigt sie sich. Deine Eltern lassen dich nicht fallen. So eine Geldübergabe muss man zunächst einmal gut planen. Die ergibt sich nicht von allein. Die Entführer benötigen einen sicheren Ort und ihre Eltern die Gewissheit, dass sie nach der Lösegeldübergabe freigelassen wird.

Selbstverständlich wissen die Eltern nicht, dass sie die Gesichter ihrer Entführer kennt. Das spricht eher nicht dafür, dass die Kerle sie frei- oder überhaupt am Leben lassen. Wenn sie die Gangster danach fragt – und das tut sie häufig, sie schätzt täglich –, antworten sie nicht. Wenigstens nicht richtig. Ab und zu brummt der ältere der beiden „Keine Sorge!"

Das ist keine erschöpfende Antwort und keine eindeutige. Sie überlässt ihr zu viel Ermessensspielraum. Eine eindeutige Antwort wäre: „Es ist egal, dass du unsere Gesichter kennst und den Bullen davon erzählst. Wir sind längst über alle Berge, wenn du mit denen sprichst, und das meinen wir wortwörtlich. Alle Berge. Wir sind weg, wir sind jemand anders, wir heißen anders, wir sehen anders aus. Niemand wird uns je finden. Wir lassen dich am Leben. Keine Sorge!"

Auf diese eindeutige Antwort wartet sie bislang vergeblich. Darum interpretiert sie „Keine Sorge" beinahe automatisch in eine andere Richtung: „Es wird nicht wehtun. Keine Sorge. Sterben ist gar nicht so schlimm, wie es meist dargestellt wird. Alles gut."

Und er? Was denkt er? Er muss es längst mitbekommen haben. Sucht er sie? Bestimmt. Nützt das was? Niemand, niemand außer den Entführern, weiß, dass sie hier ist. Sie hat absolut niemandem verraten, *dass sie hierherfährt. Es ging alles so schnell. Dafür blieb keine Zeit. Sie wäre ohnehin nicht auf die Idee gekommen, es jemandem zu erzählen. Es klang so harmlos, so normal. Das war das Perfide an dieser Falle. Andere wären genauso darauf hereingefallen. Jede Wette.*

Nein, es bleibt dabei, falls er sie vermisst und deshalb sucht, bringt es nichts, kann er sie nicht befreien, da sie keinerlei Spuren hinterlassen hat. Und ohne Spuren wird er, wird niemand sonst je zu diesem Haus, zu ihrem Verlies finden. Keine Chance!

Mein Gott, flüstert sie sich zu, ich esse, ich trinke, ich gehe aufs Klo, ich lese, ich lebe. Ich kann abschätzen, wie die Tage vergehen. Und die Nächte. Na ja, so ungefähr.

Ja, das Schlafen gelingt ihr mittlerweile besser. Trotz der Eisenkette und des fehlenden Tageslichts. Manchmal wird sie müde und legt sich aufs Bett und schläft. Egal, ob draußen Tag oder Nacht ist. Sie bemerkt es eh nicht. Dafür bemerkt sie, dass auch diese Gedanken alles andere als neu sind. Sie hat diese Gedanken sogar bereits mehrfach gedacht. Das sind garantiert genau die Fantasien, die einem kommen, wenn es ums nackte Überleben geht und darum, nicht verrückt, kein seelisches Wrack zu werden.

Körperlich sieht es anders aus. Bis auf das Hin- und Herlaufen im Zimmer und zum Klo bleibt ihr keine Gelegenheit, sich zu bewegen. Die Eisenkette verhindert es. Nicht, dass sie eine Sportskanone wäre. Sie schwimmt regelmäßig, okay, ab und zu joggen. Sie hat darüber hinaus mal mit dem Gedanken gespielt, sich in einem Fitnessstudio anzumelden, es aber rasch verworfen – nach einem Schnuppernachmittag. So viele komische Kerle liefen dort herum und verströmten Testosteron. Nein, das ist nichts für sie.

Mit diesem Buch verhält es sich unter Umständen ähnlich. Es wird sich zeigen. Fünfzig Seiten. Höchstens. Es sei denn, das Buch entpuppt sich als Spätzünder. Sie schnappt sich „Adler und Engel" und liest.

KAPITEL 20

2006

Zeit, dass sich was dreht

Für den darauffolgenden Freitag beraumten wir ein Nachtreffen in unserer WG ein, zu dem auch Jessi kam. In blumigen Worten berichteten wir ihr von unseren Abenteuern in Zeeland. Sie musterte uns neugierig, als ahnte sie, dass sich hinter unseren Heldengeschichten das eine oder andere Geheimnis verbarg. Im kommenden Jahr wollte sie uns begleiten.

Hinterher lagen Valerie und ich auf meinem Bett, unterhielten uns über den Abend. „Es wäre schön", sagte ich, „wenn Jessi und die Jungs beim nächsten Mal mitkommen. Ich frage mich nur, wo und wie wir dann schlafen."

„Jessis Kinder könnten im Etagenbett schlafen."

„Und der Rest? Jessi mit Wiebke? Murat und Simon? Ich weiß nicht, ob Murat so locker damit umgehen würde."

Sie schmunzelte. „Du könntest dir das Bett mit Murat teilen."

„Und du?"

„Wiebke?"

„Hm. Dann blieben Jessi und Simon", löste ich auf.

„Ungefährlich, oder?"

„Mag sein." Ich überlegte. „Hauptsache, du und Murat nicht."

„Wieso?"

„Murat ist ein hübscher Kerl", gab ich zu bedenken.

„Bist du etwa eifersüchtig? Wie süß von dir." Sie küsste mich auf die Wange. „Keine Sorge, Murat ist zu null Prozent mein Typ."

„Was ist denn dein Typ?"

„Du bist mein Typ."

„Haha. Nein, ernsthaft."

Sie zögerte nicht. „Groß muss er sein. Über eins achtzig. Wie du. Und eher so nordisch. Wie du. Blond. Höchstens dunkelblond."

„Einige bezeichnen meine Haarfarbe als braun", warf ich ein.

„Die haben keine Ahnung. Ernsthaft. Rein vom Äußeren her sahen meine bisherigen Freunde alle ein wenig aus wie du. Aber keiner war wie du."

Ich freute mich über ihre Worte, wollte es aber gern etwas genauer wissen. „Alle bisherigen Freunde? Das klingt nach einigen."

„In diesem Fall bedeutet es drei."

„Drei?"

„Ja."

„Nur drei?"

„Ja, nur drei. Du Idi!" Sie stupste mich sanft an. „Einer in der Oberstufe, Sascha, und zwei im Studium, Hannes und Ludi."

„Ludi?"

„Ja, Ludi. Als Abkürzung von Ludger."

„Ludger?" Was für ein affiger Name.

„Er kann doch nichts für sein Namen. Ja, ich weiß, Ludi hört sich nicht viel besser an. Klingt wie Lude. Er ist so gesehen dein Vorgänger."

„Ludi-Ludger war dein letzter Freund?"

„Ja, so ist es und es ist lange her. Fast zwölf Monate. Seitdem warte ich auf dich, ohne es gewusst zu haben."

Ich streichelte ihren Arm. „Und ich habe auf dich gewartet."

„Schön." Pause. „Wo wir gerade dabei sind: Wie viele gab es denn vor mir?"

Ich tat so, als würde ich mithilfe meiner Finger nachzählen. „Drei."

„Das glaube ich nicht."

„Ich wiederhole es gern: Drei ernsthafte Beziehungen."

„Ab wann wird es bei dir zu einer ernsthaften Beziehung?"

„Ab dem zweiten Tag", nuschelte ich. Bestenfalls verstand sie es nicht.

„Macho!"

Leider doch.

„Das war nur ein Scherz", log ich.

„Na, das hoffe ich doch."

„Ich schwöre."

„Das wiederum ist ein kein gutes Zeichen."

„Mag sein. Wir reden hier allerdings von der Vergangenheit. Du bist die Gegenwart und die Zukunft."

„Mike!"

„Was denn?"

„Das war ein wundervolles Kompliment. Ich fühle mich derart geschmeichelt, dass ich mich glatt von dir verführen lassen könnte."

„Was spricht dagegen?"

„Du fängst nicht damit an. Dabei liege ich seit Urzeiten nackt wie Eva im Paradies neben dir."

Dann startete die Fußballweltmeisterschaft, an einem Freitagnachmittag im Juni. Ich fieberte zumindest den Deutschlandspielen entgegen. Simon und Murat waren schier wahnsinnig vor Vorfreude, genau wie Jessis Söhne. Valerie und Wiebke hingegen wollten frühestens im Halbfinale einsteigen.

Davon waren wir an besagtem Freitag weit entfernt, denn vor dem Halbfinale wollte der liebe Fußballgott namens FIFA eine mehrwöchige Vorrunde sehen, das Achtelfinale und das Viertelfinale. Und zuallererst das Eröffnungsspiel inklusive Eröffnungsfeier. Jessi sah es sich daheim mit ihren Jungs an, Murat mit anderen Jurastudenten auf einer Riesenleinwand in der Bochumer Innenstadt, ich zusammen mit Simon in unserer WG. Valerie und Wiebke gar nicht. Sie besuchten eine Ausstellung in Düsseldorf.

Simon flippte während des Spiels regelmäßig aus. Ich freute mich über sechs Tore, vier davon für Deutschland.

„Das gibt wahnsinnige Quoten", rief Simon nach dem Schlusspfiff.

„Was für Quoten?", fragte ich.

„Na, in den Wettbüros. Sechs Tore im Eröffnungsspiel. Normalerweise fällt ein Tor oder gar keins. Lahm als ersten Torschützen hatte garantiert niemand auf dem Schirm."

„Darauf kann man wetten?", fragte ich.

„Bei englischen Buchmachern kannst du auf buchstäblich alles wetten. Selbst darauf, welcher Spieler sich in der zwanzigsten Minute die Schnürsenkel fester zieht."

Ich stutzte. „Schnürsenkel?"

„Schätze ich zumindest."

Ein paar Minuten später fuhren hupende Autos durch die Ferdinandstraße.

„Heutzutage reicht schon ein Sieg gegen Costa Rica für ein Autokorso." Simon blickte kopfschüttelnd aus dem Fenster.

An den folgenden Tagen stellte sich eine gewisse WM-Routine ein. Wenn ich Jessi, Simon oder Murat sehen wollte, musste ich mit ihnen Fußball schauen. Wenn ich Valerie oder Wiebke zu sehen wünschte, durfte ich mir kein Match ansehen. Diese Herausforderung erschreckte mich nicht. Ich wollte weder um jeden Preis so viele Fußballspiele wie möglich anschauen noch jeden Tag Wiebke, Jessi, Simon oder Murat treffen. Ich musste also bloß die Deutschlandspiele und Valerie unter einen Hut bringen.

Für die kommenden sechs Tage bedeutete dies genau einen Fall, das Spiel gegen Polen am Mittwochabend. Valerie musste ohnehin arbeiten. Da die Spiele im *Café Konkret* – im Gegensatz zu den meisten Kneipen im Bermudadreieck – nicht gezeigt wurden, ging Valerie von einer ruhigen Schicht aus. Erst nach dem Spiel würden einige Fans aus anderen Kneipen ins *Konkret* überwechseln. Es war zu befürchten, dass Valeries Schicht etwas länger als für einen Tag unter der Woche üblich dauern konnte. Deshalb würde ich sie ausnahmsweise abholen.

Diesmal leistete Murat uns – also Simon und mir – Gesellschaft. Wir erlebten zu dritt vor dem Bildschirm mit, wie die deutsche Mannschaft rannte und kämpfte. Ein intensives Spiel, wie es neuerdings hieß. Alles deutete auf ein torloses Remis hin. In praktisch letzter Minute drückte Neuville eine Flanke von rechts über die Linie. Bis nach Bochum hörten wir den Jubel aus Dortmund. Dann pfiff der Schiri ab, der nächste Jubelsturm folgte und fünf Minuten später hupten sich die ersten Autos durchs Viertel. Murat, Simon und ich wagten uns auf die Straße und ließen uns von der Ekstase mitreißen. Es war laut und friedlich. Und so voll, dass wir uns fragten, was wohl los sein würde, sollte Deutschland Weltmeister werden.

Wir schwammen mit der feiernden Meute Richtung Wittener Straße, wo wir, wie einige andere Fans, die Aral-Tankstelle stürmten, um unsere Biervorräte aufzustocken. Ich schielte alle paar Minuten aufs Handy. Sollte Valerie sich nicht melden, würde ich sie um ein Uhr abholen.

Gegen halb eins machte sich Murat vom Acker. Simon begleitete mich ins Bermudadreieck. Auch hier wimmelte es von Fans. Am *Café Konkret* war etwas weniger los. Valerie stand in der Tür und quatschte mit einem Typen, den ich nicht einordnen konnte. Kein Kollege, soweit ich wusste. Valerie winkte uns freudig zu, was gar nicht ihre Art war. Wahrscheinlich hatte der Typ sie angesprochen. Jetzt konnte sie zu Recht behaupten, ihr Freund hole sie ab. Der Typ drehte sich um und warf mir einen feindseligen Blick zu. Egal, Hauptsache, er trollte sich.

„Stress mit dem Kerl?", wollte ich wissen.

„Nicht wirklich. Höchstens etwas unangenehm. Gut, dass ihr gekommen seid."

Wir schlängelten uns durch die Massen zurück zur Ferdinandstraße, wo wir todmüde ins Bett fielen. Simon in seins, Valerie und ich in meins.

KAPITEL 21

2024

Scenes From an Italian Restaurant

Diesmal stoppe ich die Zeitreise eigenhändig. Ich möchte keinen weiteren Rüffel von Alice riskieren. Also renne ich die Treppe nach oben, werfe mir eine frische Prise Leitungswasser ins Gesicht, dazu etwas Deo untern Arm, trotz T-Shirt. Dann stiefeln wir los. Bereits im Treppenhaus bewundere ich in blumigen Worten Alices Äußeres, das sich – unter uns – nur unwesentlich von jenem Äußeren von vor einer Stunde unterscheidet. In meinen Augen. Ich bin kein Experte. Allenfalls Genießer.

Auf dem Weg zum *Sommernachtstraum* hätte ich fast wieder dem dunkelblauen Audi vom frühen Nachmittag hinterhergepfiffen. Doch zum einen begleitet Alice mich und hätte den Pfiff womöglich falsch, also richtig gedeutet. Zum anderen sitzt diesmal ein Kerl am Steuer, falls es sich überhaupt um dieselbe Karre handelt.

Da Donnerstag ist, also fast Wochenende, kurz vor acht, erwischen wir die Primetime. In beiden Räumen ist alles belegt – außer dem Tisch für Notfälle. Genau zu diesem Tisch schräg unter dem gigantischen Spiegel, der den vorderen Raum dominiert, lotst uns Gina, die Betriebsleiterin, wie sie sich offiziell schimpft. Inoffiziell ist die quirlige Endzwanzigerin mit den dunklen Locken die gute Seele des Restaurants. Sie hat für jeden Gast, selbst den mürrischsten, ein nettes Wort übrig, sie kann die Speise- und Getränke-karte rauf- und runterbeten, ohne einen Blick hineinzu-werfen, und sie schafft es, spätestens um Mitternacht alle Gäste hinauszukomplimentieren, ohne dass es ihr jemand übelnimmt. Selbst jetzt, auf dem Höhepunkt des Abends, gelingt es ihr in einer einzigen Minute mit netten Worten und Fragen, dass wir uns wie zu Hause fühlen.

Während Gina uns die Speisekarten holt, fummelt Alice hektisch in ihrer Handtasche herum. „Mist, ich habe mein Handy vergessen", stöhnt sie.

„Wozu brauchst du das denn?", wundere ich mich.

„Mama!"

Das eine Wort genügt. Alice und ihre Mutter unterhalten eine sehr spezielle Beziehung. Wie ich die beiden kenne, geht es jetzt darum, dass Mutter angekündigt hat, im Laufe des Abends eine Nachricht zu schicken, um dann auf Alices prompte Antwort zu warten. Erhält sie die nicht binnen weniger Minuten, macht sie sich automatisch Sorgen um ihre Tochter. Um ihre erwachsene Tochter, daran sei erinnert. Kein Grundschulkind.

„Ich hole es", biete ich an.

„So weit kommt es noch. Ich habe es vergessen, ich brauche es jetzt, also hole ich es. Ich bin in höchstens zehn Minuten zurück." Schon springt Alice auf und sprintet zur Tür.

Im selben Moment bringt Gina die Karten. Sie sieht Alice stirnrunzelnd hinterher.

„Sie hat was vergessen", erkläre ich.

„Es scheint etwas Wichtiges zu sein."

„Oh ja."

„Dann muss sie es holen", beschließt Gina. „Soll ich dir

schon mal vorschwärmen, welche Tagesgerichte heute auf der Tafel stehen?"

Die Tafel hängt im hinteren Raum über dem großen Tisch, an den bequem zwanzig Personen passen. Er ist heute komplett besetzt. „Lass uns auf Alice warten. Dann musst du nur einmal schwärmen."

„Alles klar, Mike. Helmut möchte wissen, ob du schon mal mit einem Bier starten möchtest."

Wie an jedem Abend zapft Helmut Jordan, der frühere Leiter der Kripo Wolfenbüttel, hinter dem Tresen Bier. Ich winke ihm zu. Er tippt sich lässig an die Schläfe, wie John Wayne, nur ohne Stetson. „Gern."

„Und Alice?", will Gina wissen.

„Sie trinkt bestimmt Wein zum Essen. Ob sie vorher etwas möchte, weiß ich nicht. Sie wird es uns nachher sagen."

„Okay." Gina macht sich auf den Weg.

Ich blättere ein wenig in der Speisekarte. Auch im vierten Jahr erliegt Jutta nicht der Versuchung, stets für jeden Geschmack etwas anbieten zu wollen. Sie beschränkt sich auf drei, vier Vorspeisen, sieben, acht Hauptgerichte sowie zwei Desserts. Jutta kocht Speisen aus aller Welt und passt diese den Jahreszeiten an. Momentan klingen die Gerichte nach Mittelmeer und nach Asien. Ich werde rasch etwas finden, möchte aber auf Alice warten.

Ich sehe mich im Lokal um, entdecke allerdings keine guten Bekannten. Sogar Bert Schiller, Mime am Schauspielhaus und der Stammgast schlechthin im *Sommernachtstraum*, ist nicht da, was so viel bedeutet wie: Er hat gerade eine Aufführung.

Kaum habe ich den Gedanken zu Ende gedacht, trottet doch ein guter Bekannter an: Falstaff, die berühmteste Promenadenmischung im Ehrenfeld und das Maskottchen des *Sommernachtstraums*. Falstaff schnuppert an meiner Hand. Ich tätschele seinen Kopf. Das reicht ihm. Der Hund wackelt zurück zu seinem Stammplatz unterhalb der Theke.

Mich streift der nächste Gedanke. Wenig überraschend betrifft er den Hund namens „Mann". Die Vergangenheit, sie lässt einen partout nicht los. Zum Glück bringt Gina mein Bier. Ich denke, ich muss nicht auf Alice warten, und nehme einen Schluck.

Wo bleibt sie denn? Zehn Minuten sind längst um, eher fünfzehn. Ich zücke mein Smartphone und checke, ob sie sich gemeldet hat. Hat sie nicht. Beantwortet sie die Nachricht ihrer Mutter direkt in der Wohnung? Ich nutze die Gelegenheit des gezückten Smartphones und klicke auf die Kicker-App. Dort spekulieren Journalisten und andere Experten wild über die morgige Aufstellung und trauen dem deutschen Team fürs Turnier nicht viel zu. Na ja.

Ich fange Ginas fragenden Blick ein und zucke mit den Schultern. Keine Ahnung, wo Alice steckt, soll diese Geste bedeuten. Jetzt sind es bestimmt schon zwanzig Minuten. Ich gehe im Kopf die Strecke zwischen *Sommernachtstraum* und Wohnung durch. Knapp dreihundert Meter, wie gesagt, es ist taghell. Alice muss einmal die Hattinger Straße überqueren. Dort herrscht reger Verkehr, aber vor allem abends findet sich ständig eine Lücke. Und selbst … selbst, wenn es einen Unfall gegeben hätte, hätten wir es im *Sommernachtstraum* mitbekommen, zumal die Fenster zur Hattinger Straße und die Tür offen stehen.

Ich schiele erneut auf mein Smartphone. Keine Nachricht. Ich schreibe ihr eine über WhatsApp: „Wo bleibst du?" Der kleine graue Haken erscheint, der zweite nicht. Von Hellblau ganz zu schweigen. Ich trinke mein Bier aus.

Gina kommt zum Tisch. „Alice braucht aber lange."

„Wahrscheinlich telefoniert sie", antworte ich ohne Überzeugung.

„Noch ein Bier?"

„Gern. Ein kleines."

Ich betrachte mein Smartphone. Soll ich? Soll ich nicht? Ich soll. Ich drücke Alices Nummer. Besetzt. Das passt zur Theorie mit dem Telefonat und erklärt zugleich das fehlende graue Häkchen. Tut es das? Nein, tut es nicht. Im Gegenteil. Es widerlegt die Theorie. So langsam gelingt es mir nicht mehr, die Erinnerung an diesen vermaledeiten Sonntagabend im Sommer 2006 zu verdrängen. Wie sollte es auch? Die Situationen ähneln einander viel zu sehr. Statt WhatsApp nutzten wir damals SMS, aber das ist bloß eine Kleinigkeit. Viel schwerer wiegt das Besetztzeichen. Es beschwört die allerschlimmsten Befürchtungen herauf.

KAPITEL 22

2006

If You Leave Me Now

Sonntagabend, zehn nach acht, Simon besuchte Toni, ich hockte allein im Wohnzimmer und wartete voller Ungeduld auf Valerie. Ihr Einsatz im *Café Konkret* war seit gut einer Stunde vorbei. Klar, manchmal fiel jemand aus, und bis Ersatz da war, verlängerte sich die Schicht. Oder man quatschte mit den Kollegen. Trotzdem steigerte sich meine Unruhe von Minute zu Minute, denn diese Fälle hatte es bereits gegeben; jedes Mal hatte Valerie ihre Verspätung angekündigt.

Bisher war keine Nachricht eingetroffen. Dazu der Vorfall Mittwochnacht, als ein Fremder Valerie angesprochen hatte. Einziger Trost: Das war mitten in der Nacht passiert, jetzt war früher Abend und Fußballfans waren keine unterwegs. Die hatten gestern den dritten deutschen Sieg gefeiert.

Vor zwanzig Minuten hatte ich Valerie geschrieben und gefragt, ob alles in Ordnung sei. Keine Antwort. Darum rief ich sie nun an. Umgehend ertönte das Besetztzeichen. Ich tigerte durch die Wohnung, wählte erneut ihre Nummer. Besetzt. In der Küche steckte ich mir eine Zigarette an. Nach einigen hastigen Zügen rief ich ein weiteres Mal an. Besetzt. Am liebsten wäre ich direkt zum *Café Konkret* gerannt. Leider gab es verschiedene Wege und ich hatte Angst, Valerie zu verpassen. Alternativ hätte ich dort anrufen können, das erschien mir jedoch etwas voreilig. Draußen war es hell, die Straßen waren belebt. Außerdem war Valeries Telefon besetzt. Sie telefonierte und dieses Gespräch war so wichtig, dass sie mir kein Zeichen geben konnte. Ich musste mich gedulden, nichts weiter.

Leider fiel mir absolut nichts ein, womit ich mir die Wartezeit vertreiben konnte. Ich hätte mir ein WM-Spiel ansehen können. Aber was interessierten mich Schweden oder die USA? Nicht die Bohne. Mir fiel nichts Besseres ein, als die Frequenz meiner Anrufversuche zu erhöhen. Das Besetztzeichen erklang wieder und wieder. Natürlich hatte ich es zwischendurch auf ihrem Festnetz probiert und besorgte Grüße auf den AB hinterlassen.

Gegen neun öffnete ich eine Bierflasche, die ich in der Küche trank, an die Arbeitsplatte gelehnt. Mittlerweile wählte ich Valeries Nummer im Minutentakt. Um halb zehn rief ich dann doch im *Café Konkret* an. Jan, mit dem Valerie häufig zusammenarbeitete, nahm ab.

„Hallo Jan, hier ist Mike."

„Hi Mike." Er konnte mich sofort zuordnen.

„Ich warte auf Valerie. Dauert ihre Schicht länger oder habe ich mich vertan? Ich erreiche sie weder auf dem Handy noch zu Hause."

„Valerie?"

Es war offenbar viel los im Café, den Geräuschen nach zu urteilen.

„Ja, Valerie. Ist sie da?"

„Warte mal, Mike, ich gehe mal in eine ruhigere Ecke." Es raschelte ein wenig, dann sprach Jan wieder. „Zu Valerie kann ich dir nur sagen, dass wir hier etwas sauer auf sie sind. Sie ist nicht zu ihrer Schicht gekommen."

„Was?", rief ich entsetzt.

„Ja, ohne abzusagen. Die Chefin hat versucht, sie zu erreichen. Bei ihr zu Hause sprang sofort das Band an und ihr Handy war besetzt."

„Heute Mittag war ihr Handy auch besetzt?" Mir wurde heiß und kalt zugleich.

„Ja, wieso?"

„Weil ihr Handy seit zwei Stunden besetzt ist. Und bei ihr zu Hause das Band anspringt."

„Echt?"

„Ja, ich habe es häufig genug versucht."

„Wann hast du Valerie zum letzten Mal gesehen?", erkundigte sich Jan.

„Gestern Morgen." Das war sie nach einer sehr schönen Nacht neben mir aufgewacht und hatte mich so verliebt angesehen wie nie zuvor.

„Puh", machte Jan.

„Also hat sie erst euch und dann mich versetzt." Ich versuchte, aufgeräumter zu klingen, als mir zumute war. „Das passt überhaupt nicht zu ihr."

„Stimmt", gab Jan mir recht. „Wir haben uns gewundert, dass sie nicht erschienen ist und sich nicht entschuldigt hat. Sehr seltsam."

„Ja, und ich mache mir vor allem Sorgen."

„Das kann ich gut verstehen, Mike. Gib uns Bescheid, wenn du sie erreicht hast. Sie soll sich bei uns melden. Es wird ihr niemand den Kopf abreißen."

Ich versprach es Jan und steckte mir eine Kippe an. Ich zitterte am ganzen Körper und überlegte fieberhaft, was ich unternehmen könnte. Wie ferngesteuert startete ich einstweilen den nächsten Anruf. Besetzt.

Dann fiel mir etwas Wichtiges ein: Gestern Abend war Valerie mit Wiebke verabredet gewesen. Ich wählte Wiebkes Nummer.

„Hallo Mike", begrüßte sie mich.

„Hallo Wiebke. Alles gut bei dir?"

„Alles bestens. Und bei dir?"

„Nicht ganz", gab ich zu. „Ich bin auf der Suche nach Valerie."

„Ach, du auch?"

„Hm. Wie meinst du das?"

„Wir waren gestern Abend verabredet und sie kam nicht."

„Wie bitte?" Der nächste heftige Treffer. Ich musste mich auf einen der Küchenstühle setzen. „Hat sie dir wenigstens Bescheid gegeben?"

„Nein, mit keinem Wort. Ich habe versucht, sie zu erreichen. Auf ihrem Festnetzanschluss lief der AB und ihr Handy war besetzt."

„Das gibt es doch nicht." Praktisch dieselben Worte, mit denen Jan mir die Situation geschildert hatte. Und ich ihm.

„Hm?"

Ich erklärte es Wiebke, erzählte von meiner Verabredung mit Valerie und vom *Café Konkret*.

„Huch, dann wäre ihr Handy seit vierundzwanzig Stunden dauerhaft besetzt. Das ist merkwürdig."

„Ich mache mir ernsthaft Sorgen, Wiebke."

„Es hat also nicht gekriselt bei euch?" Wiebke klang sehr vorsichtig.

„Nein, im Gegenteil. Das kommt aus heiterem Himmel. Ich kann es mir nur damit erklären, dass etwas passiert ist."

„Ein Unfall?"

„Ja, ein Unfall. Ein Überfall."

„Überfall?"

„Ich weiß, das klingt dramatisch. Aber solange ich nichts Genaueres weiß, muss ich vom Schlimmsten ausgehen."

„Was wirst du jetzt machen, Mike?"

„Ich werde die anderen Leute aus unserer Clique anrufen und zwei, drei Bekannte von Valerie."

„Auch ihre Eltern?"

„Ja, das wäre eine Option. Die Eltern kenne ich allerdings nicht persönlich."

„Nein?"

„Sie wohnen in Süddeutschland, es hat sich bisher nicht ergeben." Dass Valerie kaum von ihren Eltern erzählte, musste ich Wiebke nicht auf die Nase binden. Wir verabschiedeten uns und ich telefonierte nacheinander mit Jessi und Murat. Beide hatten Valerie seit unserem letzten gemeinsamen Treffen nicht gesehen. Simon würde ich später interviewen, ich ging ohnehin davon aus, dass er mir nicht helfen konnte. Wir hatten uns um halb sieben gesprochen und er hätte garantiert erwähnt, wenn er Valerie getroffen hätte.

KAPITEL 23

Die Gefangene

Und es war Sommer

Es muss derselbe Tag sein. Der Abend dieses Tages. Sie hat eine Runde gedöst, „Adler und Engel" auf der Brust. Das Kapitel vor dem Dösen war etwas besser, deshalb war das Nickerchen keine direkte Folge des Lesestoffs, sondern ihrer allgemeinen Mattheit.

Sie bringen ihr Brot, daraus schließt sie, dass es Abend sein müsste. In ihrer eigenen kleinen Logik und in der Hoffnung, dass der Rhythmus der Entführer allgemeinen gesellschaftlichen Gepflogenheiten entspricht. Die Männer bieten ihr Bier an. Sie möchte welches. Es gibt saure Gurken zum Brot. Käse und Wurst. Butter.

Das Brot ist garantiert abgepackt. Es ist weich und schmeckt künstlich. In Freiheit kauft sie frisches Brot vom Bio-Bäcker, Vollkorn, Roggen, Dinkel, selten Weizen. Egal, sie hat Appetit und isst vier Scheiben, obwohl die sehr groß sind, aber halt nicht so nahrhaft wie Brot vom Bio-Bäcker.

Die Entführer bieten ihr ein zweites Bier an, erkundigen sich nach ihrem rechten Handgelenk, wo die Kette mehrere Tage lang befestigt war. Sie nimmt das Bier, antwortet, verzichtet auf die angebotene Salbe.

So nett wie heute sind die Entführer noch nie gewesen. Im selben Moment, in dem sie diesen Satz denkt, hält sie inne. Spinnst du? Das sind deine Entführer. Sie haben dich deiner Freiheit beraubt. Sie sperren dich ein. Sie legen dir eine Eisenkette an, schränken damit deine Bewegungsfreiheit ein. Sie gönnen dir keine Sekunde Tageslicht. Draußen ist Sommer.

Bevor sie verschleppt wurde, deutete sich ein grandioser Sommer an. Alle Menschen sind draußen, schlendern durch Parks und Einkaufszonen, sonnen sich an Seen, Flüssen, Meeren, wandern in den Bergen, schauen zusammen Fußball, picknicken auf Wiesen, in Schwimmbädern, an Stränden, sitzen in Biergärten, vor ihren Häusern, in ihren Gärten, auf Bänken, genießen die Sonne, die langen Abende. Leben. Lieben. Lachen. Und du bist in einem schalldichten Raum eingesperrt.

Einerseits.

Andererseits muss sie sich um nichts sorgen, sich nicht fragen, mit wem sie wann was warum und wo macht und ob überhaupt. Sie muss keine Entscheidungen treffen, kann deshalb nichts falsch machen. Sie muss nur sein. Essen. Trinken. Schlafen. Lesen. Keine Sorgen, keine Konflikte, keine Diskussionen, keine falschen Hoffnungen, keine Enttäuschungen, keine verletzten Gefühle, keine Fehler. Die Existenz auf das Allernotwendigste reduziert. Ist das nicht vielmehr eine besondere Form von Freiheit? Muss sie nicht gar ihren Entführern dankbar sein, da sie ihr derart viel Last abnehmen und sie einfach sie selbst sein lassen?

Oh je, ich leide am Helsinki-Syndrom, denkt sie. Ich mag meine Entführer. Wie dämlich! Mögen sie mich? Was für eine Frage! Und dennoch berechtigt. Sie sind gezwungen, ihre Tage und Nächte in diesem Haus zu verbringen, um sie zu bewachen. Sie könnten viele andere schöne Dinge unternehmen. Ja, ja, im Gegensatz zu dir haben sie ihr Schicksal freiwillig gewählt. Spielt das wirklich eine Rolle? Kennst du ihre Zwänge? Wer weiß, was sie dazu getrieben hat, dich zu entführen? Du darfst sie nicht verurteilen, ohne es zu wissen. Was, wenn sie das Geld benötigen, um die komplizierte Behandlung eines schwer erkrankten Angehörigen zu bezahlen? Was, wenn sie Schulden bei der Mafia haben und um ihr eigenes Leben bangen? Was, wenn sie einen großen Teil des Lösegeldes an Ärzte ohne Grenzen oder Terre des Femmes spenden? Du weißt es nicht. Verurteile sie deshalb nicht. Versuche, sie zu verstehen.

Das zweite Bier kommt. Der Entführer zögert einen Augenblick. Fast kommt er es ihr vor, als wolle er sich zu ihr setzen, um gemeinsam mit ihr zu trinken und zu plaudern. Sie will ihm auf die Sprünge helfen und stellt ihm eine, wie sie findet, unverfängliche Frage. Ob nachher ein wichtiges Fußballspiel stattfindet? Der Entführer sieht sie an, runzelt die Stirn, lächelt und antwortet so etwas wie „Nein, heute nicht". Er holt nicht seine Bierflasche, setzt sich nicht zu ihr, trinkt und plaudert nicht mit ihr. Er lächelt nur und grummelt „Prost". Sie empfindet selbst diese banalen Worte wie Zärtlichkeiten und das Bier schmeckt danach besser.

Oder heißt es Stockholm-Syndrom? Oder gilt beides? Nein, das wäre sehr komisch, wenn ein und dasselbe Syndrom nach zwei unterschiedlichen Städten benannt wäre, ausgerechnet nach skandinavischen Hauptstädten. Sobald sie frei ist, wird sie es recherchieren.

Hat sie nicht schon mal darüber nachgedacht, dass ihre Entführer skandinavisch wirken? Hat sie, na sicher. Oder nicht? Sie erinnert sich nicht. Was hat sie wann und warum gedacht? Sie konzentriert sich, gräbt tief in ihrem Gedächtnis, verwechselt die Zeit vor mit derjenigen nach der Entführung, bringt alles durcheinander. Es funktioniert nicht. Sie beschließt, dass es einerlei ist. Entscheidend ist, dass ihre Entführer skandinavisch wirken könnten. Mit dieser Beobachtung lässt sie ihren Assoziationen freien Lauf.

Das könnte dann kein Zufall mehr sein, oder? Skandinavisch aussehende Entführer lösen ein skandinavisches Syndrom aus, das ist logisch. Stockholm gleich Schweden, Helsinki gleich Finnland.

Wie sehen Finnen aus? Von Finnland weiß sie im Grunde genommen gar nichts. Sei's drum, sie weiß sowieso nicht, ob die Entführer Finnen sind. Hat sie nicht auch Osteuropa im Verdacht gehabt? Nicht direkt Russland oder so. Eher Polen. Nein, halt! Liegen diese baltischen Staaten nicht in der Nähe von Skandinavien? Nur die Ostsee dazwischen? Es wäre beides auf einmal, skandinavisch und osteuropäisch. Das passt am ehesten, nicht wahr?

Soll sie den Netteren mal fragen: „Kommt ihr aus Lettland?"
„Oder aus ...?" Sie muss nachdenken. Ja genau: „Oder aus Litauen?"
Mindestens eins fehlt. Richtig. „Oder aus Estland?" Noch mehr
baltische Staaten gibt es nicht, oder?

An dieser Stelle stoppt sie den Gedankenfluss. Fest steht: Sie kann
ihre Entführer nicht hassen und sie weigert sich, sie zu lieben. Vom
Stockholm- oder Helsinki-Syndrom spricht sie sich frei. Fertig.

Sie lässt sich Zeit mit dem Bier und hängt fortan schönen
Erinnerungen nach. Die schönsten Augenblicke mit ihm, bevor ...

KAPITEL 24

2006

She Loves You

Drei Flaschen Bier später kehrte Simon heim. Mit seinen feinen Antennen spürte er sofort, dass etwas nicht stimmte. Die leeren Bierflaschen und der volle Aschenbecher auf dem Küchentisch trugen ihren Teil dazu bei.

„Okay, erzähle!" Simon schnappte sich eine Bierflasche, in meiner aktuellen Flasche schwappte ein kleiner Rest.

„Valerie ist verschwunden."

„Verschwunden?"

Ich berichtete ihm vom ausgefallenen Date, von Valeries verpasster Schicht im *Café Konkret* und von der gestern Abend versetzten Wiebke.

„Sie war schon wieder mit Wiebke verabredet?"

„Ja. Wieso?"

„Es wundert mich, dass sie sich ständig zu zweit verabreden."

„Warum?" Simon verwirrte mich. Dabei war ich schon komplett durch den Wind.

„Mich wundert eher, dass es dich nicht wundert."

„Du sprichst in Rätseln, Simon."

„Und du galoppierst mit Scheuklappen durchs Leben."

„Komm, rede Klartext!" Diese kryptischen Bemerkungen nervten. Und das nicht zum ersten Mal, wenn es um Valerie ging.

Simon rollte mit den Augen. „Reg dich ab, Alter. Ich versuche es mal anders: Wie würdest du dein Verhältnis zu Wiebke beschreiben?"

Ich wusste nicht, wie ich darauf reagieren sollte. Ich war höllennervös wegen Valerie und Simon fragte mich nach meinem Verhältnis zu Wiebke. Ich antwortete trotzdem. „Freundschaftlich. Wie zu allen in der Clique."

„Okay. Das habe ich mir gedacht. Und andersherum. Was glaubst du, was Wiebke für dich empfindet?"

Jetzt fiel der Groschen. Ich dachte an frühere Bemerkungen von Simon und Jessi. „Du meinst, Wiebke hegt tiefere Gefühle für mich?"

„Ist dir das nie aufgefallen?"

„Nein." Das war es in der Tat nicht.

„Du hast es erfolgreich ausgeblendet, weil du diese Gefühle nicht erwiderst. Nachvollziehbar. Und perfekt für den Zusammenhalt in unserer Clique."

„Danke, Herr Doktor." Ich lächelte, um Simon zu zeigen, dass ich mich nicht lustig über ihn machte. „Hat Wiebke es dir erzählt?"

„Nicht direkt, doch es gab eindeutige Bemerkungen und Anzeichen. Vielleicht hat sie mit Jessi darüber gesprochen. Du kannst sie ja mal fragen."

Ich nickte. „Ja. Wobei ich nicht weiß, ob mir das bei der Sache mit Valerie weiterhilft. Deswegen habe ich bereits bei Jessi durchgeklingelt. Und bei Murat. Und bei Wiebke."

„Hm." Simon dachte nach. „Hast du sonst jemanden angerufen? Valeries Eltern zum Beispiel?"

Offenbar bot sich diese Frage an. „Nein, bisher nicht. Ich kenne sie nicht und sie wissen schlimmstenfalls nichts von mir. Ich glaube, das Verhältnis zwischen Valerie und ihren

Eltern ist nicht unbedingt das Beste. Ich wüsste eh nicht, warum Valerie mir oder den Leuten im Café nicht Bescheid gegeben hätte, wenn sie zu ihren Eltern gefahren wäre."

„Verstehe. Da bleibt dir nichts anderes übrig, als abzuwarten." Simon zögerte. „Blöde Frage: Zwischen dir und Valerie war alles im Lot?"

Offenbar drängte sich auch diese Frage auf. „Das ist keine blöde Frage. Ich habe mich praktisch als Erstes gefragt, ob sie sich vor mir versteckt und auf diese Weise unsere Beziehung beenden will. Das wäre krass. Aber ehrlich, gestern war alles superschön. Da bin ich mir zu hundert Prozent sicher. Und ich bin nicht blind vor Liebe."

„Garantiert bist du das nicht. Ich habe euch häufig genug zusammen erlebt, allein das Wochenende in Ouddorp. Da kam mir Valerie sehr verliebt vor. Kann sie denn seit gestern eine Leiche in deinem Keller gefunden haben?"

„Da liegt niemand."

Simon trank einen Schluck. „Das macht die Sache nicht leichter. Hast du schon mal über einen Unfall nachgedacht?"

„Ja. Aber von einem richtig schlimmen Unfall in Bochum hätte man etwas mitbekommen, oder? Ich habe ein wenig im Internet recherchiert, auf den Seiten der Ruhrzeitung und von Radio Bochum. Nichts. Ich werde morgen mal die Krankenhäuser abklappern und zu Valeries Wohnung fahren."

„Hast du einen Schlüssel?"

„Nein, ich muss zur Not bei ihrer Nachbarin klingeln."

„Ja, mach das. So, wie du es erzählst, gefällt mir die Sache gar nicht." Simon stand auf. „Noch ein Bier?"

Ich hatte mehr als genug getrunken, sagte trotzdem „Ja". Auch Simon holte sich eine weitere Flasche.

„Komm, wir entwerfen einen Schlachtplan", schlug er vor. „Du solltest dich tatsächlich zuerst um die Krankenhäuser kümmern. Bei einem Unfall wäre das Bergmannsheil die erste Adresse. Du solltest darüber hinaus eine akute Erkrankung in Betracht ziehen, Blinddarm, Hörsturz, Zahnweh, Lebensmittelvergiftung. Darum kommen im Grunde genommen alle Bochumer Krankenhäuser infrage. Wobei ich bei Zahnweh oder Blinddarm nicht nachvollziehen könnte, dass Valerie dich nicht darüber informiert."

Genau diese Gedanken spielte ich seit Stunden durch. Je harmloser der Grund, desto seltsamer wäre es, dass sie uns alle so lange im Ungewissen ließ. Im Umkehrschluss bedeutete dies: Der Grund war nicht harmlos. „Ich knüpfe mir so oder so alle Krankenhäuser vor."

„Soll ich dir ein paar Kliniken abnehmen oder dich begleiten?"

„Nee, lass mal. Danke. Das ist superlieb von dir." Ich war froh über Simons Zuspruch. Seine Hilfe wollte ich aber nicht beanspruchen. Das mochte sich ändern, einstweilen wollte ich allein losziehen.

KAPITEL 25

2024

Dear Mrs. Applebee

Gina platziert das kleine Bierglas vor mir. „Du machst dir Sorgen, oder?"

Wenn sie wüsste, woran ich gerade denken musste. Aber solche Geschichten wiederholen sich nicht eins zu eins. Oder? „Komisch ist es schon."

„Magst du mal rübergehen zu eurer Wohnung? Ich passe auf euren Tisch auf."

„Ich versuche es noch einmal telefonisch." Besetzt. Weiterhin nur ein grauer Haken. „Okay, ich gehe mal gucken." Vorher trinke ich das Glas auf ex.

„Bis gleich und viel Erfolg", ruft mir Gina hinterher.

Es ist gerade einmal eine gute halbe Stunde vergangen, seit ich mit Alice zum *Sommernachtstraum* gegangen bin. Und doch hat sich alles verändert. Gesichter, die auf dem Hinweg freundlich lächelten, mutieren nun zu bösartigen Fratzen. In jedem Mann, der mir entgegenkommt, erkenne ich den Räuber, Vergewaltiger, Schläger oder Mörder.

Eine Alternative bleibt unausgesprochen, mit großer Anstrengung verdränge ich jeglichen Gedanken daran. Einstweilen.

Nur ein paar Männer sind auf der Hattinger Straße unterwegs, sechs, um genau zu sein. Vier kenne ich vom Sehen, die scheiden aus, einer ist sehr alt und scheidet ebenfalls als

Verbrecher aus; verdächtig bleibt der Sechste. Unsinn. Wenn der Kerl Alice innerhalb der vergangenen dreißig, fünfunddreißig Minuten überfallen oder vergewaltigt hätte, würde er jetzt nicht in aller Seelenruhe an der Bäckerei Schmidtmeier vorbeiflanieren. Hand in Hand mit seiner Frau oder Freundin.

Ich erreiche unsere Haustür, steige zunächst nur in den ersten Stock, schließe die Detektei auf. Der Urwald ist leer, gleiches gilt für mein Büro und die Toilette. Die nächsten Treppen, zwei Stockwerke höher. Unsere Wohnungstür ist zweimal verschlossen. Ich hatte sie vorhin nur einmal abgeschlossen. Das weiß ich, ich mache es immer so. Alice schließt doppelt ab. Ehernes Gesetz: Mike einmal, Alice zweimal. Daraus folgt: Alice hat zuletzt die Tür abgeschlossen.

Ich müsste folglich gar nicht in die Wohnung gehen, tue es trotzdem und finde einen leeren Flur vor. Ausgestorben sind auch alle Räume, inklusive Bad. Nichts ist ungewöhnlich. Keine Kampfspuren oder so. Keine Blutflecken. Nichts. Nirgendwo sehe ich Alices Smartphone.

Ich ziehe Schlüsse: Alice war in der Wohnung, schnappte sich ihr Telefon, verließ die Wohnung, schloss doppelt ab und ... und was? Kam nicht zurück in den *Sommernachtstraum*. Sondern?

Ich gehe zum Balkon, zünde mir eine Zigarette an und formuliere vorsichtig Alternativen, ähnlich wie 2006. Alice fiel plötzlich ein, dass sie keine Lust mehr auf mich hat. Nichts deutet darauf hin. Einen Unfall kann ich – im Gegensatz zu 2006 – ausklammern. Wir hätten es mitbekommen. Ebenso einen Raubüberfall oder einen Mord. Das hätte jemand beobachtet. Vor allem aber wäre Alice nicht verschwunden, sondern würde verletzt oder tot an der

Hattinger Straße liegen und man hätte sie in dieser belebten Gegend längst gefunden.

Ich kann es drehen und wenden, wie ich will: Übrig bleibt bloß eine Entführung. Natürlich stellt sich auch hier die Frage nach Zeugen. Wenn die Hattinger Straße zu belebt für einen Raubüberfall oder einen Mord ist, wäre sie es auch für ein Kidnapping.

Oder?

Das kann so schnell gehen. Es dauert nur ein paar Sekunden.

Und warum entführt jemand Alice?

Keine Ahnung.

Wer?

Ich denke an Alices Ex. Die beiden führten lange eine On-off-Beziehung, aber das ist mittlerweile fast drei Jahre her.

Warum gerade jetzt?

Wer sonst?

In diesem Moment klingelt mein Smartphone. Ich reiße es hektisch aus der Hosentasche. Doch nicht Alices Name leuchtet auf dem Display, sondern der ihrer Mutter, Elvira Kramer. Ich mag nicht drangehen, doch ich muss.

„Elvira?"

„Wo ist Alice?"

Folglich ist sie nicht bei ihrer Mutter, was in der knappen Zeit ohnehin nicht machbar gewesen wäre, denn Alices Mutter wohnt in Siegburg, über einhundert Kilometer entfernt. „Warum fragst du?"

„Ich habe ihr vor zweiundvierzig Minuten eine WhatsApp geschickt und sie hat bislang nicht geantwortet."

Das bedeutet, dass Alice mich vorhin nicht angelogen hat:

Sie brauchte ihr Smartphone wegen ihrer Mutter. Leider verdeutlicht die Frage zugleich den Ernst der Lage. Ich möchte mich jetzt allerdings nicht mit Elviras Sorgen herumschlagen. „Alice hat ihr Handy verloren. Sie sucht es gerade."

„Kannst du sie mir bitte geben?"

Oh je! „Nein, das geht nicht. Alice sucht draußen. Ich bin in der Wohnung."

„Warum suchst du nicht mit?"

Mein Gott, ist die wieder hartnäckig und anstrengend. „Nur Alice weiß, wo genau sie vorhin unterwegs war."

„Du könntest ihr trotzdem helfen", belehrt Elvira mich.

„Das tue ich", lüge ich munter weiter. „Ich stelle unsere Bude auf den Kopf. Falls es irgendwo hier herumliegt."

„Hm."

„Alice meldet sich, sobald sie ihr Handy gefunden hat", verspreche ich. „Falls es zu spät wird, erst morgen", versuche ich zudem, Zeit zu gewinnen.

„Ich werde warten."

Es nützt nichts. „Nein, warte mal besser nicht." Jeder Satz fällt mir schwerer. Ich muss dringend Alice suchen, statt mit Elvira zu telefonieren.

„Hm." Elvira stellt sich stur.

Mir bleibt keine Wahl. „Wir melden uns." Dann drücke ich das Gespräch weg, ohne ihre Antwort abzuwarten. Als es ein paar Sekunden später erneut klingelt und Elviras Name auf dem Display erscheint, ignoriere ich es.

Ich überlege fieberhaft, was ich als Nächstes unternehmen könnte. Ich rufe im *Sommernachtstraum* an. Gina nimmt ab. Ich atme auf, ihr muss ich die Sachlage nicht lange erklären. Sie reagiert entsetzt, bietet ihre Hilfe an, will sofort Helmut alarmieren, den Ex-Bullen. Ich bedanke mich, lehne diese

Hilfe aber einstweilen ab. Ich möchte vor allem nicht den Betrieb im *Sommernachtstraum* lahmlegen, was zwangsläufig passieren würde, wenn Gina und Helmut das Restaurant verlassen. Ich verspreche Gina, mich wieder zu melden, sobald ich etwas herausgefunden habe.

Ich stolpere die Treppe hinunter, beinahe ohnmächtig vor Sorge. Ich darf mich aber nicht in Selbstmitleid verlieren, ich muss möglichst kühlen Kopf bewahren und einen provisorischen Plan entwerfen. Auch wenn es höchstwahrscheinlich kompletter Unsinn ist, haste ich zunächst ein weiteres Mal die Hattinger Straße rauf und runter, zunächst auf unserer Straßenseite bis Höhe *Sommernachtstraum*. Genau dort überquere ich die Straße, vermeide jeglichen Blick ins Lokal und laufe auf dieser Straßenseite zurück bis zu der Kreuzung mit unserem Wohnhaus.

Überflüssig zu erwähnen, dass ich auf meinem Weg keinerlei Anzeichen von Alice entdecke. Ich brauche auch nicht eigens darauf hinzuweisen, dass Elvira mich minütlich anruft. Wenn ich nicht auf andere, dringende Anrufe hoffen würde, hätte ich mein Smartphone längst stummgeschaltet.

Als Nächstes möchte ich die wenigen Läden an diesem Stück der Hattinger Straße, zwischen *Sommernachtstraum* und unserer Wohnung, abklappern, die noch nicht geschlossen sind. Es handelt sich um zwei Imbisse und ein Restaurant.

Ich beginne mit der *Pizzeria Pronto* in unserem Wohnhaus, direkt unter dem Detektivbüro. Alice und ich versorgen uns hier regelmäßig mit Pizza und Pasta. Andrea, der rothaarige Pizzabäcker, begrüßt mich freundlich, zwei Gäste warten auf ihre Bestellung.

„Mike, welche Ehre!"

„Hallo Andrea. Ich habe nur eine Frage." Ich habe mir

längst abgewöhnt, diesen Namen als unangemessen für einen Mann zu empfinden. Die Italiener sind halt so. Problematisch wäre es nur, wenn sich Andrea eine deutsche Frau mit Namen Andrea gesucht hätte. Eine deutsche Frau ist es zwar, sie heißt aber Sonja. Ab und zu taucht sie hier mit ihren entzückenden Kindern auf.

„Schieß los, mein Freund", lädt Andrea mich ein.

„Hast du vor einer guten halben Stunde Alice vorbeilaufen gesehen?"

„Si. Zweimal sogar. Erst Richtung Haustür, drei, vier Minuten später in die andere Richtung. Wir haben uns zugewunken." Andrea öffnet den Pizzaofen, wirft einen Blick hinein, schließt ihn wieder. „Wieso fragst du? Ist was passiert?"

Ich betrachte die beiden Gäste, ein junges Pärchen, das sich betont desinteressiert zeigt. „Ich weiß es nicht, Andrea. Ist dir sonst irgendwas aufgefallen? Leute, die hier rumlungern? Oder bestimmte Autos?"

Andrea schließt die Augen. „Leute nicht. Ein Auto vielleicht."

„Was für ein Auto?"

„Ich glaube, ein A6."

Also ein Audi. „Welche Farbe?"

„Moment." Andrea öffnet erneut den Pizzaofen. Diesmal schnappt er sich den Schieber und sortiert die Pizzableche um. Er wendet sich wieder zu mir. „Dunkelblau. Aber frage mich bitte nicht nach dem Kennzeichen, Mike."

Das hätte ich in der Tat als Nächstes getan. „Was war auffällig an dem Audi?"

„Der Wagen kurvt hier seit ein paar Tagen herum. Manchmal parkt er in der Parkbucht gegenüber oder hier auf dem Seitenstreifen. Ich habe noch nie wen aussteigen sehen. Heute fuhr das Auto wieder vorbei, stadtauswärts, ich behaupte mal, im selben Moment, als Alice zum ersten Mal vorbeiging. Ein paar Sekunden, nachdem ich Alice zum zweiten Mal gesehen habe, kommt der A6 wieder, diesmal stadteinwärts."

Auch ich habe den A6 allein heute zweimal gesehen – und nicht aufs Kennzeichen geachtet, sondern auf die Fahrerin oder später den Fahrer. Hier zeichnet sich ein mögliches Szenario ab. Die Leute im Audi haben unser Haus beobachtet. Allem Anschein nach ging es ihnen um Alice, die sie nun, bei der erstbesten Gelegenheit, in ihre Gewalt gebracht haben. Ich frage erst gar nicht nach dem Grund, nicht nach potenziellen Tätern. Ich kann es nicht begreifen, nicht einordnen. Und ich verzichte darauf, im Konjunktiv zu denken, stelle mich stattdessen dem Offensichtlichen: Jemand hat Alice entführt. Das ergibt in diesem Moment leider Sinn. Nicht zuletzt wegen meiner Erfahrungen im Sommer 2006.

Vielleicht bin ich deshalb voreingenommen. Bin ich? Nein, ich bin realistisch, weil ich in diesem Augenblick, bei längerem Nachdenken, doch ein Muster erkenne, weil ich etwas ahne, weil ich kombiniere und logische Zusammenhänge und Zufälle voneinander trenne. Zumindest hoffe ich, dass es beides gibt. Gleichzeitig.

Andrea holt mit seinem Schieber die Bleche aus dem Ofen, lässt sie auf die Ablage gleiten. Kurz darauf landen die Pizzen in Pappkartons. Andrea kassiert, die Kunden gehen. „Es ist also etwas passiert?", will der Pizzabäcker wissen.

„Ich befürchte es." Ich fasse meine Gedanken für Andrea zusammen.

Er schüttelt den Kopf. „Aber wer tut so etwas? Und warum?"

„Ich weiß es nicht, Andrea." Mit meinen vagen Ideen

verschone ich ihn. Das würde ihn und mich überfordern, schätze ich.

Ich bedanke mich und begebe mich auf den Weg zum nächsten Imbiss, dem *Chef-Grill*, zweihundert Meter entfernt auf der anderen Straßenseite gelegen.

Der Imbiss gleicht einem Glaspavillon, Fenster reiht sich an Fenster und auch die Eingangstür besteht in erster Linie aus Glas. Sie ist offen und ich treffe die Grill-Chefin, eine Endvierzigerin mit grünen Strähnchen im Haar, allein an. Sie räumt auf.

„Wir machen gleich zu, junger Mann. Schaschlik wäre noch da und ein halbes Hähnchen. Pommes nur, wenn Sie ganz lieb ‚bitte' sagen."

An jedem anderen Tag hätte ich die Frau – trotz der grünen Strähnchen – umgehend ins Herz geschlossen. Heute fällt es mir schwer. Ich ringe mir ein Lächeln ab und schildere ihr mein Anliegen.

Sie wischt sich die Hände an der Schürze ab. „Wie sieht denn die Dame aus?"

„Ende zwanzig, etwa einen Meter fünfundsiebzig groß, schlank, sportlich, kastanienbraunes Haar bis zur Schulter. Heute trägt sie eine hellblaue Jeans und ein hellgraues, unbedrucktes T-Shirt, das vorn in der Hose steckt, hinten nicht. Sie hat eine braune, relativ große Handtasche bei sich."

„Die Dame kenne ich. Die sehe ich öfters."

„Wir wohnen um die Ecke", erkläre ich. „Über der *Pizzeria Pronto*. Haben Sie denn Alice heute gesehen? Vor etwa einer Dreiviertelstunde?"

„Vor etwa einer Dreiviertelstunde war hier landunter, junger Mann. Da hatte ich keine Zeit, aus dem Fenster zu schauen. Tut mir leid."

Ich erkundige mich nach dem Audi.

„Mit Autos kenne ich mich nicht aus. Ich besitze noch nicht einmal einen Führerschein. Mein Mann kutschiert mich. Der holt mich gleich hier ab. Was ist denn mit Ihrer Dame? Ausgebüxt?"

„Wenn, dann gegen ihren Willen", behaupte ich.

„Oh", entfährt es der Chefin. „Kidnapping? Vor einer Dreiviertelstunde? Mitten im Ehrenfeld? Schlimm!"

Ich stimme ihr zu, wünsche ihr einen schönen Feierabend und gehe zum letzten Lokal, meiner letzten Hoffnung.

KAPITEL 26

2024

Girls Like Us

Auch die *Cantina* glänzt mit einer langen Glasfront inklusive freiem Blick auf die Hattinger Straße. Der Laden ist hell und groß, aber schlecht besucht; nur sechs der rund dreißig Tische sind besetzt.

Das Personal langweilt sich, gleich zwei Leute stürzen sich auf mich, eine etwa Dreißigjährige mit langen, dunklen Haaren und ein schätzungsweise gleich alter Mann mit Undercut und Schlangen-Tattoo am Hals, beide in Jeans, weißen T-Shirts und weißen Sneakers.

Zum dritten Mal erzähle ich meine Geschichte; diesmal zeige ich zusätzlich meine Visitenkarte; manchmal schinde ich Eindruck damit. Privatdetektiv. Wie im Fernsehen. *Rockford. Magnum. Wilsberg.*

Die Dunkelhaarige hört mit großen Augen zu. Gesehen haben beide nichts.

„Waren Ihre Gäste vor einer Dreiviertelstunde schon da?", frage ich.

Der Tattoo-Mann zögert. „Ja, wieso?"

„Ich würde sie gern fragen."

„Das können wir ohne den Geschäftsführer nicht entscheiden."

„Lass ihn doch machen, Hassan", mischt sich die Kellnerin ein. „Es geht um seine Freundin."

Sie diskutieren in einer fremden Sprache, ich tippe auf Arabisch.

„Bitte, gehen Sie hinüber", flüstert endlich die Kellnerin.

„Aber machen Sie schnell", fügt Hassan hinzu.

Ich verspreche es und nähere mich dem ersten Tisch an der Fensterfront, an dem zwei junge Frauen sitzen, leere Teller und volle Cocktailgläser vor sich. Oberstufenschülerinnen oder frischgebackene Studentinnen. Bildhübsch, eine blond, die andere mit rötlich braunen Haaren.

„Darf ich stören?" Ich zeige den Mädels meine Karte.

Die Rothaarige reagiert zuerst. „Mike Müller? Haben Sie nicht die Morde am Schauspielhaus aufgeklärt?"

„Daran erinnerst du dich?", staune ich und bemerke zu spät, dass ich die Rothaarige duze. Egal, wichtiger ist dieser gute Einstieg ins Gespräch, der umgehend das Eis bricht.

„Ja, klar. Mein Dad steckte mittendrin."

„Echt?", fragt die Blonde.

„Dein Dad?", füge ich hinzu.

„Ja, Bert Schiller. Der Schauspieler."

„Bert ist dein Vater?" Ich hätte niemals gedacht, dass Bert eine Familie hat. Trotzdem, die Situation mit den beiden jungen Damen verbessert sich ein weiteres Mal, wir haben sogar gemeinsame Bekannte. Hier renne ich mit meinen Fragen garantiert offene Türen ein.

„Ja. Meine Eltern leben aber schon ewig getrennt und so."

„Krass, Emmi!", ruft die Blonde.

„Was können wir für dich … für Sie tun?", fragt Emmi, die wahrscheinlich Emma oder Emilie heißt.

„Mike", sage ich, um dieses Problem schnell wieder vom Tisch zu bekommen.

„Emma", stellt sich die Rothaarige vor.

„Finja", ergänzt die Blonde.

Ich erzähle zum vierten Mal meine Geschichte.

„Der Punkt geht an dich, Fine", sagt Emma.

Ich verstehe nur Bahnhof und bitte die beiden, mich aufzuklären.

Emma legt direkt los. „Vor einer Dreiviertelstunde etwa haben wir deine Freundin gesehen, Mike. Gegenüber, zwischen Schmidtmeier und Kirche. Sie lief Richtung Schauspielhaus. Plötzlich hält dieser Wagen neben ihr. Zwei Kerle springen raus und dann ist deine Freundin verschwunden und der Wagen rast los, Richtung Schauspielhaus, biegt dort mit quietschenden Reifen nach rechts ab. Bei Rot, glaube ich zumindest."

„Genau", übernimmt nun Fine alias Finja. „Und wir haben uns gefragt, ob die Frau, deine Freundin, Alice, aber das wussten wir da noch nicht, ob sie freiwillig eingestiegen ist oder nicht."

„Fine war sich sicher, dass es nicht freiwillig war. Ich war anderer Meinung."

„Ein dunkelblauer Audi A6?", frage ich.

Finja nickt. „Genau. Mein Onkel fährt so einen, deswegen kenne ich das Modell."

„Ihr habt nicht zufällig ..."

„Doch!" Finja grinst. Sie präsentiert ihr iPhone. „Sofort in den Notizen festgehalten. BO PR 255E."

„Wow!", rufe ich. „Danke." Das ist mehr als ein Hoffnungsschimmer. Ich erkläre den beiden, dass die Polizei sie wohl noch befragen wird.

Emma und Finja schreiben mir anstandslos ihre Adressen und Telefonnummern auf. Dann gehe ich. Unterwegs bedanke ich mich bei Hassan und seiner Kollegin.

Draußen rufe ich meinen Freund Henning Schmitt an, der als Kriminalhauptkommissar bei der Bochumer Kripo arbeitet. Ich erreiche ihn sofort. Er ist entsetzt, als ich ihm von Alice berichte, und verspricht mir, eine Halterabfrage zu veranlassen. „Sie ist schon so gut wie draußen. Das kriegen wir hin, Mike."

Ich überquere noch einmal die Hattinger Straße, jetzt, da ich weiß, was wo geschehen ist. Hier die große Bäckerei Schmidtmeier, wo Alice und ich zumindest am Wochenende regelmäßig unsere Brötchen und Croissants holen, dort die Kirche mit der ausladenden Freitreppe, dazwischen ein Platz ähnlich dem Hans-Ehrenberg-Platz auf der gegenüberliegenden Seite der Hattinger. Identisch ist der etwas überdimensionierte Zugang zur U-Bahn, ansonsten ist dieser namenlose Platz wesentlich stiller und wird von den meisten Leuten nur als Durchgang genutzt. Vor einer Dreiviertelstunde nutzte ihn offenbar niemand und deshalb konnte niemand die Entführung verhindern. Falls dies überhaupt möglich gewesen wäre.

Die gigantische Kirche St. Meinolphus-Mauritius dominiert den Platz und wirft lange Schatten, bis hin zur Bäckerei und den Läden daneben, eine Reinigung und eine Buchhandlung. Mirhoff und Fischer. Alice kauft hier ihren Lesestoff, häufig auch Grußkarten und Kalender. Ein Stück weiter, streng genommen bereits jenseits des Platzes, folgt ein Restaurant. Die Besucher, die jetzt vor dem Lokal sitzen, sind zu weit weg, um ein Kidnapping zwischen Bäckerei und Kirche mitzubekommen, zumal der fette U-Bahn-Zugang im Weg steht.

Der kurze Abstecher hierher nützt mir gar nichts, ich kann nicht einmal ansatzweise die Entführung rekonstruieren. Es bleibt bei dem, was Emma und Finja gesehen haben – und das spricht ohnehin für sich.

Ich atme tief durch, sprinte ein weiteres Mal über die Hattinger Straße und laufe die restlichen Meter zum *Sommernachtstraum*. Das Restaurant hat sich spürbar geleert. Es gibt kaum etwas zu tun. Deshalb belagern mich umgehend Gina, Helmut und Jutta. Erneut muss ich meine Geschichte erzählen.

Jutta bricht in Tränen aus, Gina und Helmut trösten sie, obwohl beide selbst um Fassung ringen. Helmut bietet mir Bier oder Whisky an. Ich lehne ab, da ich nicht abschätzen kann, ob ich eventuell noch Auto fahren muss. Helmut serviert mir stattdessen einen Espresso.

Mein Smartphone brummt. Elvira. Ich ignoriere sie. Zwei Minuten später klopft der nächste Anrufer an. Henning. Ich nehme das Gespräch an. Sofort höre ich, dass etwas nicht stimmt. Henning klingt zerknirscht.

„Sorry, Mike, aber ich fürchte, das bringt uns nicht weiter. Wir haben die Halterin des Fahrzeugs mit dem Kennzeichen BO PR 255E ermittelt. Es handelt sich allerdings nicht um einen dunkelblauen A6, sondern um einen weißen Mini. Dieser Wagen wurde vor sieben Wochen als gestohlen gemeldet. Offensichtlich haben die Entführer den Mini geklaut und das Nummernschild abgeschraubt. Und es, wie es aussieht, an einem anderen Fahrzeug, das ihnen nicht gehört, angebracht, denn vor acht Wochen haben Diebe in Witten einen dunkelblauen A6 gestohlen. Das wiederum deutet darauf hin, dass die Gangster ihre Tat von langer Hand geplant haben. Ist dir denn der Audi nicht schon früher aufgefallen?"

„Nein." Ich verzichte darauf, Andreas und meine

Beobachtungen zu erwähnen. Das würde bloß zu sinnlosen Belehrungen führen.

Henning verspricht, unverzüglich Beamte in die Hattinger Straße zu schicken, um Anwohner zu befragen. Zudem lässt er nach dem A6 fahnden.

Wir legen auf, ich spüre die besorgten Blicke meiner Freunde, beschreibe in knappen Worten die neue Entwicklung.

„Das kann doch alles nicht wahr sein." Jutta trinkt einen Korn.

Gina rennt von Tisch zu Tisch und schickt die verbliebenen Gäste nach Hause, da der *Sommernachtstraum* heute früher schließt. Hier und da erntet sie Widerworte; davon lässt sie sich nicht beirren. Nach wenigen Minuten ist das Restaurant wie leergefegt.

„Hoffentlich hast du niemanden vor den Kopf gestoßen", sorgt sich Helmut.

„Ich habe allen für den nächsten Besuch ein Gratis-Dessert versprochen. Oder einen Aperitif aufs Haus. Ich hoffe, das geht in Ordnung?" Gina blickt Jutta an.

„Vollkommen. Meinetwegen bekommen sie beides." Jutta streicht über Ginas Schulter. „Ich schätze, du hast dir alle Gäste gemerkt."

Gina tippt sich an den Kopf. „Alles hier abgespeichert."

„Und jetzt?", fragt Helmut.

Ich fühle mich zwar angesprochen, reise mit meinen Gedanken jedoch gerade wieder in den Sommer 2006. Mir ist etwas eingefallen. Mit erheblicher Verzögerung. Ich hätte direkt nach dem Gespräch mit Andrea darauf kommen können.

KAPITEL 27

2006

Mendocino

Das Bergmannsheil im Ehrenfeld zählte zu den bekanntesten Krankenhäusern im Ruhrgebiet, im neunzehnten Jahrhundert erbaut als Unfallklinik für Bergleute und somit ein wichtiges Symbol für die stolze Vergangenheit der Region. Im Zweiten Weltkrieg hatten es die Briten bei Luftangriffen komplett zerstört; in den Fünfzigerjahren wurde es neu errichtet. Und so weiter. All das war mir an diesem Morgen herzlich egal; ich suchte Valerie. Schlimmstenfalls steckte sie nach einem furchtbaren Unfall in der Notfallambulanz oder auf der Intensivstation.

Ich betrat den gläsernen Haupteingang und steuerte den Empfang an. „Ich möchte zu Valerie Bartels", verlangte ich mit fester Stimme.

Die Empfangsdame, eine Mittfünfzigerin mit gefärbten blonden Haaren, musterte mich. „Sind Sie ein Angehöriger?"

„Nein, ihr Lebensgefährte." Das hörte sich nach mehr an als „Freund".

„Hm. Bartels sagten Sie?"

„Ja."

Sie tippte. „Ich habe hier nur einen Werner Bartels."

„Sind Sie sicher?"

„Ja. Wann soll denn Ihre Lebensgefährtin zu uns gekommen sein?"

„Vorgestern. Sie hatte einen Unfall."

„Verkehrsunfall?"

„Ja", log ich. „Könnte sie in der Notfallaufnahme liegen?"

„Nicht, wenn sie vorgestern eingeliefert wurde. Und selbst in diesem Fall hätte ich sie im System. Ich fürchte, hier gibt es ein Missverständnis."

„Käme denn ein anderes Bochumer Krankenhaus infrage?"

„Möglich. Hat sich der Unfall in Bochum ereignet?"

„Ja." Davon ging ich jedenfalls aus. Was sollte Valerie in einer anderen Stadt gesucht haben? Mir hatte sie nichts von derlei Absichten erzählt.

„Ich fürchte, ich kann Ihnen nicht helfen."

„Könnte es sein, dass sie schon entlassen wurde?" Eine überflüssige Frage, denn dann hätte ich Valerie erreicht haben müssen, über Festnetz oder Handy. Vor allem hätte sich Valerie längst bei mir gemeldet. Oder?

„Auch dann würde sie hier im Computer aufzufinden sein", zeigte sich die Frau erstaunlich geduldig.

Ich verabschiedete mich und setzte meine Suche in den anderen Bochumer Krankenhäusern fort: Knappschaftskrankenhaus, Augusta, Elisabeth, St. Josef, Luther-Krankenhaus. Von Klinik zu Klinik sank meine Hoffnung. Hinzu kam, dass ich jedes Mal am Empfang ungläubige Blicke erntete, wenn ich mich als Lebensgefährte, Freund oder Verlobter ausgab. Ich probierte alle Varianten aus. Doch egal, wo ich nachfragte, nirgendwo hieß eine Patientin Valerie Bartels.

Resigniert kehrte ich heim. Bei einer Tasse Kaffee kam mir eine neue Idee: Bei der Polizei nachfragen, namentlich bei meinem alten Spezi Henning Schmitt. Er hatte gerade seine

Ausbildung bei der Kripo beendet und konnte mir hoffentlich verraten, ob es am Samstag in Bochum ein Verbrechen gegeben hatte, das zu Valeries Verschwinden passte. Ich erreichte ihn nicht sofort auf dem Handy; seine Durchwahl bei der Kripo besaß ich nicht. Ich schrieb ihm eine SMS, bat dringend um Rückruf. Es dauerte eine zweite Tasse Kaffee, bis sich Henning meldete.

Er hatte wenig Zeit, das machte er sofort deutlich.

Ich schilderte ihm in denkbar knappen Worten meine Bitte.

Henning stöhnte, behauptete, dass er nicht befugt wäre, in der Datenbank zu suchen. Er erwähnte verschiedene Vorschriften, schilderte den Unbill, der ihn ereilen könnte, falls man ihn erwischte.

Ich flehte. Zum guten Schluss kochte ich ihn weich.

Wir legten auf.

Zehn Minuten später rief Henning zurück. „In unserer Polizeidirektion, das heißt, in Bochum, Herne und Witten, ist am Samstag nichts vorgefallen, das mit deiner Freundin zu tun haben könnte."

„Auch kein Verkehrsunfall?"

„Keiner mit Todesfolge."

Ich bedankte mich und griff direkt zum nächsten Strohhalm. Nach dem tausendsten vergeblichen Versuch, Valerie telefonisch zu erreichen, fuhr ich in die Markstraße. Ich klingelte zunächst bei ihr. Nichts geschah. Ich hatte es nicht anders erwartet. Also versuchte ich es bei Valeries Nachbarin. Die Gegensprechanlage schnarrte.

„Ja?"

„Hallo Lydia, hier ist Mike, der Freund von Valerie."

„Hallo Mike. Was gibt es?"

„Ich suche Valerie. Sie ist seit Samstag verschwunden."

„Oh!"

Die Tür summte, ich stürmte durchs Treppenhaus nach oben. Lydia wartete in der offenen Wohnungstür. Ich kannte sie bisher nur vom Vorbeilaufen und mit Leggins, Joggingschuhen, T-Shirt, Stirnband. Heute lief sie barfuß und trug ihr braunes, halblanges Haar offen, dazu Shorts und ein rotes Top.

Sie führte mich in die Küche. Durch die offene Balkontür wehte ein laues Lüftchen herein. Am Tisch saß ein blondes Mädchen, elf oder zwölf, bekleidet mit Jeansshorts und einem grünen T-Shirt. Sie knabberte an einem Käsebrot und starrte mich mit ihren blauen Augen unverhohlen an. Ich kam mir vor wie bei einer Röntgenuntersuchung. Komplett durchleuchtet.

„Meine Nichte", stellte Lydia vor. „Wanda übernachtet heute bei mir."

„Hallo Wanda", sagte ich.

„Hallo." Das Mädchen gab sich betont gleichgültig.

„Wanda interessiert sich sehr für die Welt und für ihre Mitmenschen", erklärte Lydia, der offenbar Wandas durchdringender Blick nicht entgangen war. „Sie möchte später mal Journalistin werden."

Wanda schnappte sich ihren Teller und verließ die Küche, ohne dass ihre Tante ein Wort sagen musste. Lydia bat mich, Platz zu nehmen und stellte mir eine Tasse vor die Nase, in die sie Tee goss.

„Was genau ist passiert, Mike?"

Ich erzählte Lydia alles, was seit Samstag geschehen war, inklusive meiner Recherche.

„Am Samstagvormittag war sie in ihrer Wohnung", erklärte

Lydia. „Jedenfalls lief das Radio, als ich durchs Treppenhaus rannte."

„Wann genau war das?"

„Gegen elf, ich wollte einkaufen gehen. Als ich eine knappe Stunde später zurückkam, hörte ich das Radio nicht mehr."

„Um elf dürfte Valerie gerade von mir zurückgekehrt sein. Sie wollte die Wohnung putzen und ein paar Dinge besorgen. Abends war sie, wie erwähnt, verabredet, um neunzehn Uhr."

„Demnach ist zwischen Samstag elf Uhr und neunzehn Uhr etwas passiert, von dem wir nichts wissen", fasste Lydia zusammen. „Könnte sie spontan zu ihren Eltern gefahren sein?"

Zum dritten Mal erwähnte jemand diese Option. „Nach allem, was Valerie mir erzählt hat, wäre das eine Überraschung. Ich sehe ohnehin keinen Grund, dass sie dorthin gefahren ist, ohne jemandem Bescheid zu geben. Selbst bei einem Todesfall in ihrer Familie hätte sie mich und ihren Arbeitgeber informiert. Und sie hätte auf unsere Anrufe und Nachrichten reagiert. Stattdessen ist ihr Handy seit rund zwei Tagen ständig besetzt."

„Niemand trägt so lange ein Handy mit sich herum, das besetzt ist."

Ich nippte an meinem Tee. „Ich schließe daraus, dass sie es nicht bei sich hat."

„Du meinst, sie hat es verloren?"

„Oder es wurde ihr weggenommen."

„Von wem? Und warum?"

„Ich weiß es nicht." Ich dachte lange nach, bevor ich einräumte: „Ich kenne Valerie erst seit zwei Monaten. Sie hat mir einiges von ihrem Leben erzählt, einschließlich früherer

Partnerschaften. Aber vielleicht nicht alles. Du kennst sie seit wann genau?"

„Seitdem sie hier wohnt. Zwei Jahre." Lydia sah mich fragend an. „Du möchtest herausfinden, ob ich jemals etwas beobachtet habe, das unter Umständen mit ihrem Verschwinden zu tun hat, oder?"

„So ähnlich, ja. Zum Beispiel ein verschmähter Liebhaber, der sie nun in seine Gewalt gebracht hat."

„Puh." Lydia schluckte. „Sicher, es gab Männer vor dir. In den letzten Monaten war allerdings Sendepause, da war sie Single. Ein verschmähter Liebhaber hätte sich für seine Rache also sehr viel Zeit gelassen."

„Mag sein." Diese These überzeugte mich nicht. Manchmal dauerte es eine Weile, bis man einen Plan in die Tat umsetzte. Außerdem kam genauso gut ein von vornherein abgewiesener Verehrer infrage. Deshalb ließ ich nicht locker. „Was ihre Freunde – oder andere Männer, die sie besucht haben – angeht, erinnerst du dich da an bestimmte Details? Aussehen? Namen? Waren es Studenten?"

„Von Besuchern oder Dates im letzten Dreivierteljahr vor dir weiß ich nichts. Aber jetzt, da du explizit Namen erwähnst, fällt mir was ein. Es gibt zwei Ex-Freunde mit kuriosen Namen."

„Aha!"

„Ich erinnere mich aber wirklich bloß daran, dass sie seltsam waren. Nicht an die Namen als solche."

„Mir gegenüber hat Valerie einen Kerl namens Ludi alias Ludger erwähnt."

„Ja", rief Lydia. „Ludi, das ist er."

„Und der andere? Valerie hat noch von Hannes und Sascha gesprochen."

Lydia schüttelte den Kopf. „Nein, beides nicht. Der, den ich meine, hatte einen sehr ungewöhnlichen Namen. Kein Spitzname. Nichts Modernes wie Ben, nichts Altdeutsches wie Wilhelm." Lydia stockte. „Warte mal, der Name beginnt mit einem ‚W'. Aber so vollkommen absurd, dass man es nicht mit einem Vornamen verbindet. Das klingt kompliziert, ich weiß. Kannst du mir trotzdem folgen?"

„Einigermaßen." Von einem Ex mit „W" hatte Valerie mir nichts erzählt. Aus gutem Grund? Weil sie nun mit fliegenden Fahnen zu ihm zurückgekehrt war? Und alle Brücken hinter sich zerstört hatte? Das hörte sich unglaubwürdig an. „Wolfgang oder Walter fallen mir spontan ein."

„Raten hilft nichts, Mike. Mir fällt es eh nicht mehr ein. Sorry."

„Alles gut. Hast du ansonsten eine Erinnerung an den Kerl mit ‚W'?"

„Ich habe ihn nur einmal im Vorbeigehen gesehen. Blond, mittelgroß. Er war jedenfalls der letzte Freund vor dir, den ich wahrgenommen habe. Lange waren die beiden nicht zusammen."

„Von ihm hat Valerie mir nichts erzählt. Ludi sei der Letzte gewesen."

„Oh!", entfuhr es Lydia. „Ob sie ihn vergessen hat, weil es nur so flüchtig war?"

„Denkbar", räumte ich ein. „Im besten Fall handelt es sich um eine Spur. Ich muss versuchen, mehr über ihn herauszubekommen."

„Und wenn …" Lydia bremste sich rechtzeitig.

Ich ahnte, worauf sie hinauswollte. „Falls Valerie einfach nur zurück zu ihrem Ex wollte, werde ich es akzeptieren."

„Ach, Mike."

Lydia legte ihre Hand auf meinen Arm. Das tat überraschend gut.

Ich trank rasch meinen Tee aus. „Ich verschwinde lieber mal, damit du den Abend mit deiner Nichte genießen kannst."

„Ich weiß nicht, ob es richtig wäre." Sie zögerte. „Aber ich habe einen Schlüssel zu Valeries Wohnung. Und es könnte ja sein …"

Diese Aussage löste umgehend eine Reihe von schrecklichen Bildern in meinem Kopf aus. Alle zeigten eine tödlich verunglückte Valerie, die unentdeckt im Appartement lag. „Daran habe ich noch gar nicht gedacht. Ein häuslicher Unfall?"

„Was meinst du, Mike? Sollen wir nachschauen? Um es auszuschließen?"

„Ja."

Lydia verschwand in einem anderen Zimmer. Ich hörte sie mit Wanda sprechen. Dann kehrte sie mit einem Schlüsselbund zurück und wir marschierten durchs Treppenhaus eine Etage abwärts. Lydia klingelte zweimal, klopfte gegen die Tür, rief Valeries Namen. Nichts geschah. Wir sahen einander ratlos an.

„Es hilft nichts." Lydia öffnete die Tür.

„Valerie?", riefen wir abwechselnd in die Stille des Appartements. Niemand antwortete. Wir durchquerten die kleine Diele, landeten in der Wohnküche. Keine Valerie, keinerlei Anzeichen für irgendwas, weder für einen überstürzten oder ungeplanten Aufbruch noch für einen geordneten Rückzug. Ein Glas stand auf der schmalen Arbeitsplatte. Mehr nicht.

Stumm verständigten wir uns darauf, die fehlenden Räume zu kontrollieren. Im Bad genügte ein schneller Blick: nichts, niemand.

Die Tür zum Schlafzimmer war angelehnt. Lydia drückte sie auf. Ich schloss die Augen, sah Valerie auf dem Bett liegen, im ersten Moment verführerisch wie Eva im Paradies, im zweiten Moment leblos. Mit geöffneten Augen sah ich ein gemachtes Bett, sonst nichts.

Lydia stand vor dem Kleiderschrank, wartete auf eine Reaktion von mir.

Ich nickte.

„Und?", fragte sie. „Fehlt was?"

„Ich weiß es nicht", räumte ich ein. „Ich kenne nicht all ihre Klamotten und habe vorher nie das Innere ihres Kleiderschranks gesehen."

„Verständlich." Lydia zog die Schiebetür zu.

Wenig später standen wir unschlüssig im Treppenhaus. „Was hast du nun vor, Mike?"

In diesem Moment fühlte ich mich in ihrer Gegenwart sehr wohl, es nützte aber nichts. In diesem Haus würde ich Valerie nicht finden. „Ich werde morgen weitersuchen."

„Halte mich bitte auf dem Laufenden."

Ich versprach es und machte mich auf den Weg nach Hause.

KAPITEL 28

Die Gefangene

Dreams

Es ist nur eine Nacht vergangen. Eine gute Nacht. Falls es eine Nacht war. Sie hat jedenfalls gut geschlafen. Befeuert durch zwei Flaschen Bier. Große Flaschen. Halber Liter jeweils. Macht zusammen einen Liter. Mathe funktioniert einigermaßen, zumindest die Addition.

So viel Bier hat sie noch nie an einem Abend getrunken. Betrunken fühlte sie sich jedoch nicht. Allenfalls beschwipst.

„Adler und Engel" bescherte ihr ein paar gute Momente, obwohl es nicht mehr ihr Lieblingsbuch werden wird. Zu Ende lesen wird sie es. Oder auch nicht. Beispielsweise nicht, wenn sie heute gehen darf. Wenn sie heute gehen und das Buch nicht mitnehmen darf. Das wäre kein Weltuntergang und um das Buch bitten würde sie die beiden Kerle schon mal gar nicht. Never!

Schöne Träume sind es gewesen. Süße Träume, und …

Sie hat von ihm geträumt. Von Mike. Sie gingen an einem Strand spazieren. Bestimmt in Holland. Dort sind sie über Pfingsten gewesen. Dünen zur einen Seite, das Meer zur anderen, Segelboote zum Greifen nah und Frachter unerreichbar in der Ferne. Ein Leuchtturm am Horizont. Menschen mit Hunden. Drachen. Sandburgen. Eine paar Verwegene in den Wellen. Wind und Sonne.

Die anderen begleiteten sie zunächst – bis sie mit Mike in den Dünen verschwand. Keine Menschenseele in Sicht. Mike breitete eine Decke aus, zauberte eine Flasche Champagner hervor. Und langstielige Gläser. Schöne Gläser. Sie tranken Champagner. Mike knöpfte ihr Sommerkleid auf, streifte es ab. Mike löste den Verschluss ihres Bikini-Oberteils, küsste ihre Brüste. Sie fuhr mit ihrer Hand in Mikes Hose …

Sie wachte auf, feucht, ließ ihre rechte Hand tun, was zu tun war. Schlief ein, bestimmt mit einem Lächeln auf den Lippen.

KAPITEL 29

2006

Don't give up

So schnell gab ich nicht auf und fuhr am folgenden Morgen zur Ruhr-Uni, um dort zu suchen. Vorher fragte ich meine Freunde per SMS, ob zufällig jemand auf dem Campus wäre und einen Kaffee mit mir trinken würde.

Jessi antwortete prompt. Sie musste spontan einen Tag zu Hause einlegen, da eines ihrer Kinder krank war. Tom. Der andere Sohn hieß Max. Für uns waren es meist nur „die Jungs" oder „Jessis Kinder". Arme Jessi, sie konnte heute weder studieren noch arbeiten.

Murat antwortete, als ich gerade aus dem Haus gehen wollte. Er hatte keine Zeit für mich. Sein Tag an der Uni war vollgepackt und anschließend müsste er umgehend zu seinem Job im Callcenter flitzen.

Simon meldete sich nicht. Er hatte die letzte Nacht auswärts verbracht, bei Philip oder Toni, und schlief wohl noch. Gefühlt begann jeder seiner Tage an der Uni erst um elf oder zwölf Uhr.

Wiebkes Antwort erreichte mich, als ich Richtung GC lief.

„Hallo Mike, ich bin in die Berge gefahren. Mit einer Freundin. Ich werde ein paar Tage bleiben. Ausspannen. Der Empfang hier ist mies. Darum werde ich kaum zu erreichen sein. Ich melde mich, wenn ich zurück in Bochum bin. LG. Wiebke."

Mitten im Semester ein Trip in die Berge? Offenbar konnte Wiebke es sich leisten, finanziell und in Sachen Studium. Schön für sie. Mich wunderte nur, dass sie sich nicht nach Valerie erkundigte und dass sie überhaupt die Muße fand, sich in dieser Situation ein paar Tage Ferien zu gönnen. Andererseits handelte es sich nicht um Wiebkes Situation, sondern um meine. Wobei, die beiden hatten sich angefreundet. Da könnte sich Wiebke durchaus Sorgen um Valerie machen. Oder?

Oder?

Wirre Gedanken galoppierten durch meinen Schädel. Scheinbar ziellos preschte die Herde kreuz und quer durch die Prärie. Erschöpft gönnten sich die Gäule eine Pause. Vor Simons Saloon. Laut Simon müsste Wiebke Valerie eher als Rivalin betrachten denn als Freundin. Ich kaute widerwillig auf dieser Aussage herum, wie auf einem Kaugummi mit Spinatgeschmack. Kurz streifte mich ein undenkbarer Gedanke, ich verdrängte ihn. Zu absurd. Wie es sich für absurde, im Grunde genommen undenkbare Gedanken gehörte, verzog er sich nicht, sondern verschanzte sich in meinem Hinterkopf. Von dort aus würde er mich so lange nerven, bis ich mit jemandem darüber sprach. Jede Wette, dass es Simon sein würde.

Mittlerweile war ich froh darüber, dass sich niemand aus der Clique mit mir treffen wollte, denn nach meiner Recherche im GC war ich niedergeschlagener als je zuvor. Im Dekanat Sozialwissenschaft rückten sie grundsätzlich keinerlei Infos über Studenten heraus. Eine unfreundliche Mittvierzigerin mit langen dunklen Haaren und einer auffälligen Brille ließ daran keinen Zweifel. Sie fertigte mich innerhalb von zwei Minuten ab.

In der Fachschaft gaben sich die Leute entgegenkommender. Sie nahmen mir sogar meine Sorgen als glaubhaft ab. Doch von den drei Studis, die auf zerschlissenen Sesseln Tee schlürften, kannte niemand Valerie persönlich. Einer konnte mit meiner Beschreibung etwas anfangen, er kannte Valerie vom Sehen. Die drei wünschten mir Glück. Ich bedankte mich artig.

Ich stromerte eine Weile auf dem Campus herum, stiefelte runter zum Botanischen Garten, hundert Treppen mal hundert Stufen, setzte mich auf die Bank, auf der Valerie mich zum ersten Mal geküsst hatte, schloss die Augen und war einfach nur traurig.

Dann traf eine SMS von Simon ein.

„Warte zu Hause auf dich."

Immerhin einer aus der Clique nahm sich Zeit für mich.

Simon überraschte mich mit Spaghetti Napoli. Ich hatte null Appetit, wollte meinen Mitbewohner aber nicht vor den Kopf stoßen. Ich aß brav eine mittelgroße Portion. Beim Essen berichtete ich Simon von meinen erfolglosen Nachforschungen in den Krankenhäusern und den Gesprächen mit Henning und Lydia sowie von dem mysteriösen Mann mit „W".

Simon stöhnte. „Oh Mann, das ist so was von ätzend. Hast du noch mal mit den anderen gesprochen?"

„Es hatte niemand Zeit für mich. Hast du gewusst, dass Wiebke ein paar Tage in die Berge fahren wollte?"

Simon sah mich überrascht an. „In die Berge? Mitten im Semester? Nein, davon wusste ich nichts."

Ich zeigte ihm Wiebkes SMS. „Als ich vorgestern mit ihr sprach, erwähnte sie es nicht."

„Weißt du, welche Freundin sie meint?"

Ich schüttelte den Kopf. „Nee, keine Ahnung."

„Puh." Simon rieb sein Kinn.

„Was ist?"

„So eine blöde Idee."

„Sag bitte", forderte ich ihn auf.

„Na ja, angesichts ihrer Gefühle für dich und der Tatsache, dass Valerie verschwunden ist, würde es mich wundern, wenn es Wiebke gut geht."

„Wie meinst du das?"

„Wiebke ist in dich verliebt und kann nicht ausschließen, dass du das spürst. Du interessierst dich aber nicht für sie als Frau. Stattdessen schleppst du eine andere an. Wiebke akzeptiert das nicht nur, sie freundet sich regelrecht mit der Frau an, unternimmt was mit ihr. Dann verschwindet die Frau ausgerechnet unmittelbar vor einer Verabredung mit Wiebke."

Das entsprach ein bisschen der Richtung, in die meine Gedanken vorhin galoppiert waren, dennoch hörte es sich nach etwas anderem an. „Glaubst du, Wiebke hat Schuldgefühle?"

„Ja, so was in der Art."

„Das ist doch Unsinn."

„Das sagst du, Mike. Aus Wiebkes Sicht mag es sich anders anfühlen. Ich gehe noch einen Schritt weiter. Eventuell redet Wiebke sich sogar ein, dass du denken könntest, sie hätte etwas mit Valeries Verschwinden zu tun, sprich, dass sie ihre Rivalin loswerden wollte."

„Das soll ich denken?" In meinem Hinterkopf lauerte genau dieser Gedanke.

„In Wiebkes Fantasie könntest du so etwas Abstruses

zusammenspinnen, das können wir nicht ausschließen. Wir können nicht in ihren Kopf hineinsehen, Mike."

„Entweder liest du zu viele Psychothriller oder du studierst heimlich mit Jessi Psychologie."

„Weder noch. Ich schwöre. Ich hasse Psychothriller und ein Studiengang reicht mir vollkommen. Aber davon losgelöst, dass Wiebke nicht für Valeries Verschwinden verantwortlich sein dürfte – irgendwas muss passiert sein. Zum Beispiel ein Verbrechen, von dem die Kripo nichts weiß."

Ich stöhnte.

„Oder sie hält sich irgendwo freiwillig auf. Bei ihren Eltern, einer Freundin, beim Ex. Ich schätze aber, dass sie sich in diesen Fällen gemeldet hätte."

„Davon gehe ich aus."

„Was gedenkst du nun zu unternehmen?", fragte Simon.

„Eine Runde an die frische Luft."

„Soll ich mitkommen?"

„Ich glaube, ich bin lieber allein."

Ich stiefelte durchs Treppenhaus, marschierte quer durchs Ehrenfeld und landete im Wiesental. Dort, wo alles begann. Ich setzte mich auf eine Bank und zermarterte mir das Hirn. Mir blieb nur eine Option: Wiebkes Eltern. Vollkommen sinnfrei (damals) und auf einmal äußerst sinnvoll (jetzt) hatte ich ihre Adresse aufgeschrieben. Susanne und Thomas Bartels. Panoramastraße in Gerlingen, ein paar Hundert Meter unterhalb des Hauptquartiers von Bosch. Ich besaß auch die Telefonnummer, doch ich musste mir unbedingt selbst ein Bild machen, wollte im Zweifelsfall Valeries Eltern überraschen – und Valerie selbst? Egal, ich würde mich morgen ins Auto setzen. Falls ich spontan neue Zündkerzen benötigte, bei Bosch bekäme ich welche.

KAPITEL 30

Die Gefangene

Newborn Friend

Auf die schöne Nacht mit den süßen Träumen folgt ein seltsamer Morgen. Hektik im Haus. Die Entführer unterhalten sich aufgeregt, sogar durch die schalldichten Wände dringen die Stimmen zu ihr durch. Häufiger als sonst schneien sie außerdem bei ihr rein, werfen ihr Blicke zu, grübeln. Auf ihre Fragen reagieren sie wie üblich nicht.

Sie vermutet Verzögerungen bei der Lösegeldzahlung. Das bestätigt sich etwas später indirekt. Die Entführer kommen mit einem Eimer voller Schmutzwasser zu ihr. Sie entschuldigen sich halbherzig. Es ginge nicht anders. Sie waschen ihr Gesicht und ihre Arme mit der stinkenden Brühe, machen ihre Haare nass, ihr T-Shirt. Es ist ekelerregend. Und sie kann sich nicht wehren, versucht es gar nicht. Mangelnde Bewegung und schlechte Ernährung haben ihr jegliche Kräfte geraubt. Selbst fit wie ein Turnschuh und ohne Eisenkette hätte sie die beiden Kerle nicht schachmatt gesetzt. Dafür reichen ein paar Stunden Selbstverteidigung bei einer übergriffigen Kampf-Lesbe nicht aus. Keine Chance. Also lässt sie es tapfer über sich ergehen. Zum Glück gibt es keinen Spiegel im Zimmer.

Sie kann sich denken, was die Aktion bewirken soll: Die Entführer schminken sie mit Absicht auf verwahrlost, um den Eltern zu beweisen, dass es ihr schlecht geht, wollen zusätzlichen Druck ausüben. Wie zu Beginn der Verschleppung drücken sie ihr eine Tageszeitung in die Hand und schießen Fotos. Sie stellt Fragen über Fragen und erhält keine einzige Antwort.

Was ist mit meinen Eltern? Zahlen sie nicht? Gar nicht? Nicht genug? Nicht schnell genug? Haben sie unerlaubt die Polizei informiert? Haben sie sonst irgendetwas Verbotenes getan? Was läuft schief? Wie lange muss ich noch hierbleiben und auf Tageslicht verzichten? Wann sehe ich meine Eltern? Wann treffe ich meine Freunde? Wann kann ich weiterstudieren?

Keine Antwort.

Mittags servieren die Entführer Ravioli aus der Dose. Eine wenig appetitliche Pampe. Die Nudeln sind nicht einmal richtig heiß. Das ist das bisher mit Abstand mieseste Mittagessen. Muss das sein? Es reicht vollkommen, dass ihre Haare und ihr T-Shirt stinken.

Nach dem Essen hält sie ihren Kopf minutenlang unter Wasser. Mit dem T-Shirt muss sie sich gedulden, bis die Entführer wieder das Handgelenk wechseln. Mit der Eisenkette am Arm kann sie sich obenrum nicht umziehen.

Sie hat, das muss sie zugeben, bereits vor der Attacke mit dem Schmutzwasser gemüffelt. In der Phase vor dem ersten Wechsel des Handgelenks war es noch heftiger gewesen. Das war ohnehin ein erniedrigender Moment, als sie vor den Augen der Entführer das T-Shirt ausgezogen hat. Streng genommen wäre außerdem der BH fällig gewesen, aber dazu konnte sie sich nicht durchringen, da die Entführer sie die ganze Zeit über beobachtet haben, einer von ihnen mit der Pistole in der Hand.

Sie fragt sich, was sich die Typen denken. Dass es mir Spaß macht, den BH zu wechseln, wenn mich jemand mit einer Pistole bedroht? Dass es mir nichts ausmacht? Was für ein Unsinn! Ich möchte meinen Busen keinem fremden Kerl zeigen, schon gar nicht in einem Raum, der nicht mein oder sein Schlafzimmer ist. Hallo, ich bin keine Prostituierte. Meinen Busen darf nur mein Freund sehen. Und berühren. Streicheln. Liebkosen. Küssen.

Der Gedanke an Mike verdrängt die anderen, die düsteren

Gedanken, verdrängt den Gestank, den sie verströmt und vor dem sie sich ekeln müsste. Wenn an ihrer Situation irgendetwas normal wäre, würde sie sich mächtig ekeln. Und schleunigst duschen. Stundenlang duschen. Und hinterher mit duftenden Ölen einreiben. Oder Mike würde es machen, träumt sie. Mich dabei zärtlich massieren. Wir liegen auf seinem Bett. Ich auf dem Bauch. Mike sitzt auf mir. Nackt. Er verteilt das Öl auf meinem Rücken, meinen Schultern. Seine Hände wandern tiefer. Mein Becken. Meine Lenden. Mit seinen kräftigen Armen dreht er mich um, sein Penis …

An dieser Stelle endet ihre Fantasie. Sie kann ihre Nase nicht länger betrügen. Kein Mann der Welt würde diese stinkende Studentin mit der Kneifzange anfassen. Sie würde sich gedulden müssen.

KAPITEL 31

2006

The Race

Da Simon auswärts übernachtete und sich auch am folgenden Morgen nicht blicken ließ, schrieb ich ihm eine Notiz: „Ich bin ein, zwei Tage unterwegs, fahre zu Valeries Eltern. Bis bald. Mike."

Ich bretterte um neun Uhr los. Sauerlandlinie, Frankfurt und dann westwärts. Bei Darmstadt legte ich eine Pause ein. Pipi und eine Kippe. Simon hatte mittlerweile meine Nachricht gefunden. Er schickte mir eine SMS: „Warum fährst du allein? Ich wäre gern mitgekommen. Viel Erfolg und vergiss die Uni nicht. SCHERZ! Beste Grüße."

Scherz hin, Scherz her, seit Valerie weg war, sah ich die Uni allenfalls von außen. Zu viele Fehlzeiten durfte ich mir nicht erlauben, andernfalls bekäme ich keine Bescheinigungen für meine Studienleistungen. Gleichwohl blieb mir keine Wahl, ich musste Valerie finden. Ich antwortete: „Beim nächsten Mal kommst du mit, versprochen!"

Ich düste am Hockenheimring vorbei, direkt an den Tribünen. Dann verließ ich die Autobahn und landete in Ditzingen, wo ich tankte. Angeblich hatte Thomas D. von den Fantastischen Vier als Jugendlicher an dieser Tankstelle gejobbt. Da schmeckt das Benzin gleich besser. Fünf Kilometer später erreichte ich Gerlingen, kurvte durchs Zentrum und gelangte auf die Panoramastraße, die sich steil bergauf aus der Ortschaft herausschlängelte. Hinter jeder Kurve wurden die Häuser protziger. Linker Hand materialisierte in diesem Moment ein waschechtes Schloss, zumindest in Hofstede hätte hier eine Kaiserin residiert. In Gerlingen waren es – Valeries Eltern. Ich rieb mir die Augen. Zu mehr reichte es nicht, denn ich wurde mit Lichthupen bedacht, da ich es in den Augen des Fahrers hinter mir offenbar ein wenig übertrieb mit der Langsamkeit. Ich drückte sanft aufs Gaspedal, fuhr ein Stück, bog rechts ab, wendete in einer Einfahrt, fädelte mich wieder in den Verkehr auf der Panoramastraße ein, diesmal bergab.

Unterm Schloss war der Seitenstreifen breit genug, um zu parken. Ich stieg aus, zündete mir eine Kippe an und bewunderte das Schloss, das bei genauerem Hinsehen zu einem Schlösschen schrumpfte. Es thronte etwa zehn Meter über Straßenniveau und war von hier aus über eine Treppe zu erreichen. Ich schnippte die Kippe ins Gebüsch, stieg die Treppe hinauf und landete vor einem Tor, gefühlt drei Meter hoch, von einer Schwenkkamera bewacht. Ich entdeckte eine Klingel. Wenn ich in dieser Villa wohnte, würde ich einen Typen wie mich nicht reinlassen.

„Ja?"

Von irgendwoher ertönte eine weibliche Stimme. In der Hoffnung, dass die Technik mir eine hörbare Antwort erlaubte, stellte ich mich vor.

„Mike Müller ist mein Name. Aus Bochum. Ich bin mit Valerie … äh … zusammen. Vielleicht hat sie mal von mir erzählt. Vor ein paar Tagen ist sie verschwunden. Ich mache mir große Sorgen."

„Können Sie das beweisen?"

„Was?" Ich kapierte nicht, was die Frau von mir wollte.

„Na, dass Sie mit unserer Tochter zusammen sind."

Offenbar hatte Valerie ihren Eltern nichts von mir erzählt. Traurig. Wie sollte ich es beweisen? Oh je, als Erstes fiel mir etwas sehr Intimes ein. Es half nichts. „Sie hat ein Muttermal zwischen … Na, Sie wissen schon. Und sie hasst die Farbe Rosa." Das mit der Farbe hatte ich aufgeschnappt, als sich Valerie und Wiebke mal über Lieblingsfarben unterhalten hatten.

Das Tor summte, ich stieß es auf, marschierte einen Kiesweg hinauf und erblickte eine attraktive, schlanke Mittvierzigerin mit halblangem, blondiertem Haar und mit einem Vintage-Zweiteiler, die in der Eingangstür auf mich wartete und mich überraschend unkompliziert ins Haus bat.

Sie geleitete mich durch den Flur, der eher einer Halle glich und in einem Bochumer Studentenwohnheim eine Vierer-WG beherbergt hätte. Es ging weiter in die Küche, wo das Ehepaar Bartels ansonsten wohl die Dienstboten empfing. Mir war es recht. Außerdem beeindruckte mich die Küche, in deren Mitte ein gigantisches Kochfeld auf geschickte Hände wartete. Ein paar hohe Stühle standen davor.

„Sie sind Valeries Mutter, nehme ich an?" Wir saßen auf den Hochstühlen. Ich hatte ein Glas Wasser bekommen.

„Ja. Herr Müller?"

„Mike Müller, richtig. Offenbar hat Valerie Ihnen nicht von mir erzählt?"

„Nein, das hat sie nicht. Das hat aber nichts mit Ihnen zu tun, Herr Müller. Seit geraumer Zeit erzählt unsere Tochter uns so gut wie gar nichts mehr. Sie besucht uns nicht, ruft nur zu unseren Geburtstagen an." Sie seufzte.

166

„Warum? Wenn ich fragen darf." Ich musste mich, dachte ich, nicht explizit danach erkundigen, ob Valerie zurzeit bei ihren Eltern weilte. Das erschien mir undenkbar angesichts dieses Einstiegs.

„Sie dürfen. Ich kann Ihnen jedoch keine befriedigende Antwort geben. Valerie ist ein typisches Einzelkind. Verwöhnt sowieso. Sie werden bemerkt haben, dass wir nicht gerade in Armut leben. Mein Mann ist Chef der Betriebskrankenkasse von Bosch und mir gehört ein Schuhladen unten im Ort. Sie haben Glück, dass gerade Mittagspause ist, sonst hätten Sie mich nicht angetroffen. Was hat Valerie Ihnen denn über uns erzählt?"

Verwöhnt? Ich erlebte Valerie als bescheiden. Woher mochte dieses andere Bild kommen? Verletzter Mutterstolz? Den wollte ich ihr aber nicht unterstellen. Ich riss mich zusammen. „Eigentlich nur, dass Sie hier wohnen. Sonst nichts, auch nicht, dass der Kontakt momentan nicht so rege ist."

Frau Bartels lachte gekünstelt. „Nicht so rege? Unterste Sparflamme. Ich kann mir vorstellen, was Ihnen durch den Kopf geht. Dass wir Valerie zwar mit materiellen Dingen bedacht haben, aber nicht mit Gefühlen. Es mag sein, dass es uns materiell besser gelungen ist als emotional. Es würde aber nicht erklären, dass Valerie den Kontakt vor etwa einem Jahr abgebrochen hat."

„Ist damals etwas Besonderes vorgefallen?" Nach allem, was ich weiß, war Valerie damals mit Ludger zusammen gewesen. Oder schon mit „W"?

„Nicht, dass ich wüsste. Sie?"

„Da kannte ich Valerie noch nicht. Ich lernte sie erst vor zweieinhalb Monaten kennen."

„Wo und wie?"

Das Gespräch gefiel mir nicht. Valeries Mutter plauderte wie ein Wasserfall, wirkte gleichzeitig distanziert. „Im Park. Ich joggte. Valeries Hund lief mir in die Parade. Wir kamen ins Gespräch. Und so weiter.

„Hund?"

„Ja, wieso?"

„Valerie besitzt in Bochum einen Hund?" Allein das Wort „besitzt". Aus ihrem Mund klang es so selbstverständlich, dass jemand etwas besaß, Eigentümer war. Einer Villa in der Nobelgegend. Eines Schuhgeschäfts *unten im Ort*.

„Nein, es war nicht ihr Hund, sondern der einer Freundin."

„Ah ja, es hätte mich sehr gewundert, wenn Valerie Verantwortung für ein anderes Lebewesen übernommen hätte."

„Hm?" Ich hätte besser sagen sollen: „Und wofür übernehmen Sie Verantwortung? Für die neue Herbstkollektion?" Ich verkniff es mir.

Valeries Mutter winkte ab. „Ach, nichts. Wie sieht denn ihre Wohnung aus? Angeblich hat Valerie dort renoviert. Sie lädt uns nicht mehr ein, obwohl wir ihr diese Wohnung gekauft haben, und ohne Einladung fährt mein Mann nicht nach Bochum. Ich ebenso wenig."

„Eine schöne Wohnung. Gute Lage. Nette Nachbarn." Was war bloß vor einem Jahr geschehen? Hatte es mit Ludi zu tun? Mit „W"?

„Das weiß ich." Frau Bartels nippte an ihrem Wasser. „Was erwarten Sie konkret von mir, Herr Müller?"

Ich wollte sie nicht direkt nach Ludi oder „W" fragen, versuchte es stattdessen über einen Umweg. „Ich hoffe ein bisschen darauf, dass Sie einen Tipp für mich haben, wo Valerie stecken könnte. Eine Bezugsperson. Eine Tante, eine

Cousine, eine Schulfreundin. Ein Ex-Freund. Ein Mensch, zu dem Valerie Kontakt hat und von dem sie mir noch nichts erzählt hat."

„Die wichtigsten Schulfreunde wohnen noch hier. Ich gehe davon aus, dass ich erfahren hätte, wenn Valerie bei einem von denen wohnt. Gleiches gilt für die Verwandtschaft, zu der unter anderem meine Mutter zählt, die in der Nähe von Hannover wohnt."

„Wo Sie herkommen, Frau Bartels?"

„Richtig."

„Und was ist mit Ex-Freunden?"

„Wie meinen Sie das, Herr Müller?"

„Na ja, können Sie sich vorstellen, dass Valerie zu einem ihrer Ex-Freunde zurückgekehrt ist? Zu Ludger beispielsweise?"

„Müssten Sie das nicht besser wissen?" Eine gute Gegenfrage.

„Wie gesagt, wir kennen uns erst seit zwei Monaten."

„Hm." Valeries Mutter schien erste Zweifel daran zu hegen, dass meine Beziehung zu ihrer Tochter auf einem sicheren Fundament ruhte. Ich konnte es ihr nicht verübeln, meine Fragen klangen unter Umständen etwas verwirrend. Im schlimmsten Fall hielt sie mich für einen Stalker.

„Ich liebe Ihre Tochter, Frau Bartels, aber ich weiß nach zwei Monaten nicht alles über sie. Ich möchte trotzdem alles versuchen, um sie zu finden. Falls sie mich auf diesem Weg verlassen will, werde ich es akzeptieren."

„Ich erinnere mich an Ludger, aber das ist ewig her. Über ein Jahr." Das deckte sich mit Valeries Aussagen. Aber nicht mit Lydias Beobachtungen.

„Und der Freund nach Ludger?"

Frau Bartels zögerte. Flackerten nicht sogar ihre Augen? „Von einem Freund nach Ludger weiß ich nichts. Bis Sie hier reinschneiten."

So kam ich nicht weiter. Ich musste mir den nächsten Strohhalm schnappen. „Ich würde es gern bei Ihrer Mutter versuchen." Ihre Oma hatte Valerie einige Male erwähnt.

„Wie Sie meinen, Herr Müller. Ich schreibe Ihnen die Adresse auf."

Ich verabschiedete mich von Valeries Mutter, die ich kaum je ins Herz schließen würde. Machte sie sich überhaupt ernsthafte Sorgen um ihre Tochter? Egal. Valerie war nicht hier, das hatte ich von Anfang an gespürt und das war für mich das Entscheidende. Und nachvollziehbar: Wenn ich jemals vor etwas oder jemandem Zuflucht suchen müsste, wäre die Panoramastraße in Gerlingen nicht meine erste Wahl.

KAPITEL 32

2006

The Road to Santiago

Im Auto starrte ich eine Weile auf den Zettel mit der Adresse und der Telefonnummer von Valeries Oma. Natürlich wäre es schneller und einfacher gewesen, bei ihr anzurufen. Doch ähnlich wie bei den Krankenhäusern und bei Valeries Eltern wollte ich mir unbedingt vor Ort einen Eindruck verschaffen. Weitere vierhundertfünfzig Kilometer Autobahn wollte ich mir an diesem Tag allerdings nicht antun, aber in Gerlingen und überhaupt im Schwabenland mochte ich nicht bleiben. Ich beschloss, so weit zu fahren, bis es nicht mehr ging.

Da mehr Verkehr herrschte als auf der Hinfahrt, kam ich nur schleppend voran. Andererseits hielt mich das konzentrierte Fahren mit ständigem Bremsen, Beschleunigen und Überholen wach und ehe ich mich's versah, steckte ich zwischen Kassel und Göttingen. Da es auf neunzehn Uhr zuging und ich nicht so spät bei der Oma anklingeln wollte, verließ ich hinter Göttingen die A 7 und steuerte Einbeck an.

Ich fand eine preiswerte Pension in der Altstadt und stürzte mich ins Nachtleben, das von Lokalen in herausgeputzten Fachwerkhäuschen dominiert wurde. Ich aß in einem Imbiss eine riesige Currywurst plus Pommes plus Einbecker Pils, bevor ich eine der urigen Kneipen ansteuerte und dort Bock, Ur-Bock und Maibock probierte.

Nachts war eine SMS von Wiebke eingetroffen, die ich am folgenden Morgen leicht verkatert las: „Lieber Mike, ich erhole mich großartig und hänge ein paar Tage dran. Ich hoffe, Valerie ist wieder da. LG. Wiebke."

Ich antwortete: „Hallo Wiebke, leider nicht. Verpasst du nicht zu viel an der Uni? Viel Spaß jedenfalls! LG. Mike."

Wenigstens dachte Wiebke an Valerie, das rückte mein Bild von ihr gerade. Ich bewunderte ihren Mut, schlimmstenfalls ein Semester sausen zu lassen. Oder traf das zu, was Simon vermutete? Sie hatte ein schlechtes Gewissen und suchte Abstand? Ich schickte jedenfalls ein PS hinterher: „Danke, dass du wegen Valerie nachfragst." Wiebke antwortete prompt: „Das tut mir leid, Mike. Und nein, keine Sorge, ich werde alle Scheine bekommen."

Nach dem Frühstück fuhr ich das letzte Stück durch den Harz, der der Autobahn mit seinen dichten Nadelwäldern sehr nahe kam. Irgendwo zwischen atemberaubend und düster.

Das Dorf hieß Salzdahlum und lag eher nicht „bei Hannover", sondern zwischen Braunschweig und Wolfenbüttel. Ich entdeckte auf der Durchgangsstraße ein Schlösschen, diesmal ein echtes, das zudem nicht von reichen Säcken bewohnt wurde, sondern als Museum fungierte.

Valeries Oma wohnte gegenüber in einem windschiefen Fachwerkhäuschen mit Vorbau. Ich klingelte und drückte mir die Daumen, dass etwas passierte. Es half. Eine Tür öffnete sich.

Zwei dunkelbraune Augen, die an Valeries Augen erinnerten, musterten mich. „Ich kaufe nichts an der Tür." Sie trug Jeans und ein kariertes Hemd, was so gar nicht zu einer Omi passte. Die dunkelgrauen Locken passten besser.

„Ich verkaufe nichts", konterte ich. „Es geht um Valerie."

„Valerie?"

„Ihre Enkelin. Ich bin gestern in Gerlingen gewesen und habe mit Ihrer Tochter gesprochen. Sie hat mir Ihre Adresse gegeben."

„Ich begreife rein gar nichts, junger Mann." Omi verschränkte die Arme. „Wer sind Sie überhaupt?"

„Mein Name ist Mike Müller. Ich bin mit Valerie zusammen. Wir sind ein Paar." Keine Ahnung, mit welchen Begriffen Omis Generation etwas anfangen konnte.

„Ach, Mike! Valerie hat mir von dir erzählt."

Zumindest ihrer Oma gegenüber hatte Valerie mich nicht verheimlicht. „Hat Valerie Sie besucht?"

„Nein, sie hat es mir am Telefon erzählt. Was ist denn nun mit ihr?"

„Sie ist verschwunden."

„Verschwunden?" Pause. „Komm erst mal rein, Junge."

Ein paar Minuten später saßen wir am Küchentisch, Tassen mit dampfendem Kaffee vor uns. Die Küche war hell und sehr ordentlich; die Einbauschränke glänzten, nirgends stand etwas Überflüssiges herum, kein Krümel auf dem hellgrauen Linoleumboden. Die Terrassentür war offen und gab den Blick frei auf einen großen Garten mit Obstbäumen und Blumenbeeten.

„Ich war gerade im Garten. Deshalb laufe ich so rum."

„Kein Problem, Frau …"

„Sag Helga zu mir. Also, was heißt das nun: Valerie ist verschwunden?"

Ich erzählte Helga die ganze Geschichte.

Vor Schreck hielt sie sich die Hand vor den Mund. „Und Susanne konnte dir nicht helfen?"

„Sie hat bloß angedeutet, dass der Kontakt zu Valerie zuletzt sehr spärlich ausgefallen ist."

„Das kann man wohl sagen." Helga schlürfte vorsichtig ihren Kaffee. „Sie haben sich richtiggehend verkracht."

„Warum?"

„Ich weiß nicht, was Valerie dir von ihren Eltern erzählt hat."

„Wenig", räumte ich ein. „Wir kennen uns allerdings erst seit April."

„Ich will mal so sagen, Susanne und Thomas sind keine schlechten Eltern. Sie erfüllten Valerie als Kind jeden Wunsch. Auch den, dass Valerie häufig ihre kompletten Ferien bei mir verbringen wollte. Deshalb ist unser Verhältnis so eng. Mit sechzehn, siebzehn änderten sich Valeries Ansprüche und Lebensgewohnheiten, ganz normal in diesem Alter. Sie zog um die Häuser, wollte Spaß haben. Ihre Eltern ließen sie gewähren, doch sobald es um junge Männer ging, wurden sie sehr streng. Valerie blieb nichts anderes übrig, als zu lügen. Wenn sie sich mit Jungs traf, behauptete sie, sie sei mit Freundinnen unterwegs. Die übliche Geschichte. Irgendwann flog es auf. Thomas verhängte Hausarrest. Dann wurde Valerie achtzehn und verlangte alle Freiheiten. Es folgten unschöne Diskussionen und faule Kompromisse. Tiefpunkt war der Versuch von Thomas, einen der Freunde von Valerie mit Geld zu bestechen, sodass er fortan einen Bogen um sie machte. Als sie das mitbekam, rastete sie aus und wollte ausziehen. Kurz vor dem Abitur. Irgendwie rauften sie sich zusammen."

Während ich diesen detaillierten Ausführungen lauschte, schielte ich nach draußen, wohl etwas zu auffällig.

„Möchtest du lieber draußen sitzen, Mike?"

„Ach ja. Dort könnte ich rauchen."

„Ja, sicher, komm, Junge!"

Auf der Terrasse warteten ein paar helle Korbmöbel auf uns. Helga platzierte einen Aschenbecher auf dem Tisch und nahm den Faden wieder auf.

„Die Sache mit dem Umgang blieb ein vorherrschendes Thema. Auch, nachdem Valerie nach Bochum gezogen war. Na ja, schließlich kam es zu dem Vorfall vor knapp einem Jahr. Valerie brachte ihren neuen Freund mit nach Gerlingen. Als Thomas erfuhr, dass Wenzels Familie aus Tschechien stammt, schmiss er ihn aus dem Haus. Valerie ging freiwillig mit."

„Was?" Ich war schockiert und erleichtert zugleich, denn hier war er offenbar schon, der mysteriöse Freund. Wenzel war definitiv ein merkwürdiger Name. Ich wunderte mich bloß, dass Susanne diese unrühmliche Episode verschwieg und mir gleichwohl anstandslos Helgas Adresse genannt hatte. Sie hätte ahnen müssen, dass Helga weniger diskret sein würde. Egal, nicht alles im Leben war logisch. „Warum hat er das getan?"

„Thomas hasst Tschechien und die Slowakei und alle Menschen, die dort wohnen. Vollkommen irrational, es steckt leider in den Familiengenen. Wie du vielleicht weißt, haben sich die Tschechoslowaken, wie sie damals hießen, nach Kriegsende an den Deutschen gerächt. Die Großeltern von Thomas und zwei seiner Onkel gehörten zu den Opfern. Der Mob hat sie zu Tode geprügelt. Das kann Thomas nicht verzeihen. Die Vorgeschichte mit den Gräueltaten der Nazis blendet er aus." Helga schüttelte traurig den Kopf.

Wenn ich an Tschechien dachte, dann als Erstes an etwas zu süßes Bier. Kein Vergleich zu unserem herben Fiege. „Was ist aus Wenzel geworden? Valerie hat nie von ihm erzählt."

„Nein? Das wundert mich. Soweit ich weiß, blieben die beiden nicht mehr lange ein Liebespaar."

„Hast du ihn kennengelernt?"

„Nein. Ich kenne ihn nur aus Valeries Erzählungen. Wenzel studiert auch in Bochum, so ein Fach, das mit seiner Herkunft zu tun hat."

„Slawistik?"

„Ja, das könnte sein." Helga trank einen Schluck Kaffee, der mittlerweile eine gute Trinktemperatur besaß. „Bringt dich das weiter?"

Ich nickte. „Hoffentlich. Ich werde jedenfalls diesen Wenzel suchen." Ich zögerte, bevor ich diese, wie ich fand, nahe liegende Frage stellte. „Du hast in den letzten Tagen nichts von Valerie gehört?"

„Zuletzt vor zwei Wochen. Da hat sie von dir geschwärmt. Deshalb wundert es mich umso mehr, dass du durch halb Deutschland fahren musst und bei mir auf der Terrasse sitzt, weil du sie suchst. Ich kann mir, wenn ich dich hier so erlebe, nicht vorstellen, dass sie vor dir getürmt ist."

„Ich ebenso wenig. Es bleibt nur eine Alternative: Valerie ist nicht freiwillig verschwunden." Ich war im Übrigen heilfroh, durch halb Deutschland gefahren zu sein und Helga nicht nur per Telefon kennengelernt zu haben. Sie war sehr sympathisch und ich sah mit eigenen Augen den Ort, an dem Valeries einen Großteil ihrer Kindheit und Jugend verbracht hat. Ihr Elternhaus hatte ich ebenfalls bewundern dürfen. Doch hier, bei Oma Helga, konnte ich mir Valerie wesentlich besser vorstellen.

„Das scheint mir leider Gottes so zu sein. Wie furchtbar." Helga vergrub ihr Gesicht in den Händen. „Kann ich dir sonst irgendwie helfen?"

„Momentan wüsste ich nicht wie. Falls Valerie sich wider Erwarten bei dir meldet, würde ich dich bitten, mich zu benachrichtigen."

„Das mache ich." Helga schien nachzudenken. „Was könnte deiner Meinung nach passiert sein?"

„Ich denke mal laut nach. Valeries Eltern sind wohlhabend ..."

„Eine Entführung?", unterbrach mich Helga.

„Denkbar, oder?"

„Müssten dann Susanne und Thomas nicht längst Bescheid wissen?"

„Stimmt", gab ich zu. „Es sei denn, die Entführer haben sich bislang nicht bei ihnen gemeldet. Im Krimi heißt es häufig, dass die Familie des Entführungsopfers nicht mit der Polizei reden darf."

„Guter Einwand. Weißt du was, Mike? Ich werde nachher mit Susanne telefonieren und sie unauffällig aushorchen."

„Ich bin gespannt, was du herausfindest. Mir gegenüber machte sie jedenfalls keinen besorgten Eindruck."

Ich trank meinen Kaffee aus, schrieb Helga meine Festnetz- und meine Mobilnummer auf und fuhr zurück nach Bochum. Mit etwas Glück erwischte ich jemanden in der Slawistik, der mir weiterhelfen konnte.

KAPITEL 33

Die Gefangene

I Don't Like Mondays

Dieser seltsame Tag will nicht vergehen, die Stimmung im Haus bleibt angespannt. Erneut stürmen die Entführer ins Zimmer. Sie spricht ihr stinkendes T-Shirt an und bittet darum, Handgelenk und Hemd wechseln zu dürfen. Die Männer gehen nicht darauf ein, stellen stattdessen viele Fragen. Sie erkennt den Sinn dieser Fragen nicht, erhält auf Nachfrage keine Antwort. Im Kern geht es darum, dass die Entführer wissen wollen, ob die Eltern ihre Tochter lebend und weitgehend unversehrt wiedersehen möchten.

Da sie keinerlei Ahnung hat, wie die bisherigen Verhandlungen abliefen, kann sie nicht einschätzen, ob ihre Eltern alles unternehmen, um sie zu retten. Es wäre bitter, wenn sie es nicht täten. Sie hat keine große Lust, hier zu versauern oder gar zu sterben.

Haha, keine große Lust, das sagt sie nur aus Spaß zu sich. Sie will hier weg. Sofort. Sie will nicht sterben. Nicht jetzt. Nicht morgen. Erst in achtzig Jahren oder so. Mit zwanzig Urenkeln am Sterbebett.

Und sie möchte weitgehend unversehrt bleiben. Körperlich. Was ihre Seele angeht, wird sich erst später zeigen. Falls ihre Seele die Gelegenheit dazu erhält. Und falls sich das überhaupt überprüfen lässt. Würde sie zu einem Seelenklempner gehen? Müssen? Sollen? Dürfen? Würde der etwas herausfinden?

Die Sache mit der körperlichen Unversehrtheit bekommt leider eine neue Dynamik: Die Entführer deuten an, dass es drastischere Maßnahmen als Fotos gibt, um den Eltern Beine zu machen. Sie erwähnen

ihren kleinen Finger. Sie schreit „Nein!" Das beeindruckt ihre Ent-
führer nicht. Fehlt nur, dass sie ihr die Säge zeigen. Sie tun es nicht.
Noch nicht?

Bitte, Mama und Papa, denkt sie, als sie allein ist, vergesst bitte
alles, was zwischen uns stehen mag, gebt euch einen Ruck und zahlt
das Lösegeld. Ich will nicht sterben und ich will dieses Haus mit allen
zehn Fingern verlassen und das eher heute als morgen. Jetzt am besten.

Doch heute vergeht, soweit sie es beurteilen kann, ohne dass sie das
Haus verlässt. Die Entführer servieren ihr ein liebloses Abendbrot.
Kein Bier. Nicht einmal Kräutertee. Nur das Wasser aus den Plastik-
flaschen.

Auf die Nacht freut sie sich nicht. Sie hat regelrecht Angst davor.
Vor Albträumen. Vor der Tür, die mitten in der Nacht brutal auf-
gestoßen wird. Vor den Entführern, die in den Raum stürmen, mit
Sägen in der Hand. Oder die „Ich mag keine Montage" brüllen und
mit ihren Gewehren losballern, ihren Körper zerfetzen. Überall Blut.
Haut. Organe. Ein Gemetzel.

Falls heute zufällig Montag ist. Wäre es diesen beiden Typen nicht
ohnehin egal, welchen Wochentag wir gerade haben?

Wie sie sich kennt oder spätestens in ihrem Verlies kennengelernt
hat, wird sie die gesamte Nacht über kein Auge zutun. Falls Nacht
ist und nicht Vormittag oder Sonntagmittag oder ... Sie weiß es nicht.
Manchmal hat sie das Gefühl, verrückt zu werden. Komplett verrückt.
Ein seelisches und körperliches Wrack. Mein Gott, wie oft hat sie das
Wort „Wrack" gedacht? Das gehörte früher nicht zu ihrem Wort-
schatz. Hilfe, werde ich jemals wieder ganz die Alte sein? Ich will raus
hier.

KAPITEL 34

2006

Love Shack

Nach dem Gespräch mit Helga tankte ich und bretterte über die nächste Autobahn – keine Ahnung, die wievielte seit gestern Morgen – zurück nach Bochum. Es ging flott voran, abgesehen von den Lkw herrschte wenig Verkehr, außerdem war die Autobahn in jeder Richtung beinahe lückenlos dreispurig.

Gegen halb vier parkte ich im Süden der G-Reihe und wenig später erreichte ich Raum 140 in der fünften Etage des GB. Die geöffnete Tür der Fachschaft Slawistik gab den Blick frei auf eine gemütliche Sofaecke. Ich betrat das Zimmer und staunte nicht schlecht. Den einzigen Menschen, der sich hier aufhielt, nicht auf dem Sofa, sondern vor einem Schreibtisch, kannte ich: Philip. Simons sehr guter Freund. Freundschaft plus. Dass er Slawistik studierte, wusste ich, nur nicht, dass er sich in der Fachschaft engagierte.

„Mike! Was verschafft mir die Ehre?"

„Ich suche jemanden."

„Wie ich dich kenne, handelt es sich um ein weibliches Wesen." Philip grinste verschmitzt. Mit seinen dunkelblonden Locken, den feinen Gesichtszügen und schrill-bunten, mitunter gewagten Klamotten zog er häufig die Blicke auf sich.

„Nein, um einen Mann." Ich erklärte ihm rasch den Hintergrund, bevor ich ihm den Namen Wenzel präsentierte.

„Das mit deiner Freundin tut mir leid. Dafür kann ich dir wohl bei diesem Wenzel helfen. Ich kenne einen hier in der Slawistik."

„Blond, mittelgroß, die Familie aus Tschechien?", gab ich Lydias knappe Beschreibung plus Helgas Info wieder.

„Das passt. Früher hing er hier manchmal ab. Irgendwann hörte das auf. Gesehen habe ich ihn zuletzt Anfang des Wintersemesters. Ich weiß allerdings zufällig, wo er wohnt."

Ich spitzte die Ohren. „Aha, wo denn?"

„Gar nicht weit von euch, in der Alsenstraße. Man müsste fast meinen, dass ihr euch schon mal über den Weg gelaufen seid."

Immerhin befand sich die Alsenstraße nur drei Querstraßen entfernt von der Ferdinandstraße. „Wer weiß?"

„Wenzel wohnt in einer WG, mit drei anderen Studis. Darunter eine gute Freundin von mir, Caro."

„Meinst du, du könntest mich dort einführen?"

„Na, sicher."

„Wann?"

Philip lachte. „Ich schätze, du hast es eilig."

„Ja."

„Nichts wie los!"

„Glaubst du, da ist jemand zu Hause?"

„Bei vier Leuten wird bestimmt jemand da sein. Lass uns zur U 35 latschen."

„Ich bin mit dem Auto hier."

„Umso besser."

Eine Viertelstunde später manövrierte ich die Karre in eine schmale Parklücke in der Alsenstraße, ein paar Meter von der Unistraße entfernt. Wir spazierten zu einem vor langer

Zeit gelb gestrichenen Haus mit beeindruckender Klingelleiste. Zielsicher drückte Philip auf den obersten Knopf. Es dauerte nicht lange, bis die Gegensprechanlage knarzte.

„Ja?", fragte eine weibliche Stimme.

Philip hob den Daumen. „Caro? Philip hier. Kann ich dich kurz stören? Ich habe einen Freund im Schlepptau, Mike, Simons Mitbewohner. Er möchte dich was fragen."

„Kommt rein, Jungs!"

Schon summte die alte Holztür. Philip warf sich dagegen, wir betraten das Treppenhaus, in dem es nach kaltem Rauch müffelte. Frühe Sechziger. Steinboden, nachlässig verputzte Wände, ein Kinderwagen, zwei Tretroller, eine Treppe im selben kalten Grauton wie der Flur. Fünf Etagen ging es nach oben. Die einzige Tür stand einladend offen. Wir klopften dennoch.

„Kommt rein, Leute. Ich bin in meinem Zimmer."

Ein schlauchartiger Flur mit sechs Türen, drei offen, drei verschlossen. Philip steuerte zielsicher eine der offenen Türen an, ich folgte ihm. Wir enterten einen hellen Raum mit Blick auf die Alsenstraße. Ein Bett, zwei Schränke, ein Sofa, ein Regal mit Mini-Stereoanlage, kleiner Tisch mit Fernseher, Schreibtisch mit Stuhl davor. Eine Frau mit bräunlichen Rastas und Stirnband saß dort und hämmerte auf ihre Tastatur ein.

„Ich muss nur geschwind was abspeichern."

„Hausarbeit?", fragte Philip.

„Masterarbeit!"

„Was? So weit bist du schon?", staunte Philip.

Ich hielt mich einstweilen im Hintergrund.

„Ist noch nicht angemeldet", räumte die Brünette ein.

„Trotzdem: Respekt." Philip wandte sich an mich. „Caro

studiert Maschinenbau. Fünf Mädels sind in ihrem Jahrgang. Und weit über hundert Jungs. Alle potthässlich."

„Philip!", protestierte Caro. „Die sind nicht alle hässlich."

Philip grinste. „Das muss sie sagen, weil sie mit einem dieser Vögel zusammen ist."

Caro drehte sich zu uns, taxierte mich mit dunklen Augen, die hinter einer runden Hornbrille strahlten. „Was kann ich für euch tun?"

„Meine Freundin ist verschwunden und vielleicht kann dein Mitbewohner Wenzel mir helfen", fasste ich zusammen.

„Verschwunden? Was genau bedeutet das?"

Ich gab den Tathergang in groben Zügen wieder, berichtete von meiner Recherche und wie ich auf Wenzel gestoßen war.

„Ich weiß nicht, wo der Kerl steckt. Wenn er nicht jeden Monat seinen Anteil an der Miete bezahlen würde, hielt ich auch ihn für spurlos verschwunden." Caro überlegte. „Lasst uns in die Küche gehen, ja? Da können wir besser quatschen. Außer mir ist gerade niemand da."

„Wann hast du Wenzel zuletzt gesehen, Caro?", fragte ich. Wir hockten am Küchentisch, Teetassen vor der Nase.

„Puh, das ist mindestens vier Monate her. Er meinte, er müsse für ein paar Wochen weg. Da waren Semesterferien und ich habe mir nichts dabei gedacht. Als die Vorlesungen anfingen und Wenzel nicht zurückkehrte, habe ich mir durchaus ein paar Gedanken gemacht. Ich bin die Hauptmieterin und sammele die Kohle von allen ein. Aber wie gesagt, Wenzel hat immer rechtzeitig überwiesen."

„Gab es sonst keinerlei Lebenszeichen?" Ich schlürfte an meinem Tee.

„Nee. So eng war das Verhältnis nicht. Als Mitbewohner ist er voll in Ordnung. Er stibitzt nichts aus dem Kühlschrank, pinkelt im Sitzen, lässt keine Haare in der Dusche liegen. Alles okay. Er wahrte aber die Distanz zu uns. Wobei ich hinzufügen muss, dass er erst knapp ein Jahr hier wohnt."

„Hast du mal eine Freundin gesehen?", fragte ich.

„Ich glaube, er bekam hin und wieder Besuch. Das lief recht diskret ab. Keine Ahnung, ob die gelernt haben oder sich sonst wie vergnügten." Caro steckte sich eine Zigarette an. „Vor einem Jahr, da war er mit deiner Freundin zusammen, sagst du? Wie sieht die aus?"

Ich beschrieb ihr Valerie, erwähnte die Ähnlichkeit mit Catherine Zeta-Jones.

„Na, die wäre mir wohl aufgefallen. Bewusst gesehen habe ich hier keine Frau, auf die diese Beschreibung passt. Sorry."

„Du kannst nichts dafür", tröstete ich. „Hat Wenzel denn noch studiert?"

„Gute Frage." Caro drehte sich zu Philip. „Müsstest du das nicht wissen?"

Philip schüttelte den Kopf. „Ich weiß noch nicht mal, ob er im Bachelor oder im Master studiert."

„Einen Bachelor hat der, ganz sicher."

Ich räusperte mich. „Könnte ich mal einen Blick in Wenzels Zimmer werfen? Falls das nicht abgeschlossen ist."

„Wir schließen die Türen nicht ab." Caro quetschte ihre Zigarette im Aschenbecher aus. „Wir gucken mal."

Das Zimmer lag gegenüber von Caros; die Tür war nicht verschlossen. Vorsichtshalber klopften wir beim Eintreten an, doch hier versteckte sich niemand. Der Raum war spärlicher möbliert als Caros, kein Sofa, nur ein Schrank, der Schreibtisch erheblich kleiner, dafür das Bücherregal größer.

Alles mit einer zarten Staubschicht bedeckt. Einige Körner tanzten im Sonnenlicht.

Das Regal weckte sofort Philips Interesse. Er zog ein paar Bücher heraus, blätterte darin.

„Und?", fragte ich.

„Russische Literatur im Original. Schwere Kost. Nichts für mich."

Im Gegensatz zu Caros Schreibtisch war der von Wenzel praktisch leer.

„Hat Wenzel keinen Computer?", fragte ich Caro.

„Notebook. Hat er offenbar mitgenommen."

Ich sah mich um und entdeckte nichts, keinen Hinweis auf Valerie, ein Foto von ihr oder so.

„Im Film wühlen die Polizisten in solchen Momenten meist im Papierkorb", behauptete Philip. Er zeigte auf das graue Plastikteil unter Wenzels Schreibtisch.

„Echt?", wunderte sich Caro. „Ist das nicht ein bisschen zu privat?"

„Kommt es darauf noch an?", konterte Philip.

Ich fasste es als Aufforderung auf. Der Papierkorb war federleicht, da er außer Kaugummipapier nur ein paar zerknüllte Zettel enthielt. Ich falte die Zettel auseinander: nichts als fremde Buchstaben. „Guck mal, Philip."

Philip guckte. „Russisch."

„Und was steht da?"

„Nur ein paar absurde Gedanken zu Tolstois Werken." Philip zögerte. „Warte mal, hier klebt ein Post-it dran mit einer Notiz."

Ich beugte mich zu Philip, Caro gesellte sich zu uns.

„B 51, schräg gegenüber Bu-H."

„Ist das Wenzels Handschrift?", fragte ich in die Runde.

Weder Caro noch Philip kannten die Antwort.

„Was bedeutet das?", fragte Philip.

„Eine verklausulierte Ortsbeschreibung?", riet Caro.

„Wozu denn?", antwortete Philip. „Und wo? Falls es um Bochum geht, bin ich raus. Ich bin nicht von hier."

„Ich bin auch zugereist." Caro wand sich an mich. „Bist du Bochumer?"

„Ja, bin ich. Mit B 51 könnte die Bundesstraße 51 gemeint sein. Die verläuft einmal längs durch Bochum. Herner Straße, Ring, Viktoriastraße, Hattinger Straße."

„Und?", hakt Philip nach.

Caro springt in die Bresche. „Irgendwo entlang der B 51, falls es um sie geht, gibt es etwas, was sich mit Bu-H abkürzen lässt und dort gegenüber wiederum ist etwas, das Wenzel für wichtig hält und sich deshalb notiert."

„Warum schreibt er Bu-H nicht aus?", wunderte sich Philip.

„Faulheit?", spekulierte ich.

„Oder es soll nicht jeder sofort wissen, worum es geht", ergänzte Caro.

Philip schüttelte den Kopf. „Das kapier ich nicht."

„Na ja, so was wie ein Code", erklärte Caro. „Nur Eingeweihte sollen es entziffern. Oder sogar nur Wenzel."

Caros Erklärung gefiel mir, denn sie bedeutete eventuell eine Spur. „Das klingt gut, Caro: Der Code für einen bestimmten Ort."

„In Bochum?", wollte Philip wissen.

„Bestenfalls", entgegnete ich. „Aber auf Anhieb fällt mir zu dieser Abkürzung nichts ein."

„Ich hole einen Stadtplan", schlug Caro vor. „Dann gucken wir mal, ob an der B 51 innerhalb von Bochum irgendwas zu Bu-H passt."

Drei Minuten später knieten wir auf dem Boden und fuhren auf dem Bochumer Stadtplan mit unseren Fingern die B 51 ab. Ich startete an der Herner Straße in Riemke, Caro an der Hattinger Straße in Linden, Philip etwa in der Mitte am Schauspielhaus. Wir murmelten unablässig Straßennamen oder Bezeichnungen von Gewerbegebieten, Schulen, Firmen.

„Buchenhain", rief Caro.

„Was?" Philip und ich antworteten synchron.

Caro zeigte auf eine Stelle des Plans. „Diese kleine Straße oberhalb des Weitmarer Holzes heißt ‚Am Buchenhain'. Klingt wie Bu-H, oder?"

„Puh." Philip schien skeptisch zu sein.

„Guck mal bitte", forderte Caro ihn auf. „Schräg gegenüber vom Buchenhain führt ein Weg in ein kleines Waldstück."

„Das ist keine richtige Straße", protestierte Philip. „Viel zu schmal. Das ist maximal ein Wanderweg."

„Was bedeutet dieses hellgraue Rechteck am Ende des Weges?", fragte ich.

„Das ist das Symbol für ein Haus", antwortete Caro.

„Das könnte alles und nichts bedeuten." Für Philip war an diesem Nachmittag das berühmte Glas halb leer. Voll der Pessimist.

Ich hingegen wünschte es mir mindestens halb voll. Caro offenbar auch. „Wenn die Notiz von Wenzel stammt, wenn sich B 51 auf die Bundesstraße 51 bezieht und wenn Bu-H Buchenhain bedeutet, wäre der Umstand, dass es exakt an dieser Stelle ein einzelnes Haus gibt, besser als nichts. Da Wenzel nicht hier ist, aber gezielt auf diesen Ort hinweist, ist es vielleicht sogar erheblich mehr als nichts."

Das sah ich ähnlich. „Danke, Caro." Mein Entschluss stand umgehend fest. „Ich schaue mir den Weg und das Haus mal an. Falls ich Wenzel dort nicht finde, hätte ich höchstens eine Stunde verschwendet."

„Sei bitte vorsichtig."

Erstaunlicherweise sprachen diesmal Caro und Philip synchron. Ich versprach es. Etwas später verabschiedete ich mich von den beiden.

KAPITEL 35

Die Gefangene

The First Cut is the deepest

Sie schläft trotz ihrer Angst ein; die Entführer reißen sie nicht aus dem Schlaf. Wach wird sie trotzdem, sie spürt, dass es nach viel zu kurzer Zeit ist. Ausgerechnet jetzt beginnt der blöde Backenzahn wieder zu pochen. Ein paar Tage lang hat er Ruhe gegeben. Dennoch hatte sie vor der Entführung einen Termin bei ihrer Zahnärztin vereinbart – für einen Nachmittag, der längst vergangen sein dürfte. Nun hat ihre Zahnärztin vergebens auf sie gewartet. Und die Sprechstundenhilfe. Wenn sie hier raus ist, wird sie dort anrufen. Sorry, dass ich nicht gekommen bin. Ich hätte rechtzeitig abgesagt, aber recht spontan haben mich zwei Kerle entführt und einige Tage in einem Waldhaus gefangen gehalten. Es ist mir sehr unangenehm und sonst nicht meine Art. Ach ja, der doofe Zahn tut weh. Sie fummelt mit der Zunge am Zahn herum. Drückt sanft mit dem Finger gegen das Zahnfleisch darunter. Purer Aktionismus. Sie muss ihre Entführer um Schmerztabletten bitten.

Irgendwann beruhigt sich der Zahn, sie döst weg, erschrickt, als sich die Tür öffnet und der jüngere Entführer das Essen bringt. Er wirkt noch verärgert, wahrscheinlich wegen ihrer renitenten Eltern, erbarmt sich dennoch, ihr Tabletten zu holen. Es sind Ibuprofen. Eine ganze Schachtel voll. Sie würgt eine Tablette mit Plastikflaschenwasser herunter. Es dauert ein wenig, bis der Schmerz nachlässt. Sie legt sich aufs Bett, liest die letzten Seiten von „Adler und Engel", döst bis zum Mittagessen. Diesmal kommt der Ältere, der härter wirkt,

abgebrühter, unnahbarer. Er bringt keine Ravioli, sondern einen Ein-
topf mit Nudeln und Hühnerfleisch, aus der Dose, aber heiß.

Zum Abräumen kommen beide. Einer hält den Fotoapparat in der
Hand, der andere eine kleine Säge. Fuchsschwanz heißen die Dinger,
wenn sie sich richtig erinnert. Vater benutzt manchmal so ein Teil,
für handwerkliche Tätigkeiten, Bretter zurechtschneiden und so. Sie
glaubt nicht, dass die Entführer ein Brett zurechtschneiden möchten.
Sie befürchtet eher, dass es nun so weit ist, dass die Phase ihrer physi-
schen Unversehrtheit endet. Was soll die Säge sonst bedeuten? Zumal
zusammen mit dem Fotoapparat. Die Entführer dokumentieren mit
dem Fotoapparat ihr Leiden, um die Eltern zu beeindrucken. Genau
darum dürfte es jetzt gehen. Betrachtet sie zum letzten Mal ihre Hände
mit allen zehn Fingern dran? Für welche Hand entscheiden sich die
Entführer? Für welchen Finger?

Der Ältere spricht von einer neuen Eskalationsstufe. Das kommt
nicht unerwartet. Es ist so weit. Sie fleht um Gnade. Das hinge von
ihren Eltern ab und was sie zu diesen Bildern sagen werden, droht der
Ältere. Dies sei die letzte, die allerletzte Warnung. Dies hier sei kein
gottverdammtes Spiel.

Sie atmet auf, die Gangster simulieren das Absägen bloß. Der Ältere
hält die Säge über ihren Finger, den kleinen Finger, den er mit der an-
deren Hand von den anderen Fingern wegdrückt, was durchaus ein wenig
schmerzt, denn der Entführer nimmt nicht gerade Rücksicht. Ihre Hand
liegt auf dem Tisch, es ist die rechte Hand, zurzeit ohne Eisenkette.

Der Jüngere fotografiert, er zoomt bestimmt ihre Hand heran, plus
der Hand des Entführers, nicht dessen Gesicht. So blöd sind die Typen
nicht. Der Ältere macht Sägebewegungen, ein paar Millimeter über
dem Finger. Sie spürt den Luftzug. Der Ältere macht Geräusche.
Ratsch. Ratsch. Knack. Knack. Ratsch. Ratsch. Ratsch. Knack.
Knack. Knack. Er hat Spaß. Ha, ha, ha. Die Geräusche sind nur für
sie, logisch, die Fotos sind ohne Ton.

Wie schicken sie die Fotos an die Eltern? Bestimmt nicht per Post. Vorbeifahren und sie in den Briefkasten werfen? Funktioniert auch nicht. Ausdrucken und faxen? Ihre Eltern besitzen ein Faxgerät. Oder senden sie die Dateien per E-Mail? Geht das mit solch einer Kamera? Sie ist technisch nicht auf dem neuesten Stand. Mit Kameras beschäftigt sie sich gar nicht. Selbst ihr Handy ist nicht mehr richtig neu. Fotos kann sie damit nicht machen. Mit neueren Handys funktioniert das. Ihr reicht es, mit dem Teil zu telefonieren und SMS zu verschicken. Mehr muss ein Handy nicht können, findet sie. Sie hat ihr Gerät nicht einmal mit einem Code gesichert. Wozu? Wer interessiert sich für solch ein museumsreifes Teil?

Der Ältere macht derweil munter weiter. Ratsch. Ratsch. Knack. Knack. Ha, ha. Der Jüngere knipst fleißig. Dann ist der Spuk vorbei.

„Das ist die allerletzte Warnung", wiederholt der Ältere.

Sie schluckt und versucht, ihre Eltern telepathisch zu erreichen. Das funktioniert nicht. Ohnehin ist die Verbindung zu ihnen nicht stabil, ob per Draht oder drahtlos oder telepathisch. Aber so instabil, dass ihre Eltern sie fallen lassen, so instabil ist die Verbindung nicht. Diese neuen Fotos werden sie überzeugen, müssen sie überzeugen. Hoffentlich gelangen die Fotos rasch zu ihnen. Egal, auf welchem Wege.

KAPITEL 36

2006

Call me

Zunächst fuhr ich nach Hause. Halb hoffte ich, Simon dort vorzufinden, halb wünschte ich mir, einen Moment allein zu sein. Ich schloss die Wohnungstür auf und erfuhr prompt, dass Hoffnung sich gegen Wunschdenken durchsetzen würde.

„Da bist du ja!" Simon kam auf mich zugeschossen und fiel mir derart überschwänglich um den Hals, als hätten wir uns seit Sedan nicht gesehen, um wenigstens mal einen historischen Gedanken zu denken, wo ich schon seit Tagen die Uni schwänzte.

„Ist ja gut."

„Und? Und? Und?"

„Siehst du Valeries Hand an meiner?"

„Nein. Hast du sie nicht gefunden?"

„Leider nicht." Ich löste mich geschickt aus Simons Armen.

„Und wo warst du so lange?"

„Erst bei Valeries Eltern in Gerlingen bei Stuttgart, danach bei Valeries Oma in einem Kaff bei Braunschweig."

„Braunschweig?" Simon kratzte sich am Kopf. „Deutscher Meister 1967 und in den Siebzigern das erste Bundesligateam mit Trikotwerbung. Jägermeister. Eine Pionierleistung, die man gut oder schlecht finden kann. Aus heutiger Sicht ist es vor allem schwer vorstellbar, dass es mal eine Zeit gab, in der Bundesligateams ohne Trikotwerbung aufgelaufen sind."

Ich musste trotz allem grinsen. Typisch Simon! „Davon hat Valeries Oma nichts erwähnt. Aber immerhin hat sie etwas erzählt. Im Gegensatz zur Mutter. Den Vater habe ich nicht gesehen."

„Die Mutter hat dir gar nicht weitergeholfen?"

Ich schüttelte den Kopf. „Kein Stück. In ihren Augen ist Valerie eine verwöhnte Göre, die nicht einmal Verantwortung für einen Hund übernehmen würde."

„What?"

„Ja, so lässt sich unser Gespräch in aller Kürze zusammenfassen. Ach ja, und sie besitzt ein Schuhgeschäft unten im Ort."

„Valerie?"

„Nein, die Mutter."

In diesem Moment klingelte unser Telefon. Ich griff zum Hörer. „Mike Müller hier."

„Hier ist Helga. Valeries Oma."

„Hallo Helga. Danke, dass du anrufst. Hast du was herausgefunden?"

Simon verzog sich in die Küche.

„Nicht viel, leider. Ich habe mit Susanne telefoniert und gefragt, wie es ihr und Thomas geht. Alles bestens, sagte sie wörtlich. Sie klang nicht so, als mache sie sich Sorgen wegen Valerie. Das könnte geschauspielert gewesen sein. So, wie du es vermutet hast: Die Entführer verlangen das so. Ich weiß aber nicht, ob Susanne solch eine talentierte Schauspielerin ist."

Das bestätigte meinen Eindruck. „Ich schätze, sie wissen tatsächlich noch nichts von der Entführung."

„Ergibt das denn Sinn? Warum entführt man denn sonst jemanden?"

Helga hatte recht, mir fiel kein anderer Grund ein, als Lösegeld bei der Familie des Entführungsopfers zu erpressen. „Keine Ahnung", gab ich zu. „Dafür habe ich etwas über Wenzel herausgefunden." Ich berichtete ihr vom Besuch in der WG. Nur den Buchenhain verschwieg ich.

„Viel Erfolg, Junge! Und melde dich, sobald du was weißt."

Ich versprach es, legte auf und ging zu Simon in die Küche.

„Wer war das?", fragte er.

„Valeries Oma." Ich erzählte ihm rasch alles, was er von meinen Gesprächen mit Helga wissen sollte.

„Habe ich gerade den Namen Wenzel aufgeschnappt? Ein faszinierender Name. Ist das etwa der mysteriöse Ex-Freund mit ‚W'?"

Ich reckte den Daumen in die Höhe. „Mit Philips Hilfe war ich sogar in Wenzels WG-Zimmer."

„Philip!", freute sich Simon. „Das ist ja ein Ding! Wie kam das denn?"

Während ich diese Episode rekapitulierte, fiel mir etwas ein, ausgelöst durch Simons Kommentar zu Wenzels Namen. Ich kramte mein Handy hervor und wählte Lydias Nummer.

Sie ging nach dem sechsten oder siebten Klingeln dran. „Mike?"

„Hallo Lydia. Ich hoffe, ich störe nicht, es geht ganz schnell."

„Alles gut. Hast du Valerie gefunden?"

„Nein, das leider nicht. Aber unter Umständen eine vage Spur. Kann es sein, dass dieser Freund von Valerie Wenzel hieß?"

„Ja, genau. Wenzel. Das ist ein sehr ungewöhnlicher Name, oder?"

„Auf jeden Fall."

„Und?", hakte Lydia nach.

Ich erzählte Lydia den relevanten Teil der Geschichte.

„Wenn es nicht so dramatisch wäre, wäre es eine schöne spannende Geschichte, Mike. Du ermittelst wie ein Privatdetektiv."

„Genauso komme ich mir vor. Hauptsache, ich finde Valerie."

„Halte mich bitte auf dem Laufenden."

„Das mache ich."

Wir legten auf und erneut musste ich Simon ins Bild setzen, denn von Valeries Nachbarin hatte er bisher längst nicht alles gehört.

„Okay, also dieser Wenzel", begann mein Mitbewohner. „Und der Zettel im Papierkorb. Ich nehme an, du willst dir dieses alleinstehende Haus ansehen?"

„Am liebsten sofort."

„Ich komme mit."

„Nein."

„Du hast mir versprochen, mich beim nächsten Mal mitzunehmen."

„Ich meinte die nächste längere Reise."

„Nein, nein." Simon wies energisch mit dem Finger auf mich. „So läuft es hier nicht, mein Freund. Ich lasse dich nicht allein dorthin fahren. Punkt."

„Wenn ich den Eindruck gewinne, es könne brisant werden, alarmiere ich dich sofort und verziehe mich aus der Gefahrenzone."

„Hm." Simon grübelte. „Mir fällt gerade was ein."

„Was denn?"

„Valeries Eltern sind reich?"

„Stinkreich."

„Und dieser Wenzel ist Valeries Ex?"

„So deute ich es."

„Und das Verhältnis zwischen Valerie und ihren Eltern ist nicht gut, oder?"

„So kann man es sagen."

„Und das miese Verhältnis hat in erster Linie damit zu tun, dass Valeries Vater Wenzel rausgeworfen hat?"

„Genau."

„Was hat Valerie dir über diesen Wenzel erzählt?"

„Nichts."

„Habt ihr nicht über eure früheren Beziehungen gesprochen?"

„Doch." Ich fühlte mich in die Defensive gedrängt und hatte keine Ahnung, worauf Simon hinauswollte. „Nur von Wenzel hat sie mir nichts erzählt."

„Seltsam."

„Hm."

Dann ließ Simon die Katze aus dem Sack. „Könnte es nicht sein, dass die Entführung nur vorgetäuscht ist?"

„Du spinnst ja!"

„Es klingt verrückt, ich weiß. Ich kann mir halt nicht erklären, warum Valeries Eltern nichts von der Entführung wissen. Valerie ist seit sechs Tagen weg. Als Entführer würde ich doch sofort meine Lösegeldforderung stellen, um die Sache flott über die Bühne zu bringen."

„Ach Simon, wenn Valerie und Wenzel unter einer Decke stecken, würden sie sich erst recht umgehend an die Eltern wenden und Lösegeld fordern."

„Mag sein. Aber es bleibt dabei: Die Sache ist gefährlich und ich begleite dich zum Buchenhain."

„So ähnlich. Es bleibt dabei, dass ich mich verkrieche, sobald es brisant wird, und dich benachrichtige. Zunächst verschaffe ich mir allein einen Überblick. Das ist unauffälliger."

„Ruf mich *sofort* an, wenn es brenzlig wird!"

Das versicherte ich ihm und machte mich auf den Weg zum Buchenhain.

KAPITEL 37

Die Gefangene

Hungry Heart

Die Schmerztablette wirkt erfreulich lange. Sie bekommt Hunger. Es müsste langsam Zeit fürs Abendbrot sein, oder? Um sich die Wartezeit zu verkürzen, greift sie zu ihrem neuen Buch, das, so verrät ein Aufkleber auf dem Cover, mit dem deutschen Buchpreis ausgezeichnet wurde. Sind die Entführer verkappte Literaturexperten? Haben sie gezielt preisgekrönte Bücher besorgt? Warum geben sie sich solche Mühe? Gebunden, keine Taschenbücher. Ungelesen. Haben die Entführer sie im Buchladen gekauft? Extra für sie? Oder haben sie die Bücher gestohlen? Wer Menschen entführt, der klaut erst recht Bücher. Keine Frage.

Ob das neue Buch den Preis verdient hat, dieses Urteil möchte sie sich nach nur fünfzehn Seiten nicht erlauben. Es geht um Liebe, unter anderem. Nichts Außergewöhnliches für einen Roman.

Ihr Appetit fällt ihr ein. Sie hat außerdem Hunger nach Liebe an diesem lieblosen Ort. Ein hungriges Herz. Sie summt leise vor sich hin.

„Lay down your money and you play your part,
Everybody's got a h-h-hungry heart."

Ungewöhnliche Geräusche dringen durch die Schallmauer. Eine dritte Stimme. Ist die Teufelin da? Bisher hat sie die Teufelin erst zweimal in diesem Haus gesehen, zuerst direkt bei ihrer Ankunft. Da lächelte die Teufelin sie an. Im selben Moment drückte ihr jemand von hinten ein feuchtes Tuch vor den Mund und sie war weg. Bewusstlos. Als sie wach wurde, lag sie auf ihrem Bett im Gästezimmer, an die

Wand gekettet. Beim zweiten Mal war es gewiss ein Versehen, weil die Entführer vergessen haben, die Tür zu schließen, als sie Essen brachten. Da hockte die Teufelin im Wohnzimmer. Und blickte nicht zu ihr. Schlechtes Gewissen?

Das würde sie die Teufelin gern einmal fragen. Dabei hätte sie am liebsten die Kampf-Lesbe an ihrer Seite, würde es sogar zulassen, dass die ihr in den Schritt fasst und so weiter. Vorher soll sich die Kampf-Lesbe um die Teufelin kümmern, ihr den Kiefer zerschmettern, einen Arm brechen und so weiter. Hauptsache, die Teufelin muss höllisch leiden.

Das Bild gefällt ihr. Wesentlich besser würde es ihr gefallen, wenn das Bild Realität wird. Die Chancen stehen nicht so gut. Zum einen ist es ungewiss, ob sie diese Sache überlebt. Noch ungewisser ist, ob sie der Teufelin ein weiteres Mal begegnet, sollte sie die Sache überleben, denn die Teufelin muss nach der Lösegeldübergabe schleunigst verschwinden und sich verstecken. Für den Rest ihres Lebens.

KAPITEL 38

2024

Verdamp lang her

„Und jetzt?", fragte Helmut gerade.

Ich fühlte mich angesprochen, war aber mit meinen Gedanken ein weiteres Mal in den Sommer 2006 gereist. Die Hoffnung, den entscheidenden Hinweis frei Haus zu erhalten, hat sich bei dieser Reise leider nicht erfüllt. Ich bringe nur eine Idee mit, einen wahnsinnigen Gedanken und kaum mehr als einen Strohhalm. Der einzige Trost: Wenn es sich als Unsinn erweisen sollte, würde ich diese Option zumindest schnell ausgeschlossen haben. Und ich könnte auf eine neue Eingebung hoffen. Oder darauf, dass Hennings Leute bei der Befragung der Anwohner etwas herausfinden. Dass sich die Entführer mit ihren Forderungen melden. Dass Alice zurückkommt. Dass ein Wunder geschieht. Sollte es mehr als Intuition sein, die richtige Spur, könnte ich Alice mit etwas Glück sehr bald finden. Finden, nicht befreien, nicht retten. Dazu bedarf es eines gut durchdachten Plans. Und wohl auch passender Unterstützung. „Jetzt muss ich mir etwas überlegen", antworte ich endlich auf Helmuts Frage.

„Was denn?", hakt Helmut nach.

„Es ist kompliziert", räume ich ein.

„Ich mag es kompliziert", behauptet Helmut.

„Na dann."

Es dauert eine Viertelstunde, bis ich Helmut und den anderen zumindest ansatzweise erklärt habe, was mich bewegt. Der Sommer 2006 im Super-Schnelldurchlauf. Schicksalsschlag reiht sich an Schicksalsschlag. Wenn es ein Drehbuch wäre, würde jeder Produzent es als viel zu unglaubwürdig ablehnen.

Gina reagiert als Erste: „Mike, davon wusste ich gar nichts. Was für eine furchtbare Geschichte. Das tut mir so leid."

„Es ist achtzehn Jahre her", versuche ich, Druck aus dem Kessel zu nehmen.

Gina reicht es nicht. „Egal, ob achtzehn Jahre oder achtzehn Stunden. Solch ein traumatisches Erlebnis verarbeitet man niemals so ganz."

Helmut nickt ernst. „Es ist zwar etwas vollkommen anderes. Aber ich muss häufig daran denken, wie ich vor dreißig Jahren einen Menschen erschossen habe. Die Bilder spuken ständig in meinem Kopf herum. Vor allem nachts."

„Das war Notwehr, Schatz." Jutta schnappt sich Helmuts Hand.

„Mein Unterbewusstsein sieht das offenbar anders."

Helmut, mittlerweile neunundsechzig, wirkt mit seinem ovalen Gesicht, den blassen grünen Augen und dem graubraunen Haar mitsamt Seitenscheitel harmlos wie gewöhnlich. Niemand käme auf die Idee, dass er auf einen Menschen schießen könnte. Ich habe es bei einer anderen Gelegenheit live miterlebt. Um an die Waffe zu kommen, hat Helmut einen Kerl mit einem Spaten niedergeschlagen. Ohne mit der Wimper zu zucken. Dann ballerte er durch die Gegend wie Wyatt Earp anno 1881 am O. K. Corral in Tombstone, Arizona. Kugeln peitschten, Scheiben zerbarsten, Fieslinge fielen getroffen (nicht tödlich) zu Boden. Und das ganze

Spektakel bloß, weil Helmut mir und unserem gemeinsamen Freund Jakob Dieckmann das Leben retten musste. Wir saßen tief in der ... Na, ihr wisst schon.

„Unsinn", befindet Jutta, die attraktivste Frau jenseits der fünfzig, die ich kenne. Ihr Haar schimmert schwarz, durchzogen von einigen grauen Strähnen. Ihr Gesicht zeigt meist ein freundliches Lächeln voller Grübchen. In diesem Moment blickt sie ihren Lebensgefährten jedoch ernst an.

Da ich nicht recht abschätzen kann, was dieses Gespräch mit meinem Problem zu tun hat, halte ich mich vorübergehend heraus.

„Im Polizeiberuf bleibt so etwas ohnehin nicht aus, oder? Da darf man sich nicht mit Schuldfragen belasten. Und wenn es Notwehr war, schon mal gar nicht. Im schlimmsten Fall wären wir vier jetzt nicht hier. Das möchte ich mir nicht vorstellen müssen." In Ginas Stimme steckt so viel Zuneigung, dass mir warm ums Herz wird.

Auch Helmut schluckt. „Danke, Gina."

„Was genau hast du vor?", möchte Jutta von mir wissen.

Dies zu erläutern, verschlingt weitere zehn Minuten, inklusive Diskussion. Jutta und Gina sprechen die Gefahren an und sorgen sich um Alice und mich. Helmut gibt sich wild entschlossen und würde sich am liebsten direkt ins Getümmel stürzen. Falstaff bellt zustimmend, wobei offen bleibt, wessen Positionen er zustimmt. Nachdem sich alle geäußert haben, kann ich endlich aufbrechen.

Zu Hause packe ich ein paar Sachen zusammen und wähle Simons Nummer.

„Mike?"

„Ich weiß, es ist spät. Ich muss dich trotzdem sprechen. Okay?"

„Schieß los!"

„Zum einen kann ich nicht garantieren, dass ich morgen mit dir das Eröffnungsspiel gucke."

„Warum?", fragt Simon.

„Das ist der eigentliche Grund meines Anrufs. Du erinnerst dich doch bestimmt noch an die Ereignisse des Sommers 2006."

„Als wenn et jestern wöör", zitiert Simon einen deutschen Rockklassiker und reist zugleich in seine Kölner Vergangenheit. „Als wenn es gestern gewesen wäre", fügt er freundlicherweise auf Hochdeutsch hinzu.

„An alle Ereignisse?"

„Das möchte ich behaupten, Mike. Also, wo drückt der Schuh?"

„Alice ist verschwunden."

„Alice?"

„Meine Freundin." Ich benutze mit Absicht den Begriff, über den sich Simon heute Mittag amüsierte. Heute Mittag? Mir kommt es vor, als wären Wochen vergangen seit unserer Begegnung im Ehrenfeld. Heute Mittag war die Welt noch in Ordnung. Jetzt ist sie aus den Fugen geraten. Eine Nanosekunde lang streift mich ein Gedanke: Heute Mittag Simon nach achtzehn Jahren wiedergetroffen. Heute Abend Alice verschwunden. Zufall? Ja, behaupte ich und schiebe den absurden Gedanken beiseite.

„Stimmt. Du hast sie vorhin erwähnt. Was bedeutet das? Verschwunden."

„Ich befürchte, dass sie entführt wurde." Ich umreiße die Situation, wie sie sich mir darstellt. Immerhin muss ich Simon nicht die Ereignisse von vor achtzehn Jahren schildern. Die wichtigsten Episoden hat er live miterlebt.

Simon ist geschockt. „Oh, nein! Deshalb fragst du nach dem Sommer 2006?"

„Richtig." Ich erzähle Simon von meinem Verdacht.

„Ist das nicht etwas weit hergeholt?", wundert sich mein früherer Mitbewohner.

„Kann sein", räume ich ein. „Mir fällt aber kein anderer Grund ein, warum jemand meine Freundin entführt. Da die Polizei zeitgleich Zeugen befragt und die Suche nach den gestohlenen Autos ausweitet, verliere ich keine Zeit, wenn ich dieser Spur nachgehe. Selbst, wenn sie sich als Sackgasse erweist."

„Diesmal nimmst du aber gefälligst mein Hilfsangebot an. So eine Situation wie 2006 möchte ich nicht noch einmal erleben, Mike."

„Ich brauche auf jeden Fall deine Unterstützung."

„Ich höre."

Ich schildere Simon einen Teil meines Vorhabens.

„Das ist viel zu gefährlich", kreischt er. „Du bist genauso unvernünftig wie damals. Du hast nichts dazugelernt. Nichts. Wider besseren Wissens begibst du dich in große Gefahr. Und deine Freundin gleich mit."

„Ich habe dazugelernt", widerspreche ich.

„Aha. Und was genau?"

Fünf Minuten später stöhnt Simon ein weiteres Mal. Er fügt ein „Meinetwegen" hinzu. Das reicht mir. Wir beenden unser Gespräch und ich breche auf.

KAPITEL 39

2006

Green Door

Ich stellte den Golf in dieser Stichstraße namens Am Buchenhain ab. An einer Fußgängerampel überquerte ich die dicht befahrene Hattinger Straße und stiefelte einen Waldweg hinab, der nach etwa zweihundert Metern in den etwas breiteren Weg mündete, den wir vorhin auf dem Stadtplan aufgespürt hatten. Hier wäre genug Platz für ein Auto.

Ich entdeckte prompt Reifenspuren, hatte aber keine Ahnung, ob sie frisch waren. Sie endeten an einem stabilen Metallzaun inklusive Tor, das mit einem monströsen Fahrradschloss gesichert war. Etwa zwanzig Meter entfernt lag ein Häuschen im Bauernstil, Fachwerk, zwei Etagen. Neben dem Haus parkte ein blauer Passat mit Bochumer Kennzeichen. Das erhöhte die Wahrscheinlichkeit, dass hier jemand wohnte. Am Zaun war allerdings kein Schild angebracht, weder mit einem Namen drauf noch mit einem eindeutigen Hinweis wie „Betreten verboten" oder „Hier wache ich" plus zähnefletschendem Schäferhund. Und es hing kein Briefkasten am Zaun, keine Zeitungsrolle, keine Klingel. Nichts.

Ich wusste nicht, was genau ich mir von diesem Ausflug versprochen hatte. Im Ponyhof-Fall hätte ich ein geöffnetes Tor vorgefunden und an der Hausfront ein Transparent: „Wir halten hier Valerie Bartels gefangen. Falls du sie befreien möchtest, könntest du …" Und so weiter.

Ich musste ohne diese Hilfe zurechtkommen. Doch wie? Laut „Hallo" zu rufen wäre eine Option. Falls jemand zum Zaun käme, könnte ich mir irgendeinen Blödsinn aus den Fingern saugen. Verlaufen, dringend zur Toilette, telefonieren. Ich würde darauf allerdings nicht hereinfallen. Hinzu kam, dass die Entführer mich erkennen konnten, da sie Valerie unter Umständen über einen längeren Zeitraum hinweg observiert hatten und dabei zwangsläufig über mich gestolpert waren.

Über den knapp zwei Meter hohen Zaun zu klettern, wäre eine Alternative. Option drei wäre, wieder abzuhauen. Dann wüsste ich allerdings nicht, ob Wenzels verkappter Hinweis etwas bedeutete, ob er hier hauste, ob Valerie hier gegen ihren Willen festgehalten wurde. Abgesehen von einer Entführung gäbe es weitere Gründe, eine Frau in einem verwunschenen Waldhaus einzusperren. Jemand hielt sie als Sexsklavin oder quälte sie anderweitig. Zum Beispiel ein verschmähter Liebhaber.

Lange Rede, kurzer Sinn: Ich riskierte es, schwang mich wie ein Vorzeige-Sportstudent über den Zaun, landete sanft auf der anderen Seite, hörte nicht das wütende Gebell eines riesigen Schäferhundes und schlich zu einem majestätischen Baum. Vorsichtig lugte ich um die Rinde. Vier Fenster auf zwei Stockwerken versteckten sich geschickt hinter grünen Fensterläden. Die im selben Grünton gestrichene Haustür war verschlossen.

Ich huschte hinter den nächsten Baum, das Haus kam auf diese Weise näher. Keine zehn Meter mehr. Ich bewegte mich nun in einem sanften Bogen, um die Stirnseite zu inspizieren. Diesmal robbte ich wie ein Elitesoldat durchs Dickicht, Po nach unten. Auch an der Stirnseite verbargen sich die

Fenster hinter grünen Fensterläden. Ich erweiterte robbend den Bogen, gelangte so auf die Rückseite des Hauses, nur um Fenster hinter grünen Fensterläden vorzufinden.

Warum schotteten sich die Leute derart von der Welt ab? Klar, weil sie unter sich sein wollten. Traute Zweisamkeit und so. Scheu vor anderen Menschen. Oder weil man jemanden in dieser Hütte eingesperrt hatte.

Unterhalb des linken grünen Fensterladens entdeckte ich ein Treppengeländer. Ein Außenzugang zum Keller? Das musste ich checken. Geduckt rannte ich zur Treppe, flitzte sie hinunter, prallte gegen eine massive Metalltür, die, meine Pechsträhne hielt an, verschlossen war, wie eine Tür nur verschlossen sein konnte. Ich zog und drückte. Nichts. Ich versuchte es mit dem Studentenausweis. In manchen amerikanischen Filmen gelang es den Helden, mithilfe ihrer Kreditkarten Türen aufschnappen zu lassen. Doch der Schnapper dieser Tür verbarg sich hinter dem Türrahmen. Ich kam nicht dran. Enttäuscht schleppte ich mich die Treppe rauf und hörte sogleich ein zischendes Geräusch. Ehe ich mich fragen konnte, woher es rührte, explodierte mein Kopf.

Stunden, Monate oder nur wenige Minuten später schmerzte mein Kopf wie nie zuvor in meinem Leben. Ich wollte ihn reiben, den Schmerz lindern, doch da spielten meine Arme nicht mit. Sie streikten nicht freiwillig, sondern gezwungenermaßen, denn sie waren an den Stuhl gefesselt, auf dem ich hockte und an den zudem meine Füße gebunden waren. Der Stuhl und ich waren eins. All das spürte ich mit geschlossenen Augen. Nun blinzelte ich und sah, recht verschwommen, zwei der geschlossenen Fenster, diesmal von innen. Ich sah zudem einen Schrank, ich schätzte, es handelte sich um einen Wohnzimmerschrank, eine offene Tür und den dahinterliegenden Flur, eine Vitrine mit Gläsern, ein Sofa, zwei Sessel und einen Tisch.

Vor dem Tisch saß ich. Nicht als Gast zum Abendessen, dazu passten die gefesselten Gliedmaßen nicht, ebenso wenig die Gastgeber. Ein hübscher junger Mann mit mittellangen blonden Haaren, verwaschener Jeans, grauem Sweatshirt, lümmelte auf dem Sofa. Ich tippte auf Wenzel. Ein unwesentlich älterer Mann saß im Sessel, blondes, über den Ohren und im Nacken rasiertes Haar, dunkelblaue Jeans, weißes Hemd. Er ähnelte Wenzel vom Typ her, hätte der Bruder sein können. Er hielt eine Pistole auf dem Schoß. Ich spürte, dass er mich mit dieser Pistole niedergeschlagen hatte. Und dafür war ich ihm dankbar: Mit einer Pistole hätte er genauso gut auf mich schießen können, um mich zu töten.

Alle Eindrücke, die Knarre eingeschlossen, verblassten angesichts der dritten Person im Raum. Sie saß im zweiten Sessel und sah nicht aus wie eine Person, die entführt worden war oder sich gegen ihren Willen in dieser Waldhütte aufhielt, die gar gefoltert, gequält oder als Sexsklavin missbraucht wurde. Nein, diese Person wirkte kerngesund.

KAPITEL 40

2006

Devil in Disguise

„Valerie!", stieß ich heiser aus.

„Na, wieder wach?", begrüßte mich meine Freundin.

„Was tust du hier?", stammelte ich. „Täuscht ihr eine Entführung vor?"

„Kein schlechter Tipp", lobte Valerie. „Das wäre eine prima Idee gewesen. Obwohl ich nicht weiß, ob meine Eltern Lösegeld bezahlt hätten."

„Das hätten sie bestimmt getan."

„Woher willst du das wissen? Du kennst meine Eltern gar nicht."

„Ich war in Gerlingen und habe mit deiner Mutter gesprochen. Und in Salzdahlum war ich. Bei Helga."

„Helga? Du duzt meine Oma?"

„Sie hat es mir angeboten."

„Typisch. Hast du mich also gesucht, was?" Valerie erhob sich, kraulte dem Kerl mit der Pistole den rasierten Nacken und schlenderte lässig zu mir herüber. Sie setzte sich auf den Stuhl seitlich von mir. „Süß von dir, Mike. Und du hast mich sogar gefunden. Wie kamst du auf diese Hütte hier?"

Ich überlegte. Ich saß hier gefesselt auf einem Stuhl. Meine angebliche Freundin benahm sich wie die Komplizin von zwei Gangstern, sie unternahm nichts, um mich zu befreien, und sie freute sich nicht, mich zu sehen. Ich hegte ernsthafte Zweifel, dass Valerie zu meinem Team gehörte. Was immer die drei ausgeheckt hatten und trieben, es dürfte bedrohlich sein. Für mich sowieso. Und für meine Freunde, zum Beispiel für Philip und Caro, wenn ich sie als Mitwisser enttarnte. „Helga hat mir von Wenzel erzählt. Genug, um seine Spur an der Ruhr-Uni aufzunehmen. Ein guter Bekannter aus der Fachschaft Slawistik hat mich in Wenzels WG eingeführt. Ich habe heimlich in seinem Zimmer gestöbert und im Papierkorb ein Post-it gefunden, mit einem verklausulierten Hinweis auf dieses Haus."

Valerie blickte sich um, fixierte den jüngeren der beiden Kerle, der unverändert auf dem Sofa herumlümmelte. „Wenzel?"

„Äh ja, ich erinnere mich an diesen Zettel. Das stand da echt in Geheimsprache. Keine Ahnung, wie der Penner es entschlüsseln konnte."

„Was genau hast du auf diesem Post-it notiert?", schaltete sich der Kerl mit der Knarre ein. Er richtete sich auf.

„Den exakten Wortlaut habe ich vergessen."

Valerie wandte sich an mich. „Mike?"

„B 51, schräg gegenüber Bu-H."

Der Pistolentyp sprang auf, flog nachgerade zum Sofa und schlug Wenzel mit der Faust aufs linke Ohr. Wenzel jaulte auf. Prompt verpasste ihm der andere eine heftige Kopfnuss. „Du Idiot!", brüllte er.

„Jiri, lass gut sein!", befahl Valerie in einem Ton, der keinen Widerspruch duldete. Jiri gehorchte und setzte sich auf seinen Platz. Wenzel befühlte seine Wunden und jammerte.

Offenbar war Valerie hier der Boss. Dass sie vorhin diesem Jiri den Nacken gekrault hatte und nicht Wenzel, deutete zudem darauf hin, dass sie etwas mit Jiri hatte. Oh Gott, was für Abgründe taten sich hier auf?

„Und die anderen Leute aus der WG haben nicht mitbekommen, dass du in Wenzels Zimmer warst?"

Valeries Stimme hörte sich neutral an. Keine Spur von der zuckersüßen Sanftheit, mit der sie sonst mit mir geredet hatte. Was war hier los? Was für eine ausgebuffte Schauspielerin war Valerie? Wo war ich hier hineingeraten? Eines wurde mir von Sekunde zu Sekunde bewusster: Ich musste vorsichtig sein. „Nein. Die hätten mich sofort rausgeschmissen, wenn sie das mitbekommen hätten."

„Und die Leute aus der Clique – Murat, Jessi, Simon – wissen die, dass du hier bist?"

„Nein", antwortete ich wahrheitsgemäß und wunderte mich. Worüber genau, fiel mir nicht auf Anhieb ein. „Die wissen nur, dass ich dich suche. Was machst du hier? Was läuft hier ab? Ich kapiere gar nichts."

„Das sollst du auch nicht."

„Ich würde es aber gern begreifen. Ich meine, wir waren bis vor einer Woche ein Paar und nun sitzt du hier und verhörst mich und ich bin an einen Stuhl gefesselt."

„Diese Rolle war nicht für dich vorgesehen, Mike. Glaube mir."

„Wie bitte? Was redest du da von Rollen?"

„Ich glaube, der Macker möchte nicht doof sterben", brachte Jiri auf den Punkt, was ich seit ein paar Minuten tief in mir befürchtete. „Mach bitte hin. Du hast genug Zeit mit dem Kerl verplempert."

„Auf einmal doch eifersüchtig?" Valeries Stimme klang süß und zynisch und damit sehr irritierend, wenn nicht beängstigend.

„Nein, bin ich nicht", behauptete Jiri wenig überzeugend.

„Also gut, Mike, ich erkläre es dir." Valerie lehnte sich zurück. „Natürlich geht es um Geld. Ich bin die Tochter von reichen Leuten. Deren Geld hat mir aber von Anfang an gestunken. Ich wollte es nie, weil ich früh spürte, dass meine Eltern das Geld als Ersatz für Liebe ansahen. Egal, es gibt jetzt keine Nachhilfestunde in Psychologie. Ich will mein eigenes Geld besitzen. Viel Geld. Früher steckte der Gedanke eher in meinem Hinterkopf. Später wurde es wichtiger. Zu diesem Zeitpunkt lernte ich Wenzel kennen. Mein Vater hat ihn vor die Tür gesetzt. Das hat dir meine Oma Helga garantiert erzählt. Über Wenzel lernte ich Jiri kennen, Wenzels Bruder. Wir verliebten uns. Genau wie ich träumt Jiri vom großen Geld. Anders als ich unternahm Jiri schon damals allerhand, um seinen Traum zu erfüllen. Er recherchierte im Internet, in Zeitungsarchiven, in Bibliotheken. Er las und las und las – stets in der Hoffnung, über die eine, die geniale Idee zu stolpern, die ihm zu großem Reichtum verhilft. Möglichst legal, zur Not illegal. Irgendwann stolperte Jiri über eine Zeitungsmeldung. Ein Hotel in Duisburg beherbergt während der Fußball-WM das italienische Nationalteam …"

In diesem Moment fiel mir ein, was mir gerade komisch vorgekommen war. Valerie hatte Wiebkes Namen nicht erwähnt, als sie die Leute aus der Clique aufgezählt hatte. Wiebkes Mutter kochte in diesem Hotel. Mein Gott, die Abgründe wurden immer tiefer. Ich verkniff mir einstweilen eine Zwischenbemerkung und lauschte Valeries Worten.

„Jiri fängt an, zu überlegen, zu planen. Er kennt den Spielplan der WM auswendig. Italien spielt im letzten Gruppenspiel gegen sein Heimatland Tschechien. Das große Italien gegen das kleine Tschechien. Tschechien wäre unter normalen

Umständen chancenlos. Das wiederum bedeutet, dass es im Wettbüro gute Quoten gibt für einen Sieg Tschechiens. So tickt Jiri, an so etwas denkt er umgehend. Er kennt sich aus mit solchen Wetten und weiß, dass man in England auf alles wetten kann. Je absurder, desto höher die Quote. Absurd wäre in diesem Fall ein hoher Sieg Tschechiens gegen Italien. Mit mindestens drei Toren. Wie kann man einen solch absurden Sieg befeuern, ohne dass es sofort auffällt? Einen Vorteil besaß Jiri automatisch. Wenn du als Tscheche hoch auf dein eigenes Team wettest, legen es die Buchmacher als übertriebenen Patriotismus aus und verdächtigen dich nicht automatisch eines Betrugsversuches. Bei einer WM kannst du ohnehin keinen Schiedsrichter kaufen oder die komplette italienische Nationalmannschaft."

Valerie legt eine kurze Pause ein – wie früher. Dann fährt sie fort. „Wie gesagt, Jiri informiert sich über buchstäblich alles. Dabei stieß er auf ein Präparat, ausgerechnet und rein zufällig in seiner Heimat Tschechien entwickelt. Es ist so etwas wie ein Anti-Dopingmittel. Es basiert auf diesem Medikament gegen ADHS, Ritalin, nur dass es auch bei gesunden Menschen wirkt. Es mindert den Bewegungsdrang. Ohne dass die Menschen, die es zu sich nehmen, es bemerken. Ihre Leistung lässt nach, da sie keine rechte Lust verspüren, sich zu bewegen. Fertig. Niemand würde Fußballer nach einem Spiel auf dieses Präparat testen. Sie hätten schlecht gespielt und null zu drei verloren. Oder höher. Das kann passieren. Es muss jemandem nur gelingen, den Spielern dieses Präparat unterzujubeln, ohne dass sie es mitkriegen. Du weißt längst, worauf ich hinauswill, oder?"

Ich nickte. „Ich ahne es. Wiebkes Mutter."

„Genau. Sie bekocht die italienischen Kicker und wäre

natürlich von allein niemals auf die Idee gekommen, ihnen dieses geschmacksneutrale Präparat ins Essen zu mogeln."

„Ihr habt sie gezwungen! Ihr habt Wiebke entführt und die Mutter erpresst!"

„Gut kombiniert. Das ist jedoch das Ende dieser Geschichte. Das Happy End. Zunächst einmal mussten wir an Wiebke herankommen. Unauffällig."

„Nein!" Die Puzzleteile fielen wie Junischnee vom Himmel.

„Doch, Mike. Mit deiner Hilfe. Jiri hatte Wiebke schon eine geraume Zeit beobachtet und fotografiert und Wenzel und mich auf dem Laufenden gehalten. Eines Abends saß eure Clique am *Café Konkret*. Wiebke und du und die anderen. Ich hatte zwar nicht euren Tisch, aber von drinnen konnte ich euch beobachten. Sogar auf die Entfernung sah ich, wie Wiebke dich anschmachtete. Und du sie nicht. Wie du stattdessen mich anstarrst, während ich Weingläser abtrockne. Ich erzählte Jiri von meinen Beobachtungen. Das erschien uns der perfekte Ansatz, um elegant an Wiebke heranzukommen. Wir sind keine Profis in Sachen Entführung. Da wäre es hilfreich, näher an Wiebke dran zu sein, in der Hoffnung, dass uns etwas Geniales für das Kidnapping einfallen würde. Fortan observierte Jiri zusätzlich dich. Er fand deine Gewohnheiten heraus, unter anderem, dass du regelmäßig montags und donnerstags durch das Wiesental joggst. Zufällig versorgte ich zu dieser Zeit den Hund."

„Hast du etwa auch die Sache vor dem GC inszeniert?", unterbrach ich Valeries Redefluss.

„Nein, das spielte uns allerdings perfekt in die Karten, da dir deshalb Mann freiwillig in die Parade lief, weil er dich offenbar erkannte und seinen edlen Retter begrüßen wollte."

„Und sonst? Hast du mir alles nur vorgespielt?" So langsam begriff ich das gesamte Ausmaß von Valeries Worten. Es war sehr verstörend.

„Ach, Mike." Valerie warf Jiri einen Blick zu, der sich betont teilnahmslos gab. „Nicht alles."

Ich hätte heulen können. „Spielt Wiebkes Mutter denn mit?"

„Zum Glück haben wir sie jetzt so weit. Keine Sekunde zu früh, übermorgen findet in Hamburg das Spiel der Spiele statt. Wiebkes Mutter wird morgen das letzte Essen der Italiener vor deren Abreise nach Hamburg kochen und entsprechend zubereiten. Das ist laut Jiri der ideale Zeitpunkt, damit das Mittelchen seine Wirkung entfaltet. Und übermorgen werden die Azzurri einen richtig schlechten Tag erwischen und hoch verlieren. Wir haben längst darauf gewettet, hunderttausend Euro eingesetzt und werden mit über fünf Millionen in die Karibik verschwinden. Neue Pässe, neue Identitäten. Alles ist vorbereitet."

„Und ich?"

„Ach, Mike."

„Und Wiebke?"

„Mike, bitte."

„Wie habt ihr Wiebke entführt?"

„Das mussten wir gar nicht. Sie kam freiwillig."

„Wie bitte?"

„Wie dir bestimmt aufgefallen ist, habe ich mich rasch mit Wiebke angefreundet. Das war ein zentrales Element unseres Plans. Es funktionierte perfekt. Wiebke hat regelrecht einen Narren an mir gefressen. Vielleicht hoffte sie, ich liefere ihr ein paar Tipps, wie sie dich erfolgreich umgarnen kann." Valerie lachte. „Oder sie mochte mich. Keine

Ahnung. Sie vertraute mir jedenfalls. Ich rief sie an, drei Tage, nachdem ich verschwunden war. Das war ein weiterer wichtiger Baustein des Plans, dass ich zuerst verschwinde. Ich hatte gedacht, dass du es so deutest, dass ich aus deinem Leben verschwinde, weil ich keinen Bock mehr auf unsere Beziehung habe. Das hat nicht funktioniert. Schade."

Valerie schüttelte den Kopf. „Egal, ich erzählte Wiebke, dass ich dringend Hilfe benötige und dass du ebenfalls in Schwierigkeiten steckst. Das zog. Sie kam hierher, tappte in die Falle. Und brachte uns ihr Handy mit. Damit konnten wir dir und ein paar anderen Leutchen aus Wiebkes Umfeld SMS schicken, damit ihr denkt, dass Wiebke in den Bergen ausspannt. Nicht, dass einer von euch auf die Idee kommt, sie zu suchen. Schlimm genug, dass du mich gesucht hast. Das hatte ich nicht ausgeschlossen, aber dass du mich findest, überrascht mich – und schön ist es, wie gesagt, erst recht nicht."

Dieses elende Luder. Ich hätte ihr liebend gern eine geknallt. Oder zwei. Rechts und links. Die Fesseln verhinderten diesen Gewaltakt, sie zwangen mich, in Valeries wunderhübsches Gesicht zu blicken, in ihre geheimnisvollen dunklen Augen, die in diesem Augenblick sehr komplizierte Gefühle in mir auslösten. Ein kleiner Rest von mir liebte sie unverdrossen, wollte nicht wahrhaben, dass Valerie dieses zutiefst grausame Spiel spielte, mit mir, mit Wiebke, mit Wiebkes Eltern, mit der italienischen Nationalmannschaft, mit den Wettanbietern.

Ich wusste nicht, ob ihr Plan aufgehen würde, fünf Millionen Euro zu kassieren und spurlos zu verschwinden. Ich wusste erst recht nicht, ob sie sich dieser Sache so sicher waren, dass sie Wiebke und mich am Leben lassen konnten.

Oder ob Jiri uns abknallen und unsere Leichen hinter dem Haus verscharren würde. Ich wusste nur, dass ich ein Wunder brauchte, um aus dieser Situation herauszukommen.

KAPITEL 41

Die Gefangene

Is It 'Cos I'm Cool

Die Teufelin hätte jedenfalls allen Grund dazu, ein schlechtes Gewissen zu haben. Die Teufelin lockte sie nämlich in die Falle. Mit einem verzweifelten Anruf. Nicht nur die Teufelin suchte dringend Hilfe, sondern auch der Mensch, den sie von allen am meisten liebt. Mike.

Mike ist schon vorher auf die Teufelin hereingefallen. Und wie! Er hat sich in sie verliebt. Und nicht in mich, seufzt sie. Ich bin nur eine gute Freundin, eine aus der Clique. Mich mag er nur. Er hat sich nie für mich als Frau interessiert. Das habe ich mir nur gewünscht. Traumdenken. Wunschträume. Hoffen. Monatelang habe ich gewartet. Auf ein Signal. Einen ersten Schritt. Nichts. Er wollte nicht. Er hält mich für so ein blondes Wiwi-Mäuschen. Blond bin ich, aber kein Mäuschen.

Hat Mike nie bemerkt, dass ich kein Mäuschen bin, sondern eine Frau? Viele nennen mich attraktiv. Irgendwer erwähnte mal Claudia Schiffer, nur weniger barbiehaft. Was für ein Kompliment. Den Typen, der es gemacht hat, hätte sie mit einem Fingerschnippen ins Bett bekommen. Nein, falsch, mit diesem einen ist sie im Bett gelandet. Ein Doktorand an ihrer Fakultät. Das war der einzige Kerl, seit sie Mike kennengelernt hat, damals im Spanischkurs. Sie hat sich auf den allerersten Blick verliebt, in seine raue und gleichzeitig sanfte Art. In seine blauen Augen. In sein Lächeln. In seine respektlosen Sprüche. Und sie hat von Anfang an Signale gesendet. Über jeden seiner Witze gelacht, selbst über die schlechten, über die sexistischen. Sie hat jedes Mal ihn angeschaut, wenn sie etwas, wie sie fand, Spannendes zu erzählen hatte und der Rest der Clique mit am Tisch saß. Sie hat zig Andeutungen gemacht, dass sie gern mal etwas mit ihm allein unternehmen möchte. Er hat es nicht kapiert, wollte es nicht verstehen. Noch nicht?

Das hoffte sie jedenfalls und sie setzte ein großes Stück Hoffnung in die Pfingstreise nach Holland. Drei Tage fast allein mit ihm, da müsste doch was passieren. In ihren Tagträumen liebten sich die beiden in den Dünen. Oder sie blieben allein im Haus, während die anderen etwas unternahmen, und liebten sich dort.

Aus all dem wurde nichts. Die Teufelin kam dazwischen. Eine Zeit lang hat sie das Thema Pfingsten deshalb nicht angesprochen, wollte es still und heimlich beerdigen. Dann begann sie, die Teufelin zu mögen, und sie begann, Mike sein Glück zu gönnen. Sie liebte Mike und sie wollte selbstlos sein. Also sprach sie Holland wieder an.

Als sie die Verliebten drei Tage lang ertragen musste, zerriss es ihr beinahe das Herz. Sie hätte fast Trost gesucht bei Murat. Der war zu allen Schandtaten bereit. Es ging recht weit, Murats geschickte Finger erkundeten jede Pore ihrer Haut und seine Zunge wanderte geschmeidig über ihren Körper. Den letzten Schritt ging sie nicht. Murat nahm es erstaunlich gleichmütig hin. Er würde es sich bald woanders holen.

Sie war froh, als die Fahrt endete.

Es ist nun einmal so: Mike hat auf seine Traumfrau gewartet, auf die Teufelin, nicht auf sie.

Wenn er wüsste, denkt sie, wenn Mike wüsste, dass seine Valerie hinter all dem steckt. Ich weiß es nicht hundertprozentig, ob sie es geplant hat, aber es würde Sinn ergeben. Und fest steht sowieso, dass sie mich in die Falle lockte und ab und zu in der Hütte auftauchte.

Und vorher, überlegt sie. Steckte von Anfang an ein Plan dahinter? Dieser Plan? Über Mike lernt die Teufelin mich kennen, freundet sich mit mir an. Sie weiß nicht, dass ich in Mike verliebt bin. Halt! Weiß sie es nicht? Oder könnte es gar ein Teil ihres teuflischen Plans sein?

Spielt dieser Aspekt eine Rolle? Nein. Wichtig ist nur, dass sie mein Vertrauen gewinnt, dass sie mich in diese Falle locken kann. Wie einfach kann eine Entführung sein, wenn das Opfer freiwillig in sein Verlies kommt? Leichter gehts nicht.

Und nun sitzt sie auf dem Bett, versucht, die gedämpften Geräusche von nebenan zu deuten. Die Teufelin, die Entführer. Und eine vierte Stimme?

Wer?

Warum?

Ein neuer Komplize?

Die Übergabe des Lösegeldes?

Falls es um Lösegeld geht. Warum sonst? Sie haben sie bestimmt nicht entführt, weil sie so besonders ist, so cool.

Ich bin kein bisschen cool, sagt sie halblaut. Ich bin nicht wie das Mädchen in diesem Lied.

„Time keeps ticking and running away."

Warum fällt ihr gerade diese Zeile ein? Zeit ist momentan etwas vollkommen Abstraktes für sie. Und weglaufen tut sie mir schon mal gar nicht.

Wo war ich gerade?, fragt sie sich. Genau. Die Entführer sprechen niemals von Geld, sondern nur von Forderungen. Und meist rückten sie Mama in den Fokus. Mama verdient weniger Geld als Papa, nicht viel weniger. Mama ist Köchin. Eine herausragende Köchin. Sie kocht in einem Hotel.

Hotel?

Wer übernachtet zurzeit dort?

Die Italiener.

Die WM.

Wo ist der Zusammenhang?

In diesem Moment reißt jemand die Tür zu ihrem Gefängnis auf …

KAPITEL 42

2006

Night Fever

„Wo steckt Wiebke, wie geht es ihr?", fragte ich verzweifelt.

Valerie erhob sich, strich ihre Jeans glatt. „Der geht's gut. Sie bekommt zu essen und zu trinken, sie hat ein eigenes Bad mit Toilette, ein Bett. Alles bestens. Gute Bücher. Die habe ich extra für sie ausgesucht. Wir haben nur ihre Bewegungsfreiheit ein bisschen eingeschränkt."

„Mit Fesseln? So wie bei mir?"

„So ähnlich."

In diesem Moment krachte etwas gegen einen der grünen Fensterläden.

„Was war das?", knurrte Valerie.

„Keine Ahnung", antwortete Jiri ruhig. „Vielleicht ein Vogel?"

„Ein Vogel?", fragte Wenzel.

Schon rumste es erneut. An einem anderen Fensterladen.

„Die Vögel fliegen heute tief, was?", rutschte es mir heraus.

„Fresse!", brüllte Jiri.

„Guck mal nach", ordnete Valerie an. „Nicht, dass sich da draußen ein paar Halbstarke aus der Vorstadt austoben und Steine gegen das Haus werfen."

Jiri sprang auf, hielt seine Knarre so geschmeidig wie John Travolta in *Pulp Fiction* und tänzelte so elegant wie Travolta in *Saturday Night Fever* Richtung Flur. Ich hörte die Tür auf- und zugehen. Steine flogen nicht mehr. Es drangen auch keine Stimmen von draußen in den Raum. Keine Schüsse. Jiri suchte wohl noch die Halbstarken, bevor er sie sich vor- knöpfte und abknallte wie räudige Köter.

Valerie stand unschlüssig im Raum. Wenzel rieb sich das Ohr. Ich hätte mir auch gern irgendetwas gerieben oder wäre ein paar Schritte gelaufen.

Eine Minute verging, die nächste schloss sich nahtlos an und zwei oder drei weitere Minuten gesellten sich träge hin- zu. Die Stille wirkte langsam so bleiern wie die Atmosphäre im Deutschland der Fünfzigerjahre. Von draußen war nichts zu hören.

Endlich sprach jemand, Wenzel. „Was mag da los sein? Jiri ist seit fünf Minuten draußen."

„Abwarten!" Valeries Stimme duldete keinen Wider- spruch.

Ich grübelte und gab mich einer gewissen Hoffnung auf das gewünschte Wunder hin. Doch dazu müsste es Geräusche geben.

Kaum dachte ich diesen Gedanken zu Ende, folgten prompt die Geräusche. Die Haustür flog auf, vier Personen stürmten ins Zimmer, vorweg Philip mit einer Pistole in der Hand. Wenn mich nicht alles täuschte, handelte es sich um Jiris Waffe.

Das erhoffte Wunder!

Jetzt ging alles furchtbar schnell. Wenzel sprang vom Sofa auf, wollte sich der Meute entgegenstellen; ein gezielter Fausthieb von Murat streckte ihn nieder. Wenzel landete un- sanft auf dem Sofa, und ehe er sich's versah, waren Jessi und Simon bei ihm. Mit einem Strick fesselten sie Wenzel in Windeseile. Als Kirsche auf die Torte stopften sie ihm ein Stofftaschentuch in den Mund. Klebeband drüber. Zack, fertig. Keine Ahnung, woher sie das alles hatten. Murat und Simon zerrten Wenzel nach draußen. Professionell wie ein Sondereinsatzkommando. Meine Clique!

Philip zappelte nervös mit der Knarre herum. „Ist hier noch wer?", brüllte er wie der Anführer des SEK.

Jessi kam zu mir, ein Messer in der Hand. Sie wollte aber nicht Jiris makabres Werk vollenden, sondern mich entfesseln.

„Danke", raunte ich ihr zu.

„Nichts lieber als das", antwortete Jessi.

Murat und Simon kehrten zurück, sie klatschten sich ab.

„Wo ist Valerie?", fragte ich. Dass es zugleich eine Art Antwort auf Philips Frage war, ahnte niemand. Valerie war jedenfalls nirgendwo zu sehen.

Jessi blickte mich erstaunt an. „Wir dachten, sie wird hier festgehalten."

„Genau das Gegenteil ist der Fall." Ich erklärte meinen Freunden in gebotener Kürze die Situation.

„Was? So ein Miststück!" Das kam von Simon.

„Ich habe der Sache nie so ganz getraut", behauptete Jessi.

In der Tat hatte sie sich ein wenig zurückhaltend gegenüber Valerie gegeben. Bestimmt würde eine gute Psychologin aus ihr werden.

„Und wo ist Wiebke?", fragte Murat.

„Irgendwo hier im Haus. Aber zurück zu meiner Frage. Ihr habt Valerie draußen nicht gesehen?"

„Nein", antwortete Murat.

„Okay", begann ich. „Sucht ihr bitte Wiebke. Ich gucke mal, ob ich eine Spur von Valerie finde."

Meine Freunde nickten. Wir verließen gemeinsam das Wohnzimmer. Im Flur trennten sich unsere Wege. Die vier drangen tiefer ins Haus ein, ich lief nach draußen. Dort stieß ich zunächst auf die beiden Gangster, beide gefesselt und geknebelt. Wenzel war ohnmächtig. Auch Jiri machte nicht unbedingt den Eindruck, als wäre er voll bei der Sache. Was hatten meine Freunde mit ihm angestellt? Äußere Verletzungen erkannte ich nicht.

Genau wie vor meiner Gefangennahme umrundete ich das Haus und bewunderte grüne Fensterläden. Alles war genauso wie vorhin. Abgesehen von der Metalltür unterhalb der Treppe. Die war offen.

Ich rannte die Stufen hinab und gelangte in den Keller, der von einer Funzel spärlich ausgeleuchtet wurde. Außer der Treppe nach oben und einer weiteren Metalltür fand ich nur Regale sowie eine Art Waschküche mit Waschmaschine, Trockner und der Heizungsanlage. Die Metalltür ließ sich öffnen. Im Raum dahinter stank es nach Öl. Kein Wunder, denn hier lagerten die Öltanks. Ich schaltete das Licht an und erblickte außer diesen beiden Tanks und ein paar Leitungen nichts.

Ich musste nicht Monk heißen, um zu rekonstruieren, was passiert war. Als Valerie eingesehen hatte, dass das Spiel verloren war, hatte sie Reißaus genommen und war durch den Keller getürmt. Keine Ahnung, ob ihr die Flucht gelingen und was sie mit ihrem Leben noch anstellen würde. In diesem Moment war es mir egal.

KAPITEL 43

2006

Alone

Auf den Rest der Bande, inklusive Wiebke, stieß ich in einem der Räume im Erdgeschoss. Das Zimmer war vollständig mit Dämmplatten verkleidet. So hatten die Gangster wohl verhindern wollen, dass draußen jemand Wiebkes Hilferufe hörte. In einer der Wände, knapp neben dem Bett, steckte eine riesige Öse in der Wand. Daran baumelte eine Kette. Sie hatte garantiert dazu gedient, Wiebkes Bewegungsfreiheit einzuschränken.

Wiebke nahm mich wahr, lächelte mir unbeholfen zu. Ich ging zu ihr, drückte sie und sagte ihr ein paar nette Sachen. Ich kam mir komisch vor, zum einen wegen ihrer Gefühle für mich, zum anderen, weil ich mich schuldig fühlte; Valerie hatte sich über mich an Wiebke herangepirscht. Deshalb war ich froh, dass sich Simon und Jessi sehr liebevoll um sie kümmerten. Philip lehnte hinter ihnen an der Wand, die Knarre steckte in seinem Hosenbund. Er wirkte bereit für weitere Gefechte.

Ich entfernte mich ein paar Schritte, bis ich bei Murat landete. „Danke."

„Keine Ursache", versicherte Murat.

„Wie habt ihr hierhergefunden?"

Murat lachte. „Kannst du dir doch denken! Simon hat uns so lange genervt, bis wir ihn hierhin begleitet haben. Philip wusste, wo du sein müsstest. Er hat die Seile eingepackt. Siebter Sinn. Ohnehin eine coole Socke."

„Und dann habt ihr Steine gegen die Fensterläden geschmissen?"

„Genau. Wir hatten keinen komplett ausgefeilten Plan. Da du nirgends zu sehen warst und dich nicht bei Simon gemeldet hast, musste etwas passiert sein. Das mit den Steinen war ein Versuchsballon. Als schon nach dem zweiten Wurf ein Kerl mit Knarre rauskam, wussten wir, dass es um Leben und Tod geht."

„Aber ihr habt nicht gekniffen, sondern den Kerl ausgeschaltet. Wie denn?"

Murat grinste. „Simon hat sich wie Panther an den Pistolero herangeschlichen und blitzschnell zugepackt. Prompt sank er ins Gras."

„Wie? Zugepackt?"

„Mit einem gemeinen Griff wie von Mr. Spock. Ich kann es nicht genauer erklären. Das ging so fix. Wir haben den Typen gefesselt und geknebelt. Philip hat sich die Pistole geschnappt. Den Rest der Geschichte kennst du."

„Das stimmt." Ich lächelte ihn an. „Und wie habt ihr Wiebke so schnell von ihrer schweren Kette befreit?"

„An einem Haken neben der Tür baumelten die passenden Schlüssel."

„Griffbereit."

„Und die Kerle wollten auf ein Fußballspiel wetten?", fragte Murat.

„So hat Valerie es mir erklärt."

„Bei einem hohen Sieg der Tschechen gibt es garantiert super Quoten", mischte sich Simon ein.

„Wann findet das Spiel statt?" Ich stellte meine Frage in

die Runde, dabei war klar, dass niemand außer Simon die Antwort kannte. Obwohl, hatte Valerie es nicht vorhin erwähnt? Egal.

„Tschechien gegen Italien? Übermorgen um sechzehn Uhr in Hamburg. Falls Tschechien gewinnt und im parallelen Gruppenspiel Ghana gegen die USA siegt, hätten die Banditen nicht nur jede Menge Geld gewonnen, dann wäre Italien aus dem Turnier geflogen. Wer weiß, wofür es gut wäre?"

Ich blickte hinüber zu Wiebke, die in ihrem schmutzigen T-Shirt und mit den zerzausten Haaren sehr verletzlich wirkte. „Wir müssen deine Mutter benachrichtigen, bevor sie das Essen für die Italiener zubereitet."

„Ich rufe sie sofort an. Habt ihr zufällig mein Handy gefunden?"

Philip hielt ihr ein Handy hin. „Ist das deins?"

Wiebke nickte. „Es ist sogar geladen." Sie drückte eine Kurzwahl. Es dauert nicht lange, bis am anderen Ende jemand abnahm.

„Ja, Mama, ich bin es."

„…"

„Ja, alles gut so weit."

„…"

„Nein, nicht die Polizei. Meine Freunde."

„…"

„Das ist eine lange Geschichte. Später."

„…"

„Ja, zwei von ihnen. Es war außerdem eine Frau beteiligt. Die ist verduftet." Wiebke schielte zu mir rüber.

„…"

„Nein, ich weiß es nicht."

„…"

„Ja, wir werden die Polizei alarmieren."

„…"

„Nein, ich bin nicht verletzt."

„…"

„Nein, sie haben mich nicht angerührt."

„…"

„Bitte, hör auf zu weinen. Sonst muss ich …" Ihr liefen Tränen die Wange hinunter. „Schon passiert", schluchzte Wiebke.

„…"

„Nein, ist in Ordnung."

„…"

„Wirklich. Mama, glaub mir bitte. Ich muss dich was fragen."

„…"

„Doch, es ist wichtig."

„…"

„Mama! Es geht um das Fußballspiel übermorgen, das von Italien. Ich weiß, was die Entführer von dir wollten."

„…"

„Genau. Und es ist dir ja klar, dass du es nicht mehr machen musst."

„…"

„Ah, gut."

„…"

„Das ist lieb, Mama. Trotzdem besser so."

„…"

„Ja. Ich muss auflegen."

„…"

„Ich dich auch."

„…"

„Ja, mach's gut, Mama." Wiebke wandte sich an uns. „Meine Mama. Sie hätte es für mich getan. Jetzt lässt sie die Finger davon und will sich extragroße Mühe geben bei diesem Essen für die Italiener."

Jessi weinte ebenfalls. Simon schluckte schwer. Ich musste zumindest vorübergehend die Augen schließen. Daher sah ich nicht, wie Philip und Murat reagierten. Das war ohnehin nicht mehr von Belang. Wiebke war befreit, ihre Mutter würde nicht zur Verbrecherin mutieren, zwei Gangster würde die Polizei jeden Moment einkassieren. Soweit zum Haben. Auf der Sollseite prangten eine getürmte Kriminelle und ein Sportstudent, der auf einmal wieder Single war, nachdem er ein paar Monate lang gedacht hatte, die Liebe seines Lebens gefunden zu haben. Falsch gedacht.

Ich war allein.

KAPITEL 44

2024

There's a Light (Over at the Frankenstein Place)

Es ist alles so wie im Sommer 2006, nur dass es diesmal Nacht ist. Dank des Vollmondes ist es aber hell genug, um zu erahnen, dass die Fensterläden noch immer grün sind und verschlossen. Durch die Ritzen dringt ein Lichtschein nach außen. Wer dort wohnt, ist wach, wartet womöglich auf mich und darauf, dass ich wieder einmal in eine Falle tappe. Mein Schicksal. Ich bin der Detektiv, der sehenden Auges in jede Falle hineintappt, die ihm gestellt wird. Bislang geht es stets gut aus. Leider gibt es keinerlei Garantie, dass es auf immer und ewig so weiterläuft.

Ich blicke aufs Smartphone. Halb eins. Ich kontrolliere, ob das Telefon auf stumm geschaltet ist. Plus Flugmodus. Ja, ist es. Bis kurz vor Mitternacht hat Elvira regelmäßig angerufen. Ich bin nicht drangegangen. Sie wird mich deswegen noch weniger mögen als bisher. Sei es drum. Jetzt darf das Gerät auf keinen Fall Geräusche von sich geben und mich verraten.

Mein Auto wartet am Buchenhain, diesem unscheinbaren Sträßchen, an dem man Tausende Male vorbeifährt, wenn man nach Linden oder zurück nach Weitmar möchte. So unscheinbar ist die Straße bei näherer Betrachtung allerdings nicht. Zwei Reihen mit durchaus vorzeigbaren Häusern sind durch eine breite Rasenfläche getrennt. Die Anordnung erinnert an ein U, wobei der untere Teil vom U nicht bebaut ist, da hier das Weitmarer Holz mit Spazierwegen beginnt. Einer davon führt schnurstracks zum Wildgehege mit Wildschweinen und Rotwild.

Wenn mich meine Ahnung nicht trügt, wartet mein Auto auf Alice und mich. Ich bete, dass es so kommt. Simon hält nichts von dieser Ahnung, aber er hält zu mir, mein Studienfreund, wie damals. Dass er verheiratet ist, dass er Kinder hat, das kommt mir so unglaublich vor. 2006 deutete wenig darauf hin. Da tobte er sich aus, wechselte munter seine Partner, unabhängig von deren Geschlecht. Heute würden ihn viele dafür feiern.

Und die anderen? Murat, Wiebke und Jessi. Was die wohl machen? Eines Tages werde ich sie suchen und zu einem Wiedersehenstreffen überreden. Die guten alten Zeiten wieder aufleben lassen. Wir hatten Spaß, waren füreinander da. Meine Freunde haben mir bei der Suche nach Valerie geholfen und bei ihrer vermeintlichen Befreiung. Das hätte uns enger zusammenschweißen müssen.

Leider geschah genau das Gegenteil. Die Clique zerfiel. Ich hatte meinen Anteil daran. Die Sache mit Valerie nagte an mir, besonders Simon gegenüber war ich ungenießbar. Aber auch Simon schob in den Monaten nach der Entführung Probleme vor sich her. Er hatte sich frisch verliebt. Dieser Kerl betrog ihn nach Strich und Faden, was Simon nicht wahrhaben wollte. Er konzentrierte sich vollends auf diesen Filou, vernachlässigte seine anderen Freunde, die Clique, erst recht Philip und Toni, mit denen er zuvor sehr viel Zeit verbracht hatte, auch im Bett.

Wiebke kämpfte nach der Gefangenschaft mit ihren eigenen Dämonen und hätte gewiss einen einfühlsameren Simon gebraucht. Ich fiel erst recht als Seelentröster weg, da ich zu sehr mit mir beschäftigt war und Wiebke sowieso nicht ausgerechnet meine Nähe suchte. Für Murat sah das Leben solch eine empathische Rolle nicht vor, er war schlichtweg nicht der Typ dafür. Einzig Jessi kümmerte sich ernsthaft um Wiebke. Wie lange sie es tat, kann ich nicht sagen, da der Kontakt zu allen irgendwann abbrach.

Andere Dinge wurden wichtig: Ich studierte eine Zeit lang ernsthafter als zu Beginn, lernte neue Frauen kennen, beendete mein Studium erfolgreich, bereiste die Welt, verschlampte die Sache mit dem Referendariat, wurde kein Lehrer, sattelte um.

Mein erster Fall als Privatdetektiv führte mich ausgerechnet mit Lydia zusammen, Valeries früherer Nachbarin. Sie war weder Mandantin noch Opfer oder Täterin, sondern erneut in erster Linie Nachbarin, diesmal eines verschwundenen Menschen, und nicht mehr an der Markstraße, sondern an der Oskar-Hoffmann-Straße. Auf der Suche nach der vermissten Person stolperte ich im Treppenhaus über sie, ähnlich wie 2006.

Lydia hatte sich längst von Tim getrennt, war gerade Single. Genau wie ich. Es kam, wie es kommen musste – und sich bei unserer ersten längeren Begegnung ohne Valerie zart angedeutet hatte. Blicke, Worte, kurze Berührungen, die sich angenehm und richtig angefühlt hatten. Doch damals hatte es Tim und Valerie gegeben. Jetzt gab es nur uns. Für eine lange Zeit. Für tiefe Gefühle. Für Liebe. Für Pläne, zumindest angedeutete Pläne. Heirat. Familie.

Dann erbte Lydia unvermittelt eine Schaffarm in Neuseeland und wanderte aus. Sie flehte mich an, sie zu begleiten. Ich schaffte den Absprung nicht. Ich war zu feige, um es auf den Punkt zu bringen. Ich sollte diese Feigheit bitter bereuen, denn im Gegensatz zu Valerie hatten sich Lydias Gefühle als echt erwiesen; meine Gefühle waren beide Male echt gewesen.

Dass ich seit einigen Jahren regelmäßig Lydias Nichte treffe, ist eine nette Randnotiz. Wanda Arnold erinnert sich bestimmt nicht an meinen Besuch bei ihrer Tante im Juni 2006. Auch ich zog erst kürzlich die Verbindung von jener neugierigen Zwölfjährigen an Lydias Küchentisch zur Reporterin der *Ruhrzeitung*. Vielleicht spreche ich Wanda demnächst darauf an. Wichtiger jedoch wäre, dass sie den Maulwurf aus dem Schauspielhaus enttarnt. Dagegen wehrt die gute Wanda sich jedoch vehement.

Nachdem Lydia weg war, suchte ich Trost bei einer Sonja. Doch Sonja wollte sofort mehr. Viel zu schnell. Familie. Als sie bemerkte, dass ich dazu längst nicht bereit war, trennte sie sich von mir und ich schaltete eine Annonce: „Privatdetektiv sucht Sekretärin (w/m/d)". Alice bewarb sich, der Kreis schloss sich – und brachte mich zurück zur Waldhütte unterhalb der Hattinger Straße.

Ich lehne am Zaun, jenseits des Grundstücks, starre auf den Lichtschein hinter den Fensterläden. Den Audi suche ich vergebens, ebenso den weißen Mini oder andere Autos. Das muss nichts bedeuten. Die Entführer können sich trotzdem im Häuschen verbarrikadieren. Ich kann mich aber genauso gut täuschen und in der Hütte stimmt sich Familie Meier auf die Fußball-EM ein. Oder die Eheleute Schröder treiben es wild auf einem Fell vor dem Kamin. Alles denkbar.

Mein Instinkt verlangt jedoch von mir, dass ich mich auf die Option mit den Entführern fokussiere. Ich klettere also über den Zaun, weniger behände als der Vorzeige-

Sportstudent, der ich 2006 war, aber für einen Enddreißiger recht flott. Ich lande einigermaßen sicher auf beiden Füßen und lausche in die Juninacht. Kein Geräusch. Kein Kuckuck singt, keine Maus raschelt im Unterholz, kein Hund schlägt an.

Gebückt husche ich zum nächsten Baum, spähe um die Ecke. Die Luft ist rein. Wenn ich den Grundriss richtig im Kopf habe, müsste sich das damalige Verlies von Wiebke auf der Rückseite befinden, über dem Außenzugang zum Keller. Ich sprinte einen Baum weiter und gewinne dadurch freie Sicht auf die Rückseite. Keine Fensterläden, stelle ich erschrocken fest. Die schalldichte Verkleidung ist ebenso wenig zu erkennen, dafür zwei zweiflügelige Fenster. Das spricht eher dagegen, dass Alice in diesem Raum festgehalten wird. Doch was nützt die beste Theorie? Zumal, wenn die Praxis nur fünf Meter entfernt lauert.

Ich riskiere es. Mit drei schnellen Schritten erreiche ich die Fassade, quetsche meine Nase gegen das rechte Fenster und sehe Umrisse von Möbelstücken. Ich tippe auf Schränke, Stühle und einen Schreibtisch. Wiebkes Verlies habe ich anders im Gedächtnis. Von Alice fehlt jede Spur. Also doch getäuscht?

Da ich gerade in der Nähe bin, inspiziere ich die Kellertür. Große Überraschung: Sie ist verschlossen. Ich steige die Treppe hinauf und passe auf, dass mir niemand einen Pistolengriff über den Schädel zieht.

Was nun?

Ich fürchte, ich muss das nächste Risiko eingehen und mich mithilfe eines unbemerkten Blicks durch die Ritzen in der Fensterlade davon überzeugen, dass sich die Entführer im Haus verbergen – oder nicht.

Ich wähle den gleichen Weg, den ich gekommen bin, pirsche vorsichtig an das Fenster der guten Hoffnung heran, das des Wohnzimmers. Sofort hüpft mir die passende Ritze ins rechte Auge. Ich presse das Auge dagegen und sehe einen großen Tisch, die Lehne eines Sessels, eine erste Person, dann eine zweite. Es fällt mir leicht, diesen Gesichtern Menschen aus der Vergangenheit zuzuordnen. Ich muss aber weitersuchen, denn nach meiner Rechnung fehlen zwei Personen. Zwei, wenn ich Alice mitzähle. Wenigstens liefern mir die ersten beiden Personen den entscheidenden Hinweis: Mein Instinkt trügt mich nicht.

Meine Sinne sind leider vollständig mit dem Sehen und Suchen beschäftigt, sie vernachlässigen das Hören. Ja, das könnte ein Rascheln sein, meldet mit Verzögerung eines der Ohren. Obwohl ich weiß, was nun auf mich zukommt, erschrecke ich. Einen Moment lang zweifle ich an meinem Plan, an mir, an der Welt. An dieser Welt, die sich nun, im wahrsten Sinne des Wortes, schlagartig verdunkelt.

KAPITEL 45

2024

Valerie

Und wieder ist alles genauso wie vor achtzehn Jahren. Mein Schädel brummt, ich bin an einen Stuhl gefesselt, kann weder Arme noch Beine auch nur einen Nanometer bewegen.

Ist es derselbe Stuhl vor demselben Tisch wie 2006? Keine Ahnung. Garantiert handelt es sich um ein anderes Seil. Solche Seile kauft man mal eben für wenig Geld im Baumarkt. Am besten handelsübliche Ware, um keine Spuren zu hinterlassen. Ich habe direkt so einen Fernsehtypen von der fiktiven Spurensicherung beim Tatort Saarbrücken oder Kiel im Ohr: „Das Seil stammt aus irgendeinem Baumarkt, so ziemlich die gängigste Variante. Praktisch ausgeschlossen, den Kauf zurückzuverfolgen."

Ach so, ich bekam diesmal keinen Hieb auf die Rübe, sondern eine beträchtliche Ladung Betäubungsmittel an Mund und Nase gedrückt, Chloroform oder was immer Gangster heutzutage bevorzugen.

Ich schätze, mein Nickerchen hat ein paar Stunden gedauert. Draußen könnte demnach bald der Tag anbrechen. Das wäre vorteilhaft.

Ich versuche, mich zu orientieren. Wie damals. Diesmal nehme ich meine Gegenspieler in einer anderen Reihenfolge wahr, ich kann es nicht steuern, es geschieht einfach. Mir gegenüber sitzt eine wunderschöne Frau mit schwarzem Haar, dunklen, geheimnisvollen Augen, ein paar Fältchen darunter, denn Valerie ist nicht mehr dreiundzwanzig. Catherine Zeta-Jones mit Anfang vierzig.

Sie mustert mich, während ich die beiden anderen Gestalten wahrnehme. Jiri im Sessel, Wenzel auf dem Sofa, beide bewaffnet. Auf Wenzels Knien ruht eine Pumpgun, Jiri spielt mit einer Pistole. Die hält er in der rechten Hand, mit der linken knetet er eine dieser dünnen Plastiktüten, die im Supermarkt in der Obst- und Gemüseabteilung auf Rollen hängen. Auch die Brüder sind achtzehn Jahre älter, verlebte Gesichter.

„Na, wieder wach?", flötet Valerie.

„Wo habt ihr Alice versteckt?" Ich blicke Valerie an, die mir noch nie so fremd vorgekommen ist.

„Ts, ts, ts", zischt sie. „Nun mal ganz langsam, Mike. Schön, dich wiederzusehen. Gar so schnell haben wir dich allerdings nicht erwartet …"

Ich unterbreche sie. „Was soll das, Valerie? Wollt ihr wieder Fußballspiele manipulieren?" Natürlich geht es nicht darum. Ich möchte meine Gastgeber provozieren.

Jiri springt auf, fuchtelt mit der Knarre herum. „Soll ich dem Frechdachs eins überziehen?"

Valerie winkt ab. „Lass gut sein, Jiri. Mike wird sich schon beruhigen, wenn er erfährt, was los ist."

„Was ist denn los?", frage ich.

„Es geht nicht um Fußball."

„Sondern?"

„Um Rache."

„Rache?" Ich stelle mich blöd, denn dieses Motiv ist das einzige, das irgendeinen Sinn ergibt – in kranken Köpfen.

„Ja, Mike. Rache dafür, dass ich mich über zehn Jahre

lang verstecken musste und dafür, dass Jiri und Wenzel zehn Jahre lang im Knast hockten. Wir hatten eine erbärmliche Zeit. Ich erspare dir die Einzelheiten. Erst als die beiden entlassen wurden, wendete sich das Blatt. Wir lebten eine Weile in Prag, zogen ein paar Dinger durch, kamen langsam auf die Beine und planten unseren Rachefeldzug. Eigentlich wollten wir uns dich für ganz zum Schluss aufheben, als Krönung. Wir finden aber diesen Philip nicht. Der ist wie vom Erdboden verschluckt."

Wie gesagt: kranke Köpfe. Sie wollen sich dafür rächen, dass sie 2006 ihr Verbrechen nicht komplett durchziehen konnten. Jetzt begehen sie neue Verbrechen. Was für eine verquere Logik! Ich habe im Übrigen auch seit mehr als siebzehn Jahren nichts von Philip gehört. „Wer steht denn noch auf eurer Liste?"

„Jessi, Simon und Murat. Der Schuldanteil von Wiebke erscheint uns als zu gering. Wir rechnen ihr außerdem die Zeit ihrer Entführung an." Valerie grinst unvermittelt. „Wobei es korrekt heißen muss: Jessi und Murat *haben* auf unserer Liste gestanden."

„Wie meinst du das?", wundere ich mich über diese grammatische Spitzfindigkeit.

„Das hat sich erledigt. Murat hat sich leider zur falschen Zeit am falschen Ort aufgehalten. Er hat zuletzt als Anwalt in Berlin gearbeitet, sich aber problemlos in die brandenburgische Provinz locken lassen. Angeblich ein lukrativer und prestigeträchtiger Fall. In Wahrheit eine Falle. Jiri und Wenzel ließen es wie einen Unfall aussehen. Auto fährt Fußgänger um. Mit sehr hoher Geschwindigkeit. Anschließend Fahrerflucht und das Auto notdürftig versteckt. Die Karre war natürlich geklaut. Keinerlei Spuren auf den ersten Blick.

Hätten Kripo und Staatsanwaltschaft etwas näher hingesehen, hätten sie welche gefunden und vielleicht ein rassistisches Motiv vermutet. Es sah aber niemand genauer hin. Ein toter Türke in Rathenow, na und? Was treibt der Idiot sich ausgerechnet dort herum?"

„Ihr habt Murat getötet?", stammele ich. Das trifft mich mitten ins Herz. Ich hätte niemals damit gerechnet, dass Valerie es auch auf die anderen abgesehen hat.

„Ja."

„Und Jessi?" Eigentlich will ich es gar nicht hören.

Zu spät. Valerie legt bereits los. „Ich weiß nicht, wann du zuletzt mit Jessi zu tun hattest. Egal, das Schicksal hat es nicht so gut mit ihr gemeint. Sie hat sich kurz nach dem Studium zwei weitere Blagen andrehen lassen. Von einem verheirateten Mann, der sie sitzen ließ. Jessi hatte also vier Kinder an den Hacken, aber keinen Vater. Dann starb ihre Mutter und fiel als Betreuerin der Kinder weg. Dadurch verzögerte sich Jessis Fachausbildung, bis die Ärmste vollkommen den Anschluss verlor und wieder als Krankenschwester arbeitete, um die Familie über Wasser zu halten. Sie fiel noch auf ein paar Kerle rein, bis sie endgültig die Finger von den Männern ließ. Zuletzt wohnte sie mit den beiden jüngeren Kindern in Datteln."

„Woher weißt du all diese Details?", frage ich.

Valerie grinst. „Jessi hat sie mir verraten. Wir haben sie vor ein paar Monaten ausfindig gemacht. Ich habe sie besucht. Am frühen Nachmittag, weil dann ihre Kinder in der Schule sein würden. Erst wollte sie mich in hohem Bogen rausschmeißen. Dann konnte ich sie davon überzeugen, dass ich in friedlicher Absicht gekommen war, um mich für damals zu entschuldigen. Bei zwei Gläschen Wein erzählte ich ihr meine

– erfundene – Lebensgeschichte und sie mir ihre. Herzzerreißend. Fast tat sie mir leid. Dann fiel mir wieder ein, dass sie mich als Einzige aus eurer Clique niemals so richtig akzeptiert hat, dass sie sich mir gegenüber stets sehr zugeknöpft gab. Na ja. Als Jessi kurz für kleine Mädchen war, habe ich die Haustür geöffnet und Jiri und Wenzel reingelassen."

„Ihr Schweine!", schreie ich.

„Keine Sorge, Mike. Meine Kerle haben kein Blutbad angerichtet. Wir wollten Jessis Kinder nicht unnötig traumatisieren. Jiri und Wenzel haben es wieder wie einen Unfall aussehen lassen. Ein Sturz die steile Kellertreppe hinunter. Das kann passieren nach einer Flasche Wein am Nachmittag. Schrecklich, diese häuslichen Unfälle."

„Ihr Bestien!" Ich kämpfe verzweifelt gegen Wut und Tränen. Sie haben Jessi und Murat heimtückisch umgebracht – und damit längst nicht ihr schauriges Werk beendet. „Und Simon?"

„Simon kommt gleich, er trägt sich selbst zum Schafott."

„Was macht dich da so sicher?"

Valerie greift in ihre Hosentasche und präsentiert grinsend mein Smartphone. „Während du schliefst, haben wir ein bisschen mit deinem Telefon gespielt. Jiri konnte im Handumdrehen dein Entsperrungsmuster identifizieren. Dein letzter Anruf galt Simon. Süß von dir, dass du dich offenbar wieder von ihm retten lassen möchtest."

„Ich habe ihm eingebläut, dass er nicht hierherkommen soll. Aus diesem Teil des Planes wird also nichts."

„Ach, Mike. Ich überlasse nichts dem Zufall. Ich habe Simon gerade in deinem Namen eine WhatsApp geschrieben und ihn gebeten, doch zu kommen. Er hat sofort geantwortet und dürfte jeden Moment hier aufkreuzen."

Ich stöhne.

Jiri räuspert sich auffällig.

Ich drehe den Kopf zu ihm.

„Erst Simon." Jiri schraubt aufreizend lässig einen riesigen Schalldämpfer auf seine Pistole und zeigt mir mit schiefem Lächeln sein Kunstwerk. „Dann du, Schnüffler." Jiri zielt mit der Knarre auf mich. „Peng!"

„Allerdings wird Jiri dich nicht erschießen."

Valeries Botschaft beruhigt mich nicht.

„Sondern?"

„Du hast dich vorhin als Erstes nach deiner Freundin erkundigt, nicht wahr?"

„Wo ist sie?" Ich ruckele an meinen Fesseln. Reiner Reflex. Es nützt nichts.

„Im neuen Gästezimmer. Wo sonst?" Valerie deutet vage hinter sich. „Die große Liebe, was? Wir haben euch in den vergangenen Wochen observiert. Ihr wohnt und arbeitet zusammen. Spaziert Hand in Hand zu eurem Lieblingsrestaurant. Mehr gemeinsame Zeit geht nicht. Und lustig, dass du Detektiv geworden bist. Bist du auf den Geschmack gekommen, als du mich damals gesucht hast?"

Das stimmt zum Teil, in diesem Moment spielt es keine Rolle. Ich denke an den dunkelblauen Audi, der mir mehrfach aufgefallen ist, mit wechselnden Fahrern. Der feschen Lady habe ich gar hinterhergepfiffen, ohne zu ahnen, dass Valerie am Steuer saß. Wir wurden beschattet und haben nichts bemerkt, auch heute Abend nicht, als wir zu Jutta und Helmut spazierten, als Alice allein zur Wohnung zurückkehrte, als sie wieder die Hattinger Straße entlanglief. Da schlugen die Verbrecher zu. „Was habt ihr mit Alice vor?"

„Dir wehtun."

„Wie meinst du das?" Ich wäre gern aufgesprungen und hätte sie windelweich geprügelt. Wie vor achtzehn Jahren. Genau wie damals verhindern es die Fesseln.

„Wie gesagt, Mike, dir habe ich eine miese Zeit zu verdanken, unzählige qualvolle Momente und Erlebnisse. Mein Hass auf dich ist so groß, du kannst es dir nicht vorstellen. Jiri und Wenzel geht es ähnlich. Wir möchten dich leiden sehen, Mike, richtig leiden."

Von links höre ich ein Rascheln. Links hockt Jiri, er knetet die Plastiktüte.

„Nein!" Ich ahne, was sie vorhaben.

„Doch, Mike. Jiri wird diese Plastiktüte über Alices Kopf stülpen und du schaust zu, wie sie elendig verreckt, wie sie sich zunächst dagegen sträubt, wie sie zuckt und zuckt, wie ihre Augen panisch blicken. Zu dir, zu ihrem Geliebten, der ihr nicht helfen kann. Es wird nicht sehr lange dauern. Aber lange genug, um dir seelische Qualen zu bereiten, wie sie nur wenige Menschen durchleiden müssen. Wahrscheinlich wirst du danach darum betteln, dass wir dich töten. Dich erlösen. Ob wir dein Flehen erhören, entscheiden wir, wenn es so weit ist. Oder wir lassen dich mit deiner toten Freundin zurück. Wir verschwinden zurück ins Nichts und Nirgendwo und schnappen uns eines schönen Tages diesen Philip und beenden unseren Rachefeldzug. Weder die Polizei wird uns finden noch du — falls du nicht gebrochen bist und nach Rache dürstest."

Valerie lächelt mich an. Ich kann nachempfinden, dass sie mich hasst, denn in diesem Moment hasse ich sie so sehr, dass ich sie auf der Stelle töten würde, hätte ich die Gelegenheit dazu. Ich werde diese Gelegenheit nicht bekommen, fürchte ich. Mit etwas Glück werde ich mir aber auch nicht Alices und Simons Tod mitansehen müssen. Es ist schlimm genug, dass ich fortan mit meiner Schuld an Murats und Jessis Tod leben muss. Beide gerieten nur ins Fadenkreuz der Bande, weil sie mir 2006 geholfen haben. Genau wie Philip, der weiterhin in Gefahr schwebt. Ich bete für ihn. Bestenfalls lebt er am anderen Ende der Welt. Warum nicht Neuseeland? Auf Lydias Farm, wo er fleißig Schafe schert. Die Vorstellung tröstet mich.

Dann kracht es gegen die Fensterläden, die so grün sind wie im Juni 2006.

Ausgerechnet damit hätte ich jetzt nicht gerechnet.

KAPITEL 46

2024

Me and you and a dog named Boo

„Was?" Wenzel schreckt auf, klammert sich an seine Pump-gun. Schussbereit wirkt er nicht. Eher verschreckt.

„Ach nee, nicht schon wieder diese Nummer." Jiri nimmt es weitaus gelassener hin als sein kleiner Bruder.

„Sollte Simon wirklich so dämlich sein, es mit demselben Trick zu versuchen?" Valerie schüttelt den Kopf. „Kontrol-liere das mal, Jiri!"

Einen Moment lang hoffe ich, wenigstens Jiri wäre so dämlich wie an jenem Sommernachmittag 2006. Doch er verlässt nicht allein das Haus, sondern schaltet den Bild-schirm eines Computers an, der mir bislang entgangen ist. Ich schätze, die Bande hat Kameras installiert, die die Umge-bung überwachen. Aus den drei Gangstern sind echte Profis geworden. Mich haben sie damit vorhin garantiert ebenfalls beobachtet, wie ich zwischen den Bäumen umherhuschte, wie ein junges Reh über den Rasen tapste und mich für un-sichtbar und unverwundbar hielt.

„Da spaziert so ein alter Sack mit Hund herum", sagt Jiri.

„So früh am Morgen?", wundert sich Wenzel.

Ich wüsste nur zu gern, wie spät es genau ist. Der Bild-schirm von Jiris Computer ist zu klein und zu weit entfernt; ich erahne allenfalls, was dort zu sehen ist. Vollkommen dunkel dürfte es demnach nicht mehr sein.

Ich nehme einen Gedanken von vorhin wieder auf, als ich im *Sommernachtstraum* auf Alice wartete. Da dachte ich an den Hund namens „Mann" und daran, dass ich ihn seit jener Episode im Wiesental niemals wiedergesehen habe, dass nie wieder die Rede von ihm war oder von Valeries Freundin, Manns Besitzerin. Angeblich, muss ich wohl hinzufügen. Hätte mir dieser Umstand damals zu denken geben müssen? Müßig, darüber zu grübeln. Aber irgendetwas muss ich ja machen, während meine drei Gastgeber mit diesem Hunde-halter beschäftigt sind.

„Außerhalb des Grundstücks, will ich hoffen", verge-wissert sich Valerie. „Und allein, nicht wahr? Oder steht rein zufällig Simon neben ihm?"

„Der Alte ist allein und befindet sich mit seiner Töle außerhalb des Grundstücks", antwortet Jiri. „Er lungert aber am Zaun herum und starrt das Haus an. Er hält außerdem was in der Hand."

„Jiri", faucht Valerie. „Du willst mir doch nicht erzählen, dass ein alter Knacker mit Steinen auf unser Haus wirft."

„Gerade tut er es nicht", räumt Jiri ein. „Aber vielleicht vor einer Minute?"

„Frag ihn doch", schlägt Wenzel vor.

„Halt die Fresse", entgegnet Jiri.

„Frag ihn", befiehlt Valerie.

Jiri erhebt sich, stopft die Plastiktüte in die Hosentasche und die Pistole in den Hosenbund. T-Shirt drüber, fertig. Jiri lässt die Tür zum Flur offen, sodass wir das Schauspiel live miterleben können, zumindest akustisch.

„He, Sie da!", brüllt Jiri. „Der Mann mit dem Köter!"

Offenbar antwortet der alte Knacker. Ich verstehe jedoch nicht, was er sagt, vernehme aber leises Hundegebell.

„Ja, Sie. Was hängen Sie da am Zaun rum und glotzen unser Haus an? Haben Sie gerade einen Stein gegen unser Fenster geschmissen?"

Stille.

Gespenstisch.

Dann wieder Jiri. „Ich habe dich was gefragt, alter Knacker!"

Der Hund bellt.

Wahrscheinlich antwortet auch der alte Mann.

Diese Antwort scheint Jiri nicht zu gefallen. Er greift in seinen Hosenbund. „Dir werde ich zeigen …"

Als Nächstes hören wir einen dumpfen Aufprall und sofort danach, etwas näher, einen eher hellen Aufprall. Metall auf Parkett, schätze ich. Dann ist alles voller Qualm. Blau. Ich huste. Valerie hustet. Wenzel hustet. Ich sehe nichts vor lauter Qualm. Die anderen ebenso wenig, nehme ich an. Irgendwer rennt weg. Irgendwer dringt ins Wohnzimmer ein. Schüsse. Schreie. Wieder dumpfes Aufprallen. Körper auf Parkett, nehme ich an. Stöhnen.

Pause.

Kräftige Hände heben meinen Stuhl an, schleppen mich ins Freie, stellen den Stuhl ab. Ich huste wie verrückt, Augen und Nase brennen höllisch. Es dauert ein paar Momente, bis ich einigermaßen was erkenne. Falstaff kommt schwanzwedelnd angelaufen. Helmut schlurft hinterher. Henning, Lisa und ein großer Kerl in schwarzer Uniform stehen links und rechts von meinem Stuhl, Atemschutzmasken in der Hand. Simon treibt sich gleichfalls auf dem Grundstück herum, etwas im Abseits. Sowie ein Dutzend SEK-Beamter in voller Kampfmontur.

Keine Ahnung, wie die Polizisten die Überwachungskameras überlistet haben. Eventuell mussten sie es gar nicht, da Jiri im entscheidenden Moment nicht auf seinen Bildschirm glotzte, sondern mit seiner Knarre angab oder Valerie anhimmelte.

Gar so naiv wie 2006 bin ich nicht mehr. Ich habe eine Alarmkette installiert, ausgehend von Simon. Sobald er statt eines Anrufs eine schriftliche WhatsApp-Nachricht von mir bekommt, weiß er, dass ich es nicht gewesen bin und dass ich mit allergrößter Wahrscheinlichkeit festgehalten werde. Simon verständigt Lisa und Henning, die wiederum das zuvor alarmierte und deshalb einsatzbereite SEK. Darüber hinaus erhalten Helmut und Falstaff ihren kleinen Auftritt. Alles durchchoreografiert. Keineswegs alte Polizeischule. Nicht ohne Risiko. Aber wirkungsvoll. Und es hat funktioniert.

Lisa entfesselt mich mit geschickten Griffen. Lisa Bertram, die Partnerin meines Freundes Henning, privat und beruflich. Kriminaloberkommissarin bei der Kripo Bochum. Normalerweise sportlich und schlank, doch zurzeit ähnelt sie mehr der Polizistin aus dem Film *Fargo*, denn Lisa erwartet ein Baby. Sieben Wochen noch oder so, ihr Bauch wölbt sich bedenklich und ich hätte ihr nicht erlaubt, einen gewichtigen Kerl wie mich durch die Gegend zu tragen. Als ob Lisa auf mich hören würde! Aber vielleicht hat sie gar nicht mitangefasst, sondern den großen Kerl tragen lassen.

Egal, mit der Arbeit dürfte jedenfalls demnächst Schluss sein. Und dann? Einige Monate Pause und gewiss die Hoffnung darauf, dass sich Henning als moderner Mann erweist, der sich die Kinderbetreuung mit seiner Partnerin teilt, damit Lisa schnell wieder arbeiten kann. Das will sie unbedingt. Für die Bochumer Kripo wäre es ein Gewinn, denn Lisa ist eine herausragende Polizistin, einfühlsam und analytisch. Henning ist vornehmlich analytisch. Das dazu.

„Hat jemand Valerie gesehen?", frage ich wie anno 2006. Nur, dass ich sie diesmal beschreiben muss, da nur Simon weiß, wie Valerie aussieht.

Lisa schüttelt den Kopf.

„Ist sie etwa wieder entwischt?" Ich denke direkt an den nächsten Rachefeldzug.

„Nein, es hat sie erwischt", sagt Henning trocken. Kriminalhauptkommissar Henning Schmitt, meine beste und älteste Verbindung zur Kripo Bochum. Ein Meter fünf-undachtzig groß, braunes, kurz geschnittenes Haar, dunkler Teint, Muskeln. Ein echter Kerl.

„Hm?"

„Sie ist tot, Mike", konkretisiert mein Freund. „Offenbar war sie bewaffnet und fuchtelte bedrohlich mit ihrer Pistole herum. Den Leuten vom SEK blieb keine Wahl. Auch einen der männlichen Gangster hat es erwischt. Den Jüngeren. Er zielte mit seiner Pumpgun wild in alle Richtungen. Überlebt hat bloß der ältere Entführer. Den konnten wir gleich zu Beginn außer Gefecht setzen."

Ich empfinde diese Nachricht als Erlösung – und trotz-dem löst sie nicht mein drängendstes Problem: „Wir müssen Alice finden."

„Das SEK sucht sie bereits", antwortet Lisa.

Das reicht mir nicht. Ich springe auf, ignoriere Hennings Mahnungen und stürme ins Haus, wo sich der Qualm lang-sam verzieht. Ich höre Fußgetrampel aus dem oberen Stock-werk und erkenne einige SEK-Leute im Erdgeschoss, die mich zum Glück nicht bemerken. Die Tür zum Keller ist zu. Ich reiße sie auf, knipse das Licht an und stürze die Treppe hinunter. Nichts und niemand könnte mich jetzt aufhalten – abgesehen von einem unvorsichtigen Tritt auf den Stufen abwärts. Doch das geschieht nicht, ich erreiche den Keller unversehrt und betätige den nächsten Lichtschalter.

Das Licht scheint heller als 2006, irgendwer hat die Glühbirnen ausgewechselt. Eine gute Idee. Ich muss mich nicht lange orientieren. Die Erinnerung kommt schneller und deutlicher als erwartet. Und so viele Räume gibt es hier unten ohnehin nicht. Ich werfe rasch einen Blick in die Waschküche. Leer. Ich hatte es nicht anders erwartet. Ich laufe weiter, zur Metalltür. Sekundenbruchteile später wuchte ich die schwere Tür auf. Sie quietscht, vermutlich wird sie zu selten bewegt und noch seltener geölt. Es stinkt nach Öl. Wie damals. Falls ich mich auf meine Geruchserinnerung verlassen kann. Und falls es solch eine Erinnerung überhaupt gibt.

Ein Stöhnen in der Dunkelheit.

„Alice?"

Ich taste nach dem Schalter. Flirrend springt eine Neonröhre an, taucht den Raum in blendend weißes Licht. Die Öltanks, dazwischen ein alter Holzstuhl. Darauf ein Mensch, an den Stuhl gefesselt, einen Knebel im Mund, die Augen flackern nervös. Wegen des grellen Lichts nach einigen Stunden in der Finsternis, schätze ich.

„Alice!"

Ein Grummeln ist die einzige Antwort.

Im selben Moment preschen zwei SEK-Beamte an mir vorbei, bedenken mich mit nicht zitierfähigen Flüchen. Sie besitzen – im Gegensatz zu mir – das passende Werkzeug, um Alice in Windeseile zu befreien. Zwei Schnitte hier, ein Reißen dort, schon sind die Fesseln gelöst. Den Knebel zieht sich meine Herzdame selbst aus dem Mund. Sie bedankt sich artig, aber mit zitternder Stimme bei den Polizisten. Die sagen gar nichts.

Mit unsicheren Schritten kommt sie auf mich zu. Ich breite die Arme aus. Alice lässt sich hineinfallen.

KAPITEL 47

2024

Irgendwie, irgendwo, irgendwann

Zwei Abende später sitzen wir im *Sommernachtstraum*. Wir, das bedeutet in diesem Fall: Alice, Lisa, Jutta, Helmut, Henning, Falstaff und ich. Wir sechs Menschen hocken an unserem Lieblingstisch unter dem großen Spiegel, drei von uns auf jeder Seite des Tisches, Hund Falstaff ruht an seinem Lieblingsplatz am Fuße der Theke. Helmut hastet einige Male an ihm vorbei, da er sich, wie bei vergleichbaren Anlässen, alleinverantwortlich um die Getränke kümmert. Das stört Falstaff nicht im Geringsten. Ab und zu blinzelt er zu unserem Tisch hinüber, meist döst er, zum Teil mit leisem Schnarchen.

Helmut gönnt sich das eine oder andere Pils, ich bin nach einem Begrüßungsbier auf Weißwein umgeschwenkt, genau wie Henning. Die Damen verzichten weitgehend auf Alkohol, zwei Literflaschen Wasser stehen auf dem Tisch, einmal mit, einmal ohne Sprudel. Die Damen tun es aus Solidarität mit Lisa, deren Zustand aka Schwangerschaft den Genuss von Alkohol verbietet.

Einzig Alice nippt ein paarmal an meinem Weißwein. Sie steht noch immer ein wenig unter Schock, schätze ich. Die Stunden im finsteren Heizungskeller haben ihr zudem erwartungsgemäß körperlich zugesetzt. Hinzu gesellten sich während ihrer Gefangenschaft verschiedene Fragen. Alice konnte sich nicht einmal ansatzweise erklären, warum sie dort festgehalten wurde. Sie hielt eine Verwechslung für denkbar, ebenso eine sexuell motivierte Tat. Deshalb rechnete sie damit, dass die Entführer sie jeden Moment aus dem Keller nach oben schleppen könnten. In ein Schlafzimmer voller Foltergeräte und dergleichen. Und dann ...

Doch nichts dergleichen passierte. Tatsächlich bekam Alice die Entführer kein einziges Mal zu Gesicht. Sie hatten ihrem Opfer unmittelbar nach dem Zugriff die Augen verbunden und es erst im dunklen Keller von der Augenbinde befreit.

Alice kann sich bloß rudimentär an die Entführung an sich erinnern, umso besser an die Augenblicke davor. „Ich weiß noch, wie ich im *Sommernachtstraum* vergeblich nach meinem Handy suchte und Mike es mir holen wollte. Mein kleiner Gentleman. Das war aber kompletter Unsinn. Es war meine Aufgabe. Mein Smartphone. Also marschierte ich los. Schon nach ein paar Metern traf ich zufällig die *Tee-Marie*. Wir grüßten uns freundlich, ich huschte über die Hattinger Straße, winkte Andrea in der Pizzeria zu und schlüpfte in unseren Hausflur. Treppe rauf. Mike hatte wie immer nur einmal abgeschlossen. Ich öffnete die Tür, mein Handy lag griffbereit im Flur. Ich schnappte es mir, überlegte kurz, legte es wieder auf das Tischchen, ging rasch zur Toilette, verließ beinahe ohne Handy die Wohnung, holte es im letzten Augenblick, schloss zweimal hinter mir ab, wie immer, schoss die Treppe runter, nickte Andrea zu, rannte die Hattinger Straße entlang. Ich hatte das Gefühl, dass ich es in insgesamt weniger als zehn Minuten schaffen würde, zu Mike zurückzukehren. Das war mein Ziel gewesen. Nur so, ohne großartigen Hintergedanken. Ich hatte mächtig Kohldampf und freute mich auf wenigstens zwei leckere Gänge von Jutta.

Ich ging außerdem davon aus, dass Mike sich die Wartezeit mit einem frisch gezapften Bier versüßen würde. Gerade, als ich überlegte, wo ich am besten die Hattinger überquere, bremste dieses Auto neben mir, etwa auf Höhe der Bäckerei oder kurz darauf, bei der Kirche. Irgendwo dazwischen. Dann ging alles furchtbar schnell. Sie griffen nach mir, pressten mir ein Tuch mit irgendeiner üblen Flüssigkeit auf Mund und Nase. Ab da war erst einmal alles dunkel. Die Augen haben sie mir zusätzlich verbunden, glaube ich. Mit höchstens halbem Bewusstsein spürte ich, dass ich in diesem Auto mitfuhr, dass wir nach kurzer Fahrt hielten, dass man mich ein Stück trug und dann stützte, dann wieder trug. So richtig wach wurde ich erst in diesem Keller, an den Stuhl gefesselt. Auch ohne Augenbinde konnte ich nichts sehen. Stockfinster. Mir steckte ein Knebel im Mund, damit ich nicht rufe. In diesem Keller hätte mich ohnehin niemand gehört. Außer ein paar Mäusen oder Ratten. Bäh! Ich atmete hektisch durch die Nase, beglückwünschte mich einerseits, dass ich zu Hause auf der Toilette gewesen war, verfluchte anderseits mich und die Welt, dass so etwas geschehen konnte: am helllichten Tag in einem belebten Viertel gekidnappt und in ein Kellerverlies gesperrt zu werden. Von wem auch immer. Warum? Wie lange? Und so weiter."

Die anderen lauschen gebannt Alices Erzählung, vor allem Jutta und Helmut. Ich kenne die meisten Details bereits. Auch Lisa und Henning haben vorgestern Nacht die Kurzversion gehört, unmittelbar nach Alices Befreiung, als ich mir einigen Ärger mit den Jungs vom SEK einhandelte und nur dank Lisas Intervention ungeschoren davonkam. Lisas imposanter Bauchumfang schüchterte sogar die hartgesottenen Kämpfer ein. Zu meinem Glück.

Mittlerweile weiß Alice, von wem sie gekidnappt wurde. Und warum. Und erst recht, wie lange sie im düsteren Keller schmorte. Was sie nicht weiß und niemals erfahren wird, ist, was die Kidnapper mit ihr vorhatten. Und indirekt mit mir. Diese perverse Idee verbleibt bis in alle Ewigkeit in den kranken Köpfen von Valerie, Jiri und Wenzel.

Valerie und Wenzel können sie aus naheliegenden Gründen niemals mehr aussprechen. Einzig Jiri käme infrage. Ob er jedoch so blöd ist, bei Vernehmungen oder vor Gericht damit anzugeben, um seine Schuld erheblich zu vergrößern? Ich schätze nein. Besser so. Ich kann allerdings nicht ausschließen, dass Jiri sich nach der bevorstehenden Haft, also in zwölf, fünfzehn, zwanzig Jahren erneut an mir rächen möchte. Ich kann ebenso wenig ausschließen, dass die Menschheit bis dahin ausgestorben ist und allein Kakerlaken die Erde bewohnen. Mit anderen Worten: Ich mache mir wegen Jiri einstweilen keine Sorgen.

Ob ich mich wegen Alice sorgen muss, vermag ich nicht abschließend zu beurteilen. Ich rede jetzt von Traumata, von seelischen Schäden und ähnlichen Qualen, die ich ihr nicht ansehen kann. Einstweilen macht Alice einen stabilen Eindruck. Ich hätte sie ohnehin als robust eingestuft. Das war allerdings, bevor sie entführt und in einem Kellerloch festgehalten wurde.

Jetzt hoffe ich das Beste, bin aber insgesamt optimistisch. Ich denke, dass sie einfach ein paar Tage Ruhe braucht. Womöglich hilft es zudem, einige dieser Tage nicht in Bochum zu verbringen, sondern bei ihrer Mutter in Siegburg. Elvira Kramer wirkt im Übrigen wesentlich angeschlagener als ihre Tochter, ohne dass man sie entführt hätte. Aber wie gesagt: Sie sorgt sich um ihre Tochter, als wäre diese nicht erwachsen, sondern weiterhin ein Kita-Kind.

Mir hat Elvira gehörig den Marsch geblasen, weil ich sie mitten im Gespräch weggedrückt, ihre hundertneununddreißig folgenden Anrufversuche ignoriert und sie frech angelogen habe. Ich nehme es sportlich. Als armseliger Privatdetektiv mutiere ich sowieso nicht mehr zum Traumschwiegersohn – und Elvira dürfte wohl niemals meine Schwiegermutter des Herzens werden. Falls …

Es ist eher Samstagnacht als Samstagabend, eine milde Nacht. Wir hätten draußen sitzen können. Jutta verzichtet allerdings auf eine Terrasse. Auf dem Trottoir wäre nur wenig Platz, es wäre zudem sehr laut, da direkt vor dem Lokal mit der Hattinger Straße und der Königsallee zwei dicht befahrene Straßen aufeinandertreffen, überwacht von der imposanten Fassade des Schauspielhauses.

Wir hätten selbstverständlich auch einen Tisch nach draußen tragen können, um die laue Sommernacht zu genießen. Aber irgendwie hat niemand daran gedacht – und nun sitzen wir hier wie angewurzelt. Allein Helmut erledigt zwischendurch seine Pflicht als Zapfer und Getränkeversorger. Gerade hat er Henning und mir frischen Weißwein serviert. Wir prosten einander zu. Einmal mehr an diesem Abend. Wieder mal fand ein spannendes, gefährliches Abenteuer ein glückliches Ende. Na ja, nicht für alle Beteiligten, zum Beispiel nicht für Murat, Jessica, Wenzel und Valerie.

Die regulären Gäste des *Sommernachtstraums* sind längst über alle Berge. Tatsächlich waren es laut Jutta ein paar weniger als sonst an Samstagabenden. Die allgemeine Begeisterung für die Fußball-EM macht sich auch hier bemerkbar. Das Eröffnungsspiel gestern hat diese Euphorie zumindest nicht im Keim erstickt. Alles Weitere wird sich zeigen.

Jetzt spielen erst einmal die anderen. Ähnlich wie 2006

werde ich es bei den Deutschlandspielen belassen. Am Mittwoch geht es gegen Ungarn und diesmal wird Simon tatsächlich zu mir kommen. Gestern haben wir drauf verzichtet. Da waren die Erinnerungen an Entführte und Tote zu frisch. Alice hat zwar nicht explizit Simons Besuch verboten, auch nicht die Alternative, dass ich zu Simon gehe. Ich brachte es jedoch nicht übers Herz, Alice alleinzulassen oder sie mit fremden Menschen zu konfrontieren. Dass sie schließlich eine gute halbe Stunde vor Anpfiff schlafen ging, konnte niemand vorhersagen. Immerhin gab mir dies die Gelegenheit, ohne Reue das Spiel anzuschauen.

Falls Alice am Mittwoch nicht in Siegburg, sondern in unserer Wohnung ist, wird sie mit Simon kaum über Fußball fachsimpeln, nehme ich an. Stattdessen wird sie ihn nach Valerie ausfragen und dabei abklopfen, wie sehr meine Version der Geschehnisse des Sommers 2006 der vermeintlich objektiven Wahrheit entspricht. Selbstverständlich möchte Alice vor allem herausfinden, wie es passieren konnte, dass ich mich in diese teuflische Frau verlieben konnte, ohne ihr schreckliches Spiel zu erahnen – und ob diese Frau vielleicht noch immer in meinem Kopf oder in meinem Herzen herumspukt und darum eine Konkurrentin ist.

Verdächtig ist sie in jedem Fall und ich direkt mit, denn ich habe Alice bis gestern niemals von Valerie berichtet. Vielleicht ein Fehler? Mein Trauma? Oder simpel dem Umstand geschuldet, dass die Beziehung achtzehn Jahre zurückliegt? Oder von allem ein bisschen?

Egal. Ich hoffe, dass Simon ehrlich ist, denn auch er verfiel seinerzeit in Windeseile Valeries Charme. Wie alle. Außer Jessi. Automatisch muss ich schlucken, zum Glück bemerkt es niemand. Murat und Jessi. Ich könnte heulen. Gleich jetzt. Nein, das würde Alice unnötig beunruhigen. Ich muss die Gedanken an meine getöteten Freunde verdrängen. Vor-übergehend. Am Mittwoch werde ich mit Simon darüber sprechen. Ich werde vorschlagen, dass wir die Angehörigen von Murat und Jessi besuchen. Und dass wir Wiebke suchen. Und Philip. Ich verspüre mit einem Mal eine große Sehnsucht nach ihnen und ich möchte herausfinden, was aus ihnen geworden ist.

Alice erzählt den anderen noch immer von ihren Stunden im Kellerloch, von ihren Ängsten, von ihren Hoffnungen, ihrer Verzweiflung, von ihrem Hunger, ihrem Durst. „Irgendwann begann ich zu weinen, ich ließ den Tränen freien Lauf. Viel blieb mir eh nicht übrig. Nach ein, zwei Minuten war es vorbei. Dann fing ich irgendwie an zu beten. Unwillkürlich. Ich konnte es nicht steuern. Die Worte strömten aus meinem Mund. Lautlos. Wegen des Knebels. Ich sprach mit Jesus. Mit Gott. Nach langer Zeit zum ersten Mal wieder. Es tat gut." Sie lächelt mich an. „Dann ging irgendwo eine Tür auf. Die Tür zu meinem Verlies. Ich wusste sofort, dass es Mike war."

EPILOG

Ein italienischer Abend im Sommer 2006

Un'estate italiana

Von Valerie fehlte jede Spur. Ich wusste nicht, ob die Kripo ernsthaft nach ihr fahndete. Sie hatte zwei Verbrecher geschnappt; Wiebke und ich hatten die Polizisten nicht davon überzeugen können, dass Valerie eine gleichberechtigte Komplizin oder gar der Boss der Entführer gewesen war. Nicht zu ändern. Valerie versteckte sich. Ich schätzte, ich würde sie niemals wiedersehen. Nach allem, was geschehen war, konnte ich gut damit leben.

Auf der anderen Seite fragte ich mich ständig, wie mir all das hatte passieren können. Offenkundig war ich auf diese Frau hereingefallen, hatte mich von ihr an der Nase herumführen und ausnutzen lassen. Das schönste Mädchen der Stadt. Nein, der ganzen Welt. Und dieses Mädchen suchte sich ausgerechnet einen Durchschnittstypen wie mich aus? Ohne Ambitionen, ohne rosige Zukunft, ohne Aussichten. Wie hatte ich nur glauben können, dass diese Frau sich ausgerechnet in mich verliebt hatte? Klar, Wunschdenken.

Aber jetzt mal Butter bei die Fische: Wann, wie und woran hätte ich es bemerken sollen? Wir treffen uns zufällig im Park, kommen ins Gespräch, finden einander nett, verabreden uns und so weiter. Das war das übliche „Boy meets Girls" oder meinetwegen „Girl meets Boy". Genau so finden Menschen zueinander, verlieben sich und all das. Wie hätte ich darauf kommen sollen, dass Valerie mir etwas vorspielte? Im Park, im Botanischen Garten, im Kino, in ihrer Wohnung, im Bett, dazwischen? Kein normaler Mensch hätte das hinterfragt.

Ja, ja, Wunschdenken.

Im Nachhinein, ja, ja, ja, hätte ich bloß die nachfolgende Zeile dieses Liedes anhören müssen, um die traurige Wahrheit zu erahnen.

„Valérie, Valérie, schön wie nie.
Viel zu schön, um wahr zu sein."

Und mich fragen können, ob es tatsächlich Zufall war, dass wir uns im Wiesental trafen. Nachdem ich Valerie im *Café Konkret* gesehen hatte – und sie uns. Vor allem Wiebke. Nur wie hätte ich wissen können, dass es diesen Jiri gab, der wusste, dass die italienische Fußballnationalmannschaft im Landhaus Milser logieren würde, dass Wiebkes Mutter dort kochte und der deshalb Wiebke beobachtete? Das konnte ich nicht wissen. Und Wiebkes Bemerkung zu diesem Thema war aus meiner Sicht einzig und allein dem Umstand geschuldet, dass sie uns erklären wollte, warum sie seinerzeit keinen italienischen Rotwein trank. Anfang April war dieser gesamte Komplex Fußball-WM für mich vollkommen unerheblich gewesen – nur eines von mehreren zufälligen Gesprächsthemen an jenem Abend.

Ja klar, ich hätte Valeries Interesse an Wiebke anders deuten können. Aber warum? Ich fand es klasse, dass die beiden gut miteinander klarkamen, und Wiebke war mir in diesem Zusammenhang lieber als Murat oder Simon. Jessi schien von vornherein keine Option gewesen zu sein. Jessi verhielt sich gegenüber Valerie ohnehin etwas reservierter. Ich gab darauf nichts. Ich wusste bis heute nicht, ob Jessis

Zurückhaltung damit zu tun hatte, dass sie wusste, dass Wiebke in mich verliebt war, oder damit, dass sie Valerie misstraute. Vielleicht würde ich Jessi demnächst einmal darauf ansprechen.

Ich würde in der Tat lieber mit Jessi darüber sprechen als mit Valerie, vor Valeries Antworten fürchtete ich mich. Ich war ihre Schachfigur gewesen. Es erneut explizit und in aller Ausführlichkeit aus ihrem Mund zu hören, das wollte ich mir ersparen. Ich wollte nicht tiefer in ihre schwarze Seele hineinblicken, dort schlummerte das Grauen. Anders konnte ich mir ihr Verhalten nicht erklären. Wie konnte sie einem anderen Menschen sagen, dass sie ihn liebte, wenn sie es nicht tat, wenn sie ihn nur benutzte? Das war toll geschauspielert, keine Frage, Oscar-verdächtig; vor allem jedoch war es durchtrieben und böse.

Bisher beschäftigte ich mich mit Worten, nicht mit Zärtlichkeiten, mit Küssen, mit Sex. All das kam obendrauf. Ich verkniff mir die Erinnerungen ans Bett und die Gedanken an vorgetäuschte Orgasmen. Andernfalls würde Valerie zu einem wahren Monster mutieren.

Zum Glück hatte ich meine Freunde. Sie wogen nicht komplett den Verlust von Valerie auf, aber Murat, Jessi, Wiebke und Simon linderten den Schmerz.

Dank unserer spektakulären Befreiungsaktion war das italienische Team von einer Antidoping-Attacke verschont geblieben und hatte sich bis ins Halbfinale der Fußball-WM gesiegt. Dort traf es an diesem Abend auf das deutsche Team. In Dortmund. Für Simon bedeutete diese Tatsache das einzige gute Omen: In Dortmund hatte Deutschland noch nie verloren. Andererseits hatte Deutschland bei einem großen Turnier bislang nicht gegen Italien gewonnen. Eine Serie würde heute reißen.

Wir schauten uns das Match in der Nähe der Waldhütte an, unweit des kleinen Einkaufszentrums von Weitmar. Die dortige Kirchengemeinde veranstaltete die ganze WM über ein Public Viewing unter freiem Himmel inklusive einer gigantischen Leinwand. Simon hatte davon erfahren und Murat und mich überredet, ihn zu begleiten. Mit uns fieberten ungefähr fünfhundert Menschen mit. Einige saßen auf Steintreppen, andere auf einer Wiese. Wir standen auf dieser Wiese, etwas im Hintergrund, denn wir hatten unser eigenes Bier mitgebracht. Eigentlich sollte man hier welches kaufen, um die Gemeinde zu unterstützen. Aus sicherer Quelle hatte Simon jedoch gehört, dass es heute zu voll werden würde für die einzige Getränkebude, die die Leute betrieben. Das bewahrheitete sich jetzt. Die Schlange vor der Bude war endlos, das gesamte Spiel über.

Das Match war der Hammer! Obwohl partout kein Tor fallen wollte. Es wogte hin und her. Die Italiener dominierten die erste Halbzeit, nach der Pause steigerten sich die Deutschen und gegen Ende der neunzig Minuten schien den Italienern die Puste auszugehen. Sie retteten sich in die Verlängerung. In dieser stiegen die Azzurri wie Phoenix aus der Asche und liefen wie aufgezogen über den Platz. Die Deutschen hielten tapfer dagegen. Es duftete nach Elfmeterschießen, unsere große Chance.

Wir ließen in Vorfreude darauf frische Bierflaschen aufploppen. Zwei Minuten bis zum Schlusspfiff, die Italiener griffen nochmals an. Ein Zauberpass von Pirlo in den deutschen Strafraum, ein genialer Schlenzer ins lange Eck.

Tor für Italien.

Mir plumpste die Kippe ins Gras. Ich wollte sie gerade aufheben, da kam Ballack frei zum Abschluss. Der Ball landete in Buffons Armen. Nachspielzeit. Die Deutschen im Angriff, doch plötzlich stürmte ein Italiener allein aufs deutsche Tor zu und versenkte den Ball.

Aus.

Aus und vorbei.

Die falsche Serie riss.

„Mit Frings hätten wir nicht verloren", stotterte Murat. „Die italienischen Journalisten sind schuld, die ihn ans Messer geliefert haben."

Murat meinte das Handgemenge nach dem Viertelfinal-spiel gegen Argentinien. Frings hatte dort munter mitge-mischt, was italienische Journalisten hatten belegen können. Daraufhin hatte die FIFA Frings gesperrt. Wer wusste schon, ob wir mit Frings gewonnen hätten? Ohne ihn hatten wir jedenfalls verloren.

„Wir haben Wiebke einen Tag zu früh befreit."

Ich schätzte, Simon meinte es nicht ernst. Andererseits hatte er vollkommen recht: Nur dank unserer Clique zog Italien ins WM-Finale ein.

„Grosso ist schuld," behauptete ich dennoch lapidar. Damit lag ich auf jeden Fall richtig, denn so hieß der Kerl, der in der 118. Minute den Ball ins lange Eck geschlenzt hatte.

Ich hasste Grosso.

GLOSSAR

Prolog: „The End", The Beatles, 1969 auf dem Album „Abbey Road" erschienen. Als Teil des Medleys auf der zweiten Seite. Einmal bin ich in London über den berühmtesten aller Zebrastreifen gelaufen – herrlich! Es kostete nichts, es wurde nicht touristisch ausgeschlachtet, keine Beatles-Souvenirs, nichts Kommerzielles. Nur ein paar Freaks wie ich, die über den Zebrastreifen hasteten, zum Teil in den Klamotten, die die Fab Four auf dem Cover tragen. Besonders beliebt war der weiße Anzug von John. Man musste nur auf den Autoverkehr achten, obwohl sich die Fahrer an diesem Tag sehr rücksichtsvoll verhielten.

Kapitel 1: „An Englishman in New York", Sting, 1987 auf dem Album „Nothing Like The Sun" erschienen. Natürlich habe ich hier – als kleinen Gruß an Teeliebhaberin Alice und an die echte *Tee-Marie* im Bochumer Ehrenfeld, wo wir meistens unseren Tee besorgen – die Eröffnungszeile im Sinn: „I don't drink Coffee, I take Tea, my Dear."

Kapitel 2: „Baby, You're a Rich Man", The Beatles, 1967 als B-Seite der Single „All You Need is Love" erschienen und lange, lange nach Auflösung der Band, 1999, zusätzlich auf dem Album „Yellow Submarine".

Kapitel 3: „Jungle Drum", Emilíana Torrini, 2009 auf dem Album „Me and Armini" erschienen. Der Titel bezieht sich selbstverständlich auf Alices Büro, das Mike mit einem Urwald vergleicht; wer mag, kann mit „My heart is beating like a jungle drum" gern auch die Gefühle von Alice und Mike füreinander verbinden.

Kapitel 4: „Those were the Days", Mary Hopkin, 1968 als Single erschienen, als eine der beiden ersten

Veröffentlichungen bei Apple Records, die andere Single hieß „Hey Jude". „Those were the Days" wurde produziert und gemischt von Paul McCartney, der bei den Aufnahmen außerdem die akustische Gitarre spielt. Der Song basiert auf einem russischen Volkslied.

Kapitel 5: „Wonderful World", Sam Cooke, 1960 als Single erschienen und für mich auf ewig mit einer Filmszene verbunden: John Belushi tapst mit einem Tablett durch eine College-Mensa und lädt sich minutenlang den Teller voll. Auf Deutsch heißt der 1978 erschienene Film vollkommen sinnfrei „Ich glaub', mich tritt ein Pferd".

Kapitel 6: „Valérie, Valérie", Michy Reincke, 1991 auf dem Album „Paris" erschienen, was bemerkenswert ist, da Reincke vor seiner Solokarriere Sänger der Band Felix De Luxe war, deren größter Hit „Mit einem Taxi nach Paris" hieß.

Kapitel 7: „Help!", The Beatles, 1965 auf dem Album „Help!" erschienen und der Titel des gleichnamigen Films aus demselben Jahr. Apropos Film. Im Spielfilm „Yesterday" aus dem Jahr 2019 gibt es eine geniale Szene: Der Protagonist singt auf einem Dach (Hallo, Dachkonzert, London, Januar 1969) und zugleich auf dem Höhepunkt seiner kurzen Karriere „Help!". „Help!" wiederum ist das Album, auf dem „Yesterday" erschien. „Yesterday" war aber allen anderen Beatles (außer Paul, der es allein komponiert hat) zu soft, deswegen packten sie das Lied der Legende nach ganz ans Ende des Albums. Das half (sic!) nichts. Die Leute hörten „Yesterday" trotzdem, liebten es – und nun ist es das meistgecoverte Lied aller Zeiten. Ich halte es da mit John, der angeblich mal sagte, als ihm, kurz nach der Trennung der Band, zu „Yesterday" gratuliert wurde: „Ein sehr schönes Lied … Ich bin froh, dass ich es nicht geschrieben habe."

Kapitel 8: „Valerie", Steve Winwood, 1982 auf dem Album „Talking Back to the Night" erschienen.

Kapitel 9: „Video Killed the Radio Star", The Buggles, 1980 auf dem Album „The Age of Plastic" erschienen.

Kapitel 10: „Trapped Today, Trapped Tomorrow", Fury in The Slaughterhouse, 1991 auf dem Album „Hooka Hey!" erschienen. Heutzutage, wo die berühmten Pferde „Ostwind", „Amadeus" oder „Sabrina" heißen, taugt der Bandname nicht mehr als Skandal. Damals war Fury, neben Black Beauty, der Deutschen Lieblingspferd im Fernsehen – und es wünschte sich niemand, dass Fury auf dem Schlachthof oder beim Abdecker landet. Mit dem Titel des Albums würde sich die Band in den enorm aufgeklärten Zwanzigerjahren des 21. Jahrhunderts zudem einen heftigen Shitstorm einhandeln. „Hooka Hey!" stammt aus der Sprache der Sioux und dürfte darum ein Fall von kultureller Aneignung sein. Dass es übersetzt „Heute ist ein guter Tag zu sterben" bedeutet, macht die Sache nicht gerade besser – angesichts der Kriege überall auf der Welt.

Kapitel 11: „Kiss me", Sixpence None The Richer, 1997 auf dem Album „Sixpence None The Richer" erschienen.

Kapitel 12: „Der Hölle Rache" oder wie es vollständig heißt: „Der Hölle Rache kocht in meinem Herzen". Dabei handelt es sich um die zweite Arie der Königin der Nacht in Wolfgang Amadeus Mozarts Oper „Die Zauberflöte", 1791 in Wien uraufgeführt. Da Mike diese Oper erwähnt, blieb mir keine Wahl, als eine der Arien auszusuchen. Nein, ganz ehrlich, bei klassischer Musik muss ich weitgehend passen. Klar, ich kenne und mag die absoluten Höhepunkte aus Carmen, Aida & Co., ich liebe die an Bach angelehnten Orgelsoli in „Whiter Shade of Pale" und später verrate ich in diesem Glossar ein großes klassisches Geheimnis – aber unterm Strich bevorzuge ich eindeutig Pop und Rock. Dabei bin ich im Herzen stets ein Kind der Siebziger- und Achtzigerjahre geblieben – für mich die abwechslungsreichsten Dekaden in Sachen Musik. Wenn ich allein an das Jahr 1975 denke, das uns drei so unterschiedliche geniale Songs wie „Mamma Mia", „Born to Run" und „Bohemian Rhapsody" bescherte!

Kapitel 13: „In Between Days", The Cure, 1985 auf dem Album „The Head on the Door" erschienen. Dieses Lied löst bei mir eine erstaunliche Assoziation aus. Ich denke automatisch an den Western „Rio Bravo" von Howard Hawks aus dem Jahr 1959. Warum? Weil der Regisseur 1966 in „El Dorado" noch mal die gleiche Geschichte erzählt, beide Male mit John Wayne als Helden. Und was hat das mit „In Between Days" zu tun? The Cure brauchten ungefähr genauso lange, um mit „Just Like Heaven" einen sehr ähnlichen Song zu schreiben, von der Melodie her. In meinen Ohren. Und in diesem Glossar zählen allein meine Ohren. „Show me, show me, show me, how you do that Trick, Mr. Smith!"

Kapitel 14: „Does Your Mother Know", Abba, 1979 auf dem Album „Voulez-vous" erschienen.

Kapitel 15: „When Tomorrow Comes", Eurythmics, 1986 auf dem Album „Revenge" erschienen. Dieses Lied spielt bereits in meinem Debütroman „Trittbrettmörder" eine Rolle, vor allem für meine Figur Jakob Dieckmann, der dieses Lied mit seiner Jugendliebe Susanne verbindet und mit einigen besonderen Momenten, die sich fünfundzwanzig Jahre später unvermittelt erneut ereignen könnten. Falls Susanne und Jakob es zulassen. Immerhin sind beide verheiratet. Nicht miteinander. Jakob begleitet mich und meine Bücher aus unerfindlichen Gründen bis heute. Liegt es an gewissen Ähnlichkeiten in unseren Biografien? Möglich. Wie es aussieht, werde ich Jakob in meinem nächsten Buch mit seiner Vergangenheit konfrontieren.

Kapitel 16: „More than a Feeling", Boston, 1976 auf dem Album „Boston" erschienen. Für mich ist das eine der verrücktesten Geschichten der Pop- und Rockgeschichte: Im selben Jahr bringen zwei US-amerikanische Bands, die sich beide nach Großstädten benennen und jeweils ihre Alben des Jahres 1976 nach dem Bandnamen aka Städtenamen betiteln, Lieder heraus, die zum absolut Legendärsten gehören, was je (unabsichtlich) für (spätere) Kuschelrock-Sampler komponiert wurde. In meinen Augen einmalig, und natürlich folgt genau deshalb ein paar Kapitel später „If You Leave me Now" von Chicago.

Kapitel 17: „Daylight in Your Eyes", No Angels, 2001 auf dem Album „Elle'ments" erschienen. Es wird wieder Zeit für Assoziationen. Die No Angels haben etwas später „Eternal Flame" gecovert und das Original nicht erreicht, wie ich finde. Andererseits ist „Eternal Flame", das der Bangles, in meinen Augen der Hauptgrund, warum irgendwann einmal Kuschelrock-Sampler erfunden wurden: „Eternal Flame" ist die Mutter aller Kuschelrocksongs. „More than a Feeling" wäre dann die Oma und „Love me tender" die Ur-Oma.

Kapitel 18: „Girls just wanna have Fun", Cindy Lauper, 1983 auf dem Album „She's so Unusual" erschienen. Als Vater zweier Töchter kann ich nur sagen … Unsinn, nichts kann ich sagen. Außer, dass dieses Album von Cindy Lauper beinahe ikonisch ist. Wer es nicht kennt – selbst schuld!

Kapitel 19: „Kung Fu Fighting", Carl Douglas, 1974 auf dem Album „Kung Fu Fighter" erschienen. Typisch die Siebziger! Ein glatzköpfiger, bärtiger Typ im Karate-Dress martial-artet und play-backed sich kampf-tänzelnd über die Bühnen der damals raren Musiksendungen im deutschen Fernsehen und hinterlässt der Nachwelt keinen zweiten Hit. Parallel zum Charterfolg von „Kung Fu Fighting" lief im ZDF eine Serie namens „Kung Fu" über den Chinesen Kwai Chang Caine, der sich durch den Wilden Westen martial-artet.

Kapitel 20: „Zeit, dass sich was dreht", Herbert Grönemeyer, 2006 auf dem Sampler „Voices from the FIFA World Cup" erschienen, offizielle Hymne der Fußball-WM 2006.

Kapitel 21: „Scenes from an Italian Restaurant", Billy Joel, 1977 auf dem Album „The Stranger" erschienen. Nun ist der *Sommernachtstraum* kein italienisches Restaurant im engeren Sinne, aber ein Restaurant. Außerdem war es höchste Zeit, Billy Joel in einer Playlist zu verewigen. Er zählt zu den wenigen Megastars, die ich mal live bewundern durfte, Anfang der Neunziger in Dortmund, als Joel mit seinem Erfolgsalbum „Storm Front" tourte, „Leningrad", „We didn't start the fire" und so weiter. Als Zugabe servierte er uns damals selbstverständlich ... Wer weiß, welchen Song Billy Joel als Zugabe zu singen pflegt/e, schreibt dem Maximum-Verlag eine Postkarte oder eine E-Mail mit der Lösung. Für die ersten drei richtigen Einsendungen gibt es eines meiner Bücher als Belohnung.

Kapitel 22: „If You leave me now", Chicago, 1976 auf dem Album „Chicago X" erschienen; siehe oben. So ganz werde ich es nie begreifen, warum sich Bands nach Städten benennen. Städte zu besingen, das ist etwas anderes. Knapp hinter „Bochum" gibt es einige andere bekannte Songs über New York, London, Paris, Moskau, Berlin, Hamburg, Westerland, Allentown und bestimmt viele, viele andere schöne Orte.

Kapitel 23: „Und es war Sommer", Peter Maffay, 1976 auf dem Album „Und es war Sommer" erschienen. Ein lustiger Zufall, dass dieser Song ebenfalls aus dem Jahr 1976 stammt, siehe diverse andere Kapitel.

Kapitel 24: „She Loves You", The Beatles, 1963 als Single erschienen. Der eigentliche Beginn ihrer Karriere. Und der Sechzigerjahre. Und einer neuen Zeitrechnung. Und die Antwort auf das Leben, das Universum und so weiter und so fort – und all das, was richtige Beatles-Fans an dieser Stelle so sagen würden. „Yeah! Yeah! Yeah!"

Kapitel 25: „Dear Mrs. Applebee", David Garrick, 1966 als Single erschienen; ein Lied über schwierige Gespräche mit Schwiegermüttern in spe; solch ein Gespräch führt Mike in diesem Kapitel gegen seinen Willen mit der Mutter von Alice.

Kapitel 26: „Girls Like Us", Zoe Wees, 2020 auf dem Album „Golden Wings" erschienen. Klar, hier habe ich Emma und Finja im Blick, mit denen Mike sich im mexikanischen Restaurant unterhält. Außerdem muss ich hin und wieder was aus diesem Jahrtausend einstreuen.

Kapitel 27: „Mendocino", Michael Holm, 1970 auf dem Album „Mendocino" erschienen. Was sucht dieser Schlager in der Playlist? Was sucht das lyrische Ich in diesem Lied? Sein Girl. Wen sucht Mike? Eben.

Kapitel 28: „Dreams", Fleetwood Mac, 1977 auf dem Album „Rumours" erschienen. „Rumours" gehört zu den meistverkauften Alben überhaupt, mittlerweile wanderte es über vierzig Millionen Mal über den Ladentisch. Zurzeit der Studio-Aufnahmen waren die fünf Bandmitglieder heillos zerstritten, was der Qualität der Songs eher förderlich war. Zu diesem kurzen Kapitel hätte auch „Sweet Dreams" von den Eurythmics sehr gut gepasst.

Kapitel 29: „Don't give up", Peter Gabriel feat. Kate Bush, 1986 auf dem Album „So" erschienen. Ich bin kein großer Freund von Duetten. Dieses Stück allerdings zählt, neben „Under Pressure" von Queen und David Bowie, zu den Ausnahmen. Zwei ungemein charismatische Menschen, die nicht mit-, sondern füreinander singen, wie ich finde.

Kapitel 30: „Newborn Friend", Seal, 1994 auf dem Album „Seal" erschienen. Natürlich beziehe ich mich auf die erste Zeile des Songs: „I wash my Faith in dirty water". Darüber hinaus begann mit exakt diesem Song auf meiner Playlist das große Schreiben über die ausgewählten Lieder. Ich fand, dass ich in diesem Fall etwas Erklärendes hinzufügen musste, da der Titel des Liedes nicht selbsterklärend ist. Dann fiel mir auf, dass das auch für ein paar andere Titel gilt. Schon war ich mittendrin und das Glossar wuchs und wuchs. Fun Fact: Ich hoffe, ich bin nicht der einzige Mensch, der an „Face" denkt und nicht an „Faith", wenn er die erste Zeile hört. Das „th" ist nicht so meins, weder beim Hören noch gar beim Sprechen. Zu meiner Verteidigung möchte ich anführen, dass ich als Kind gelispelt habe und zur Logopädin ging. Die brachte mir bei, wie ich meine Zunge von den Zähnen fernhalte. Für deutsche „S" und „Z" eine hilfreiche Sache, fürs englische „th" hingegen sehr hinderlich, wie ich schmerzhaft feststellte, als ich in der fünften Klasse mit Englisch begann.

Kapitel 31: „The Race", Yello, 1988 auf dem Album „Flag" erschienen.

Kapitel 32: „The Road to Santiago", Oysterband, 1993 auf dem Album „Holy Bandits" erschienen. Die Oysterband ist die einzige Rockband, die ich zweimal live gesehen habe, beide Male in der Zeche Carl in Essen. In diesem Veranstaltungszentrum inklusive Disco erlebte ich Anfang der Neunziger zudem meinen ersten Motto-Abend: Am Samstagen hieß es dort einmal im Monat „24 and more". Das heißt, die Besucher mussten mindestens vierundzwanzig sein. Auf diese Weise wollte man sich wenigstens einmal im Monat die nervigen Oberstufenschüler vom Hals halten.

Kapitel 33: „I Don't Like Mondays", The Boomtown Rats, 1979 auf dem Album „The Fine Art of Surfacing" erschienen. Diesen Song haben wir seinerzeit im Englischunterricht durchgenommen, ich kenne ihn sogar noch weit über vierzig Jahre später praktisch auswendig und könnte die Geschichte hinter dem Song erzählen, traurigerweise eine wahre Begebenheit. Wie viele andere Menschen verbinde ich den Frontmann der Band, Bob Geldof, mit dem bisher größten Konzert überhaupt, Live Aid 1985.

Kapitel 34: „Love Shack", The B-52s, 1989 auf dem Album „Cosmic Thing" erschienen. Ausnahmsweise gibt der Bandname die Richtung vor; aber wenn so häufig von der „B 51" die Rede ist wie in diesem Kapitel, was soll ich da machen?

Kapitel 35: „The First Cut is the deepest". Bestimmt fragt sich die eine oder der andere, wessen Version ich hier im Sinn habe. Für mich kamen drei Versionen infrage: Cat Stevens, zugleich Komponist des Liedes (1967), Rod Stewart (1976) und Sheryl Crow (2003). Da für mich Sheryl Crow knapp vorn liegt, nenne ich ihr Album, auf dem sie den Song veröffentlichte: „The Very Best of Sheryl Crow". Wer meine Bemerkungen zu früheren Kapiteln gelesen hat – ich hoffe, alle haben dies getan –, wird sich wundern, dass ich nicht Rod Stewarts ausgerechnet 1976 erschienene Version gewählt habe. Aber dennoch: Ich finde Sheryl Crow bei diesem Thema ein wenig glaubwürdiger als Rod Stewart, den alten Womanizer.

Kapitel 36: „Call me", Blondie, 1980 als Single erschienen.

Kapitel 37: „Hungry Heart", Bruce Springsteen, 1980 auf dem Album „The River" erschienen.

Kapitel 38: „Verdamp lang her", BAP, 1981 auf dem Album „Für usszeschnigge!" erschienen.

Kapitel 39: „Green Door", Shakin' Stevens, 1981 auf dem Album „Shaky" erschienen als Cover der Version von Jim Lowe aus dem Jahre 1956. Ich hätte schwören können, dass Shakin' Stevens eher ein Produkt der Siebziger ist, als viele Künstler dem Rock 'n' Roll und überhaupt den Fünfzigern huldigten.

Kapitel 40: „Devil in Disguise", Elvis Presley, 1963 als Single erschienen. Auch dieses Lied verbinde ich mit einer Dekade zuvor, also den Fünfzigern, wie ich überhaupt den ganzen Elvis mit den Fünfzigern verbinde – abgesehen von jenem Augusttag 1977, als sich seine Todesnachricht verbreitete. Der Musiklehrer erzählte uns davon, ich weiß es noch genau, auch wenn ich nie sonderlich viel mit Elvis und seiner Musik anfangen konnte. Im Gegensatz zu John Lennon, der ebenfalls während meiner Mittelstufenzeit gestorben ist. Auch an diesen Tag erinnere ich mich viel zu gut. Ich assoziiere mal wieder: Dass im Herbst 2023 ein vierundvierzig Jahre alter Songentwurf von ihm als neues und zugleich letztes Lied der Beatles erscheint, halte ich für überflüssig und arg bemüht. Nicht umsonst hat John Lennon diese Idee nicht weiterverfolgt. Meine persönliche Meinung.

Kapitel 41: „Is It 'Cos I'm Cool", Mousse T feat. Emma Lanford, 2004 auf dem Album „All Nite Madness" erschienen.

Kapitel 42: „Night Fever", The Bee Gees, 1977 auf dem Soundtrack zum Film „Saturday Night Fever" erschienen. Das war der erste Film, den ich mir mit einem Mädchen angesehen habe, mein erstes Date, mit dreizehn. Knapp ein Jahr später folgte „Grease" als zweiter Film mit einem Mädchen, einem anderen. Eines der Mädchen ist leider lange tot, das andere heute Oberbürgermeisterin einer deutschen Großstadt. Woran merkt man eigentlich, dass die Zeit vergangen ist? Dass viel, viel Zeit vergangen ist?

Kapitel 43: „Alone", Heart, 1987 auf dem Album „Bad Animals" erschienen.

Kapitel 44: „There's a Light (Over at the Frankenstein Place)", zum Beispiel gesungen von Susan Sarandon, Barry Bostwick und Richard O'Brien, 1975 erschienen auf dem Soundtrack zur „Rocky Horror Picture Show".

Kapitel 45: „Valerie", Amy Winehouse, 2007 auf dem Album „The Other Side of Amy Winehouse" erschienen. Der dritte Song in dieser Playlist über eine Valerie; keine Ahnung, ob Valerie damit zu den meistbesungenen Frauennamen zählt. Ich halte diese Information ohnehin für unwichtig. Ich wüsste auch nicht, welches der drei Lieder ich favorisiere. Ich mag alle drei.

Kapitel 46: „Me and you and a dog named Boo", Lobo, 1971 auf dem Album „Introducing Lobo" erschienen. Der Hund in diesem Kapitel heißt natürlich „Falstaff" und wir erleben ihn erstmals außerhalb des *Sommernachtstraums*.

Kapitel 47: „Irgendwie, irgendwo, irgendwann", Nena, 1984 auf dem Album „Feuer und Flamme" erschienen. Darf man heutzutage Nena mögen? Das muss jeder Mensch mit sich ausmachen. Ich finde es schwierig, Lieder, die vor vierzig Jahren geschrieben wurden, nicht mehr mögen zu dürfen, weil die Sängerin zwischenzeitlich seltsame Ansichten zu Corona hatte. Darüber hinaus zählt „Irgendwie, irgendwo, irgendwann" zu meinen fünf liebsten deutschen Liedern aller bisherigen Zeiten. Wer die anderen vier erfahren möchte, kann weiterlesen, alle anderen dürfen noch den Eintrag unter „Epilog" lesen und anschließend das Buch zuklappen. Also, „Ich geh in Flammen auf" von Rosenstolz gehört dazu und „Still" von Jupiter Jones. Meine beiden allerliebsten deutschen Songs sind etwas beziehungsweise sehr viel älter. Etwas älter ist ein Lied, in dem „irgendjemand (irgendwo unter den Wolken) Kaffee in einer Luftaufsichtsbaracke kocht" und sehr viel älter ist ein Lied, bei dem man sich vorstellen müsste, die Beatles hätten einen Text von Shakespeare vertont. „To be or not to be! Yeah, Yeah, Yeah!" Nun waren die Beatles und Shakespeare leider keine Zeitgenossen. Beethoven und Schiller waren es. Zu unser aller „Freude". Soweit zu meinem „klassischen Geheimnis", das ich weiter oben angekündigt habe.

Epilog: „Un'estate italiana", Edoardo Bennato und Gianna Nannini, 1989 als Single erschienen und 1990 Hymne der Fußball-WM in Italien, die bekanntlich ein wunderbares Ende nahm – im Gegensatz zur WM 2006, die den Italienern jene magischen Nächte bescherte, von denen „Un'estate italiana" handelt. Das ist eine ausgleichende Gerechtigkeit, die ich absolut nicht gebraucht hätte.

Arne Dessaul

© Foto: Roberto Schirdewahn

Arne Dessaul wurde 1964 in Wolfenbüttel geboren und machte 1984 am dortigen Gymnasium im Schloss sein Abitur. Es folgten Bundeswehr und eine kaufmännische Ausbildung. 1989 zog Arne Dessaul nach Bochum, um an der Ruhr-Universität Publizistik und Kommunikationswissenschaft zu studieren. Bereits während des Studiums fing er an, als Journalist zu arbeiten. Seit 1992 schreibt er regelmäßig für Magazine und Tageszeitungen. Nach seinem Studienabschluss 1994 arbeitete Arne Dessaul im Dezernat Hochschulkommunikation der Ruhr-Uni; dort ist er inzwischen verantwortlich für die Onlineredaktion.

Arne Dessaul ist seit seiner Kindheit ein großer Fan von Krimis. Seine eigenen Romane entstehen meist zuhause mit dem Laptop auf dem Schoß – entweder abends oder an regnerischen Sonntagnachmittagen.

Seine bisherigen Krimis mit Helmut Jordan sind »Trittbrettmörder«, »Bauernjäger«, »50«, »Tödlicher Halt« und »Verschluckt«. Helmut Jordan wird – inzwischen pensioniert – auch an der Seite von Privatdetektiv Mike Müller aktiv, der in seinen Fällen »Ihr letztes Stück«, »Sein letzter Witz«, »Ihr letzter Flirt« und aktuell »Ihr letztes Spiel« in Bochum Verbrechen aufklärt.

Band 1

Arne Dessaul
Ihr letztes Stück

ISBN 978-3-948346-40-9
Preis KB: 15,00 €

LIEBE, EIFERSUCHT UND GIER –
am Bochumer Schauspielhaus ist der Teufel los

Die Kulturredakteurin der *RZ* (*Ruhrzeitung*) Leonie Gratz wird auf bestialische Weise ermordet. Musste sie wirklich sterben, weil sie regelmäßig die Aufführungen am Bochumer Theater verreißt?

Wo steckt der Vater von Intendant Leo Kaufmann, der seinen bisher größten Coup – er möchte den *Kaufmann von Venedig* mit einem strahlenden Helden Shylock inszenieren – plant und dabei auf breite Ablehnung stößt?

Und mit wem verbringt der untreue Starschauspieler Veit Grosser seine Nächte?

Band 2

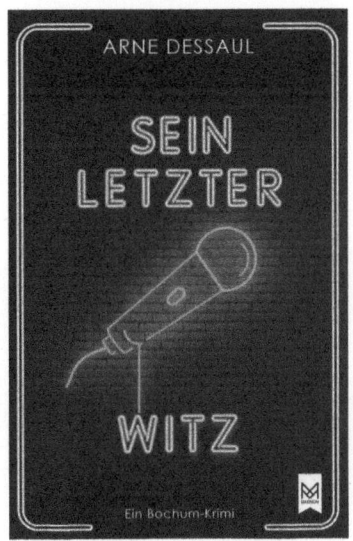

**Arne Dessaul
Sein letzter Witz**

ISBN 978-3-948346-44-7
Preis KB: 15,00 €

Wer anderen auf die Füße tritt …

Der erfolgreiche Satiriker und TV-Entertainer Tom Werner – gefeiert als der neue Jan Böhmermann – reißt in seiner Show gern böse Witze und trampelt genüsslich anderen Menschen auf den Füßen herum. Wurde er deshalb in seiner Bochumer Hotelsuite erstochen und mithilfe einer Säge seiner beiden Füße entledigt?

Band 3

Arne Dessaul
Ihr letzter Flirt

ISBN 978-3-98679-007-3
Preis KB: 15,00 €

Ein Vierfachmord, eine betrogene Ehefrau und eine verschwundene Geliebte.

Verzweifelt kauert Steffen Matthäus in Mike Müllers Büro und bittet ihn, seine wunderschöne Geliebte Angela zu finden, die spurlos verschwunden ist. Was Steffen nicht weiß: Mike hat von dessen Ehefrau Constanze nur einige Wochen zuvor den Auftrag erhalten, Steffen zu überwachen und herauszufinden, mit wem dieser seine Frau betrügt.

 maximum-verlag.de   /MaximumVerlag   @maximumverlag